Composition réalisée par Nord Compo

Imprimé en France par La Nouvelle Imprimerie Laballery
en septembre 2019
N° d'impression : 909060
Dépôt légal 1ʳᵉ publication : juillet 2007
Édition 06 - septembre 2019
LIBRAIRIE GÉNÉRALE FRANÇAISE
21, rue du Montparnasse - 75298 Paris Cedex 06

31/2086/2

Le Livre de Poche s'engage pour
l'environnement en réduisant
l'empreinte carbone de ses livres.
Celle de cet exemplaire est de :
450 g éq. CO_2
Rendez-vous sur
www.livredepoche-durable.fr

PAPIER À BASE DE
FIBRES CERTIFIÉES

Né en 1926, Raymond Maufrais est un explorateur, résistant et écrivain français disparu en Guyane en 1950. À l'été 1946, il entreprend un premier voyage au Brésil, où il commence à prendre des notes pour le livre qu'il projette d'écrire, *Aventures au Matto Grosso*. Trois ans plus tard, il débarque à Cayenne pour réaliser son rêve : relier la Guyane française et le Brésil, puis redescendre le rio Jari jusqu'à la ville de Belém. Ce voyage sera le dernier : personne ne reverra plus Raymond Maufrais. Son père le cherchera, en vain, durant des années. Le carnet de route quotidien de cet ultime périple, retrouvé par hasard par un Indien dans la jungle amazonienne, deviendra *Aventures en Guyane*.

POINTS AVENTURE
un esprit de liberté

UNE COLLECTION DIRIGÉE PAR PATRICE FRANCESCHI

Il y a 2 500 ans, Pindare disait : « N'aspire pas à l'existence éternelle mais épuise le champ du possible. » Cette exhortation à un dépassement de la vie était aussi un appel à la liberté et aux liens qui l'unissent à l'esprit d'aventure.

Vingt-cinq siècles plus tard, l'énergie vitale de Pindare ne serait-elle pas un remède au désenchantement de nos sociétés de plus en plus formatées et encadrées ? Et l'esprit d'aventure l'un des derniers espaces de liberté où il serait encore possible de respirer à son aise, d'agir et de penser par soi-même ?

C'est sans doute ce que nous disent les livres qui, associant aventure et littérature, tentent de transformer l'expérience en conscience.

Patrice F.

Raymond Maufrais

AVENTURES EN GUYANE

Préface de Patrice Franceschi

Avant-propos de Geoffroy Crunelle

Éditions Julliard

TEXTE INTÉGRAL

ISBN 978-2-7578-3846-4

© Éditions Julliard, 1952
© Éditions Ramsay, 1997, pour l'édition augmentée de la préface,
de l'avant-propos, de la bibliographie et des notes de fin
© Patrice Franceschi, 1997, pour la préface
© Geoffroi Crunelle, 1997 et 2014, pour l'avant-propos,
la bibliographie et les notes de fin

Le Code de la propriété intellectuelle interdit les copies ou reproductions destinées à une utilisation collective. Toute représentation ou reproduction intégrale ou partielle faite par quelque procédé que ce soit, sans le consentement de l'auteur ou de ses ayants cause, est illicite et constitue une contrefaçon sanctionnée par les articles L. 335-2 et suivants du Code de la propriété intellectuelle.

Préface à l'édition de 1997

S'il n'avait pas mystérieusement disparu dans la jungle amazonienne il y a un demi-siècle, Raymond Maufrais serait sans doute devenu l'un des « grands » de l'exploration française. Et un écrivain de renom. C'est l'évidence lumineuse qui s'impose à la lecture des carnets que nous publions ici et qu'il avait dû abandonner au cours de cette exploration vers les légendaires monts Tumuc-Humac qui lui coûta la vie. Mais si un Indien n'avait pas découvert par hasard les restes de son dernier bivouac, ces carnets ne nous seraient jamais parvenus.

Les éditions Julliard ne s'y trompèrent pas à l'époque. Ce garçon de vingt-trois ans qui leur avait déjà remis le manuscrit de sa précédente expédition, *Aventures au Matto Grosso*, avait mieux que du talent. Il était parmi les meilleurs. Julliard publia donc ces carnets miraculeusement retrouvés, sous le titre d'*Aventures en Guyane*, et ils contribuèrent à la « légende Maufrais » qui commençait à naître. Car nul ne savait au juste ce qu'était devenu le jeune explorateur. Et dans l'imagination quelque peu débridée de ces années cinquante on le disait déjà prisonnier d'Indiens farouches ou devenu chef d'une tribu non moins redoutable perdue aux confins du Brésil... Les recherches désespérées entreprises par son père au cours des années suivantes ajoutèrent encore à cette saga qui passionnait les journaux.

Aventures en Guyane ne fut pas publié de façon anodine. Il existait alors chez Julliard une collection d'aventures intitulée « la Croix du Sud » et c'est elle qui accueillit le texte superbe et pathétique de Raymond Maufrais. Son directeur n'était autre que l'explorateur polaire Paul-Émile Victor, qui allait devenir la légende vivante que l'on sait, et l'on peut voir un signe du destin dans cette sorte de « rencontre » entre les deux hommes dont les tempéraments étaient identiques : ils n'avaient pas eu la chance de se connaître mais parvenaient malgré tout à fraterniser à travers le livre posthume de l'un d'eux.

Aventures en Guyane a marqué une génération entière de lecteurs. Le récit se présente sous la forme d'un journal – respectant ainsi la matière d'origine des carnets de Maufrais – mais il est nécessaire de le lire et de le relire pour en percevoir toute la richesse. C'est bien sûr la marque des grands livres : chaque lecture rapproche infailliblement l'auteur du lecteur jusqu'à la sensation d'intimité, apportant en même temps un éclairage de plus en plus net sur ce que le premier a voulu dire au second. En somme, ces livres-là nous rendent un peu plus intelligents chaque fois qu'on les ouvre...

Le récit de Maufrais est traversé de bout en bout par une sincérité absolue. Une sincérité d'autant plus incontestable que les carnets sont livrés ici à l'état brut, tels qu'il les a rédigés au jour le jour, seul et solitaire face au défi qu'il s'était imposé : établir la jonction Guyane-Brésil par le fleuve Jari, seul et à pied. Un défi insensé à l'époque. On assiste alors, comme dans une tragédie antique, à une descente aux enfers aussi inexorable que bouleversante. Maufrais avance à travers la jungle vers son but mais c'est de la mort qu'il se rapproche chaque jour un peu plus. Il le sent, bientôt il le sait, et son écriture nous restitue avec une puissance peu commune le drame de l'épuisement physique qu'il vit au quotidien jusqu'à l'échéance finale. À aucun moment il ne triche avec la souffrance et le désespoir. Encore moins avec lui-même. Il se bat, assume de bout en bout, ne se résigne jamais. Courage et surtout dignité imprègnent ces pages saisissantes de vérité. En même temps, on ne peut qu'être impressionné par la qualité littéraire de ce « premier jet » et imaginer avec nostalgie ce qu'auraient été les livres de cet écrivain-né.

Ce qui nous touche aussi dans ce journal d'une mort annoncée, c'est l'authenticité rare de Raymond Maufrais en tant qu'homme. Il est l'archétype parfait de celui qui va jusqu'au bout de lui-même au prix de sa vie parce qu'il croit profondément en ce qu'il fait. À lire entre les lignes, on comprend que rien d'autre n'a d'importance pour Maufrais que cet idéal. Et si son aventure nous atteint encore aujourd'hui malgré le temps et la distance, c'est sans doute à cause de cette quête de l'absolu qui le poussait en avant et transcendait chez lui le simple désir d'exploration. C'est par là bien sûr qu'il nous touche et que nous pouvons tous nous sentir concernés. On se prend alors à aimer Maufrais sans l'avoir jamais connu.

Pour les spécialistes de la littérature d'aventure vécue, Raymond Maufrais appartient à ces figures exemplaires que seule la mort pouvait stopper dans leur trajectoire fulgurante. Mais c'est peut-être parce que le destin l'a figé dans cette jeunesse et cette vérité que Maufrais nous est si fraternel.

Aventures en Guyane, malgré ses qualités, était devenu introuvable depuis la dernière édition de Ramsay en 1997. Le temps et les hommes commettent régulièrement de ces injustices littéraires dont on chercherait en vain l'explication. C'est cette injustice que nous réparons aujourd'hui. Cependant, le texte que nous publions est légèrement différent de l'édition originale. C'est qu'il est augmenté des passages que Julliard ou le père de Maufrais avaient cru bon de supprimer à l'époque. On peut donc considérer cette édition comme la plus conforme aux carnets de Raymond Maufrais.

Nous devons ce texte définitif, ainsi que l'impressionnant appareil de notes et de commentaires qui l'accompagne, à Geoffroi Crunelle, le meilleur spécialiste de Maufrais. Car si ce dernier a été quelque peu oublié par le grand public, il existe toujours à Toulon une Association des amis de l'explorateur Raymond Maufrais qui perpétue sa mémoire et celle de sa famille[1].

Pour une meilleure compréhension du livre et de son auteur, Geoffroi Crunelle nous offre en outre une biographie de Maufrais ainsi qu'une histoire de ses carnets et des précisions sur les recherches effectuées par son père. Celui-ci fit éditer en 1956 le récit de ses propres expéditions sous le titre de *À la recherche de mon fils*.

Il nous a également semblé utile de conserver la « note de l'éditeur » que Julliard publia en 1970 au

---

[1]. Siège social en mairie de Toulon. L'Association, créée en 1951, gère un site internet : www.maufrais.info.

moment de la réédition des deux livres de Maufrais en un seul volume. On la trouvera à la suite de la présentation de Geoffroi Crunelle. Enfin, une bibliographie sélective concernant Maufrais se trouve en annexe.

Voici donc pour la seconde fois l'édition la plus fidèle qui soit d'*Aventures en Guyane*. Nous l'offrons aux lecteurs d'aujourd'hui avec l'espoir de faire aimer l'homme que fut Raymond Maufrais comme nous l'avons aimé nous-mêmes, et le souhait que son livre devienne enfin le grand classique qu'il mérite d'être.

PATRICE FRANCESCHI
Président d'honneur
de la Société des explorateurs français.

Itinéraire de Raymond Maufrais en Guyane

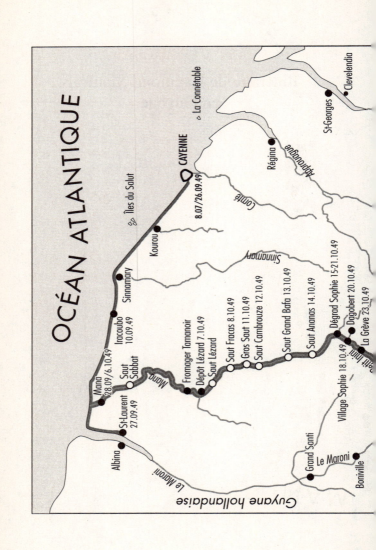

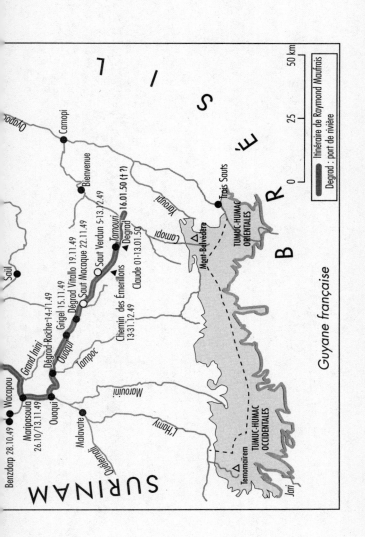

Avant-propos

Lorsque, le 7 juillet 1950, la presse internationale annonce la disparition de Raymond Maufrais en Guyane, la tension est à son comble en Corée et l'on craint que la troisième guerre mondiale n'éclate au prochain incident frontalier. La nouvelle ne fait donc pas la « une » des journaux. Au bout de quelques jours les articles se font plus rares, puis le jeune explorateur toulonnais retombe dans l'oubli.

Ce n'est que lorsque son père Edgar, le « père courageux » comme le surnommeront les médias, commence ses recherches en 1952 que débute *l'affaire Maufrais*, dont la plupart des pays se feront l'écho. Toute disparition inexpliquée, donc mystérieuse, génère les hypothèses les plus fantaisistes ou les déclarations enflammées de mythomanes : d'aucuns affirment détenir la solution de l'énigme, d'autres prennent un plaisir pervers à créer de fausses pistes. Notre décennie a connu *l'affaire Dieuleveult*, comme il y avait eu un demi-siècle plus tôt *l'affaire Fawcett*. Celle des Maufrais, devenue une véritable légende, a duré douze ans, jusqu'en 1964, quand Edgar Maufrais a dû abandonner définitivement l'idée de serrer un jour à nouveau son fils unique dans ses bras. Douze années inimaginables de quête éperdue aux quatre coins de l'immense

Amazonie. Un témoignage unique sur l'amour d'un père pour son fils.

Lorsque Edgar Maufrais doit se résoudre à jeter l'éponge, il est un homme à bout de forces, décharné, malade. Il n'a pourtant pas ménagé ses efforts ni reculé devant les pires sacrifices physiques et matériels. On peut les résumer en deux chiffres : 18 expéditions mises sur pied et 12 000 kilomètres de rivières et de pistes – souvent inexplorées – parcourues dans la jungle d'Amazonie. Un exploit insensé quand l'on sait qu'Edgar Maufrais n'était qu'un paisible comptable que rien n'avait préparé à de telles épreuves. Pendant douze ans, sans relâche, il a taillé la forêt, s'est rendu dans des endroits réputés inaccessibles où on lui avait signalé la présence de son fils ; il a montré la photo de Raymond à des milliers d'Indiens, de caboclos, de missionnaires ; il a joué à l'harmonica les airs scouts que son fils fredonnait quand il était « Otarie téméraire » chez les éclaireurs de Toulon ; il a gravé son nom sur des centaines d'arbres. En vain. Le fantôme qu'il poursuivait avait depuis longtemps été dévoré par la jungle. Probablement son fils était-il mort quelques jours seulement après avoir écrit les dernières lignes de son carnet de route.

Raymond Maufrais[1] voit le jour à Toulon, le 1er octobre 1926, sous le signe de la Balance, ascendant Taureau : comme si son caractère opiniâtre devait être, dès sa naissance, défini par les astres. Au cours de ses premières années d'école, il entre très souvent en conflit avec ses camarades : les disputes lors des

---

1. Pour une lecture complète de sa vie, se reporter à l'ouvrage *Raymond Maufrais*, publié aux éditions Scripta en 2013.

récréations sont si fréquentes que ses parents doivent bientôt l'envoyer en pension en dehors de Toulon, alors qu'il n'a pas encore neuf ans.

Avec deux camarades, à qui il a vanté les lointaines colonies françaises comme étant le paradis terrestre, il saute le mur du pensionnat et disparaît dans les régions boisées et vallonnées du Haut-Var. La gendarmerie va battre la région pendant trois jours. Le quatrième, Raymond et ses deux camarades sont découverts dans une grotte, en bonne santé : ils avaient eu la précaution d'emporter avec eux des provisions. « Je croyais pouvoir arriver dans une colonie en marchant vers la montagne », avoue-t-il aux gendarmes qui l'interrogent sur ses motivations.

En octobre 1939, il entre au collège Rouvière de Toulon. Il n'est pas ce qu'on peut appeler un brillant élève, mais il est excellent en littérature française et aime les classiques ; son professeur de français, Charles Laure, remarque très vite ses dons d'écrivain, notamment la qualité de ses descriptions. Appelé « le futur journaliste » par ses professeurs, Raymond ne cache pas son désir de devenir plus tard un grand reporter, ce qui fait le désespoir de sa mère, seule à l'élever depuis que son mari, après la défaite de juin 1940, est prisonnier en Allemagne. Elle espère, comme la plupart des mères toulonnaises, le voir entrer un jour à l'Arsenal maritime de la ville, comme l'a d'ailleurs fait son mari Edgar, comptable au bureau des salaires. Devant sa table d'écolier, le garçon attache une carte de l'Amérique du Sud, achetée à l'insu de ses parents et qu'il contemple en rêvant. À l'emplacement du Matto Grosso, au centre du Brésil, il a tracé une croix rouge : « C'est là que j'irai. Plusieurs expéditions ont échoué, moi, je réussirai », dit-il à sa mère, qui s'inquiète à nouveau de voir ce fils si peu studieux.

En 1942, alors que Raymond n'a que quinze ans et demi, il écoute les émissions quotidiennes de la BBC et annonce sa décision de rejoindre l'Angleterre. La veille d'embarquer, près de Dieppe, il glisse le long de la falaise, heurte un rocher dans sa chute et se fracture plusieurs côtes. Inconscient, Raymond est recueilli par le maire du village voisin et confié aux sœurs d'un couvent qui vont le soigner. Impossible dès lors de partir… Il ne retrouve pas d'autres occasions d'embarquer pour Londres, et à la fin août, déçu, retourne à Toulon.

Comme beaucoup de jeunes de son âge, en participant à des actions de résistance, modestes peut-être, il a le sentiment d'aider à la lutte pour libérer la France de l'oppresseur. Il distribue des tracts et les journaux du réseau « Combat » dans les boîtes aux lettres des immeubles, placarde des affichettes frappées de la croix de Lorraine sur les édifices publics, trace à la craie des « V » de victoire sur les murs de la ville et recueille des informations çà et là sur les mouvements des troupes ennemies, participe avec les routiers à des missions de transport d'armes et de munitions. Ce que Raymond ignore encore, c'est que son père s'est engagé dans la Résistance dès juin 1942 et qu'il est devenu le chef de groupe dans le réseau de l'armée secrète « Combat » ; son domicile sert de boîte à lettres au réseau.

Raymond, envoyé à Cahors en 1944, suite aux bombardements alliés sur Toulon, ne reste pas longtemps en pension : « La France a besoin d'hommes, non de diplômes. Je pars », écrit-il à ses parents, et il s'engage dans le maquis du Périgord. Il va ensuite seconder son père dans la préparation du débarquement de Provence. Mais ce dernier se sent obligé de freiner son enthousiasme : pour l'empêcher d'aller faire seul le coup de feu, Edgar l'attache littéralement à lui à son insu, pendant les heures de repos, en nouant le bout d'une ficelle à son poignet et l'autre à la cheville de son fils…

Dès le 18 août 1944, le père et le fils participent côte à côte très activement à la libération de Toulon. Edgar est blessé lors de l'attaque d'un convoi allemand et Raymond, nommé sergent F.F.I., s'illustre à plusieurs reprises. Pour ces faits d'armes, Raymond sera cité à l'ordre de la brigade et décoré, devant les troupes, de la croix de guerre avec étoile de bronze et de la médaille de la reconnaissance française. Il n'a pas encore dix-huit ans.

Après la libération de Toulon, Raymond entend mener une vie active, une vie « d'homme ». Il devient d'abord correspondant de guerre avant de s'engager dans l'armée comme parachutiste. Démobilisé en 1945, alors que sa classe n'a pas encore été appelée, il se rend en Corse, en Italie, le long de la Côte d'Azur pour divers reportages.

En juillet 1946, Raymond s'embarque pour le Brésil, sans argent, ses économies et celles de ses parents ayant tout juste suffi à lui payer le voyage en bateau. À Rio, il va lier connaissance avec une dizaine de jeunes gens aux origines aussi diverses que leurs nationalités, tous guidés par le démon de l'aventure, et partager leur vie. Un soir du début septembre, il parie mille cruzeiros avec un rédacteur du *Brazilia Herald* qu'il se rendra dans les terres inexplorées du centre brésilien. Raymond, qui a le contact facile, fait la connaissance d'une comtesse italienne, à laquelle il confie ses projets. Amie d'un ministre, elle lui ouvre des portes jusque-là fermées et lui permet d'être admis au sein de la mission de pacification des Indiens Chavantes, appelés « les tueurs du Matto Grosso » et réputés très hostiles aux Blancs. Après 1 800 kilomètres de rivières, puis 900 kilomètres de pampas et de forêts, la mission arrive au cœur du Matto Grosso et débouche sur une clairière où sont découverts les restes d'une expédition disparue. Assaillie par une volée de flèches indiennes, elle doit reculer puis fuir. Le retour est particulièrement pénible. La troupe, déçue, souffre de la faim et de la soif. Quelques semaines plus tard, début 1947, une nouvelle expédition est mise sur pied, plus importante en moyens et en hommes, à laquelle participe à nouveau Raymond Maufrais. Cette fois, un contact pacifique est établi avec les Indiens, après plus de trois mois de patience.

En 1947, Raymond Maufrais revient en France et commence à rédiger, à partir de son carnet de notes, son livre *Aventures au Matto Grosso*, qui ne sera publié qu'après sa disparition. Il donne des conférences à Toulon, dans d'autres villes françaises et à l'étranger. Le jeune explorateur raconte son séjour au Matto Grosso et annonce son projet : relier le Brésil à la Guyane française par les monts Tumuc-Humac, puis redescendre le rio Jari jusqu'à la ville de Belém. Cela, à pied, et seul. Il veut en outre faire la lumière sur certains Indiens de la Guyane qui seraient grands, blonds et vivraient encore à l'âge de pierre.

Raymond est alors partagé entre deux sentiments antagonistes : rester en France, ou respecter ses engagements et partir... Mais c'est l'homme d'action qui l'emporte et, le 17 juin 1949, sans grand enthousiasme, inquiet, voire angoissé quant à son avenir, presque oppressé par un pressentiment, Raymond embarque sur le *Gascogne*, avec, en poche, une avance de la revue *Sciences et voyages* sur ses futurs articles. Sur le quai, son père lui promet : « Si tu n'es pas de retour dans six mois, j'irai te chercher. »

Raymond Maufrais débarque à Cayenne, rédige des reportages dans lesquels il raconte la vie quotidienne des lépreux de l'Acarouany, celle des bagnards libérés, des Indiens Galibi le long de la côte, des chercheurs d'or. Puis, il se lance dans son projet. Il tiendra à jour son carnet de route, quasi quotidiennement, jusqu'au moment où il l'abandonnera, avec ses affaires, en plein milieu de la forêt guyanaise, trois mois et demi après son départ du littoral.

La nouvelle de la disparition de Raymond Maufrais n'atteint la France que le 7 juillet 1950, alors qu'un Indien, Monpéra, avait découvert ses affaires abandonnées au Dégrad Claude au début du mois de mars, soit un peu plus d'un mois après que Raymond Maufrais a quitté ce lieu. Monpéra a emprunté, en canot, le Camopi, puis le Tamouri, c'est-à-dire les rivières que Maufrais avait décidé de descendre à la nage. Il n'a rien vu de particulier qui aurait pu faire croire à la survie de l'explorateur. Un abri de fortune et des coquilles d'escargot vides seront trouvés par hasard, à deux jours de marche et nage de Dégrad Claude, par un canotier de la mission de recherche. Mais plus aucune autre trace ne pourra être découverte par la suite.

Les carnets de Raymond Maufrais, remis par l'Indien Monpéra avec d'autres affaires à la gendarmerie, les 23 juin et 27 septembre 1950, se composaient de plusieurs documents :

– deux carnets de route et un journal de marche, qui forment l'ouvrage édité en 1952, *Aventures en*

Guyane, et réédité en 1970 avec *Aventures au Matto Grosso*. Le premier carnet commençait au chapitre 1, page 9 et se terminait à la page 130 ; le second carnet débutait avec le chapitre 3, page 121 et s'achevait en page 213 ;

– un carnet de notes contenant des renseignements sur la flore, la faune de Guyane et des précisions sur le mode d'emploi et l'efficacité de certains produits pharmaceutiques ; les dernières pages de ce cahier étaient remplies d'adresses ;

– un petit lexique franco-indien accompagné de quelques observations sur les mœurs et coutumes des Indiens.

Si les deux carnets de route ont été publiés, les deux derniers documents cités ci-dessus ne l'ont jamais été. Ils ont malheureusement disparu.

Entre les carnets originaux et le document dactylographié qui a servi à l'édition, on peut constater un certain nombre de différences. En effet la personne chargée de la saisie des carnets manuscrits, dont une copie fut remise pour impression aux éditions Julliard, n'a pas réalisé cette copie à partir des originaux, mais à partir du texte dicté ou recopié à la main par Edgar Maufrais. On peut donc imaginer que certains passages très personnels n'ont pas été retenus par un père profondément ému par le dernier témoignage de son fils, ou plus simplement qu'ils ont été « oubliés » par le typographe, voire éliminés lors de la dernière lecture avant tirage. Ce sont les explications les plus plausibles pour justifier la suppression de paragraphes, voire de pages complètes (la journée du 30 août 1949)[1]. Cela

---

1. Les passages non publiés par les éditions Julliard sont composés, pour les distinguer, en italique ; les mots restitués sont entre crochets. Les

est notamment évident pour ce qui s'est passé entre le 8 et le 13 septembre 1949, la journée du 8 s'achève en page 27 des carnets et celle du 13 reprend en page 41, alors que le texte dactylographié ne compte que quatre lignes pour chacune des journées des 11 et 12 septembre. L'un des passages supprimés (17 juin 1949) est d'autant plus important qu'il est la seule référence à la jeune femme avec laquelle Raymond Maufrais vivait à Paris les quelques semaines qui ont précédé son départ. Celle-ci, prénommée Janine, très attachée à Raymond, tenta jusqu'au dernier moment, en vain, de le décourager de partir, puisqu'elle accompagna Raymond et ses parents au Havre. On peut en effet s'étonner qu'aucune allusion à cette attache n'ait subsisté dans les carnets intimes de Raymond qui, dans ses moments de cafard, se remémorait tous ceux qu'il avait aimés en France.

Ces carnets, tout comme ceux d'Anne Frank, n'étaient pas destinés à être publiés. C'étaient davantage des carnets de route, qui auraient dû servir de support pour écrire le texte définitif de ses *Aventures en Guyane et aux Tumuc-Humac*. Il avoue d'ailleurs, le 26 septembre 1949 : « C'est curieux ce que l'on peut raconter de choses inutiles dans un journal intime. Si tout devait être publié, ce serait barbant. C'est la première fois que je me confie ainsi au cahier, comme une jeune fille en mal de printemps. Le carnet de route est plus concis, moins encombré, plus sec, mais ce voyage vaut ce cahier. Je le pense du moins. »

---

notes de bas de page sont soit celles de Maufrais (en italique, non reprises dans l'édition Julliard), soit celles des éditions Julliard (entre crochets). Les notes explicatives se trouvent en annexe. Les nombreuses différences dans la ponctuation ont été négligées et les fautes de frappe évidentes ont été rectifiées.

On ignore ce que sont devenus les différents carnets originaux que gardaient jalousement Edgar et Marie-Rose Maufrais. Peu de personnes ont vu ces carnets, et l'on peut avancer plusieurs hypothèses pour expliquer cette disparition : ils ont peut-être disparu lors du naufrage d'Edgar Maufrais sur le *Maroni* en 1953 (mais avait-il emmené avec lui les originaux ou une copie ?), ou bien ont-ils été détruits par Marie-Rose qui, à la fin de sa vie, avait souhaité se séparer de ce passé qui la faisait souffrir ? Autre possibilité : ils pouvaient faire partie des documents regroupés dans un grenier de Toulon au titre des successions vacantes non réclamées, et qui, mal conservés, ont été détruits. Raymond Maufrais envisageait également d'écrire un roman, *Les Charognards*, comme on peut le lire sur la page de garde de ses carnets. Ce début de manuscrit, encore entre les mains de sa mère en février 1977, a disparu lui aussi.

Que reste-t-il de toute cette aventure ? Des coupures de presse jaunies et oubliées, des livres depuis longtemps épuisés. Le premier ouvrage de Raymond Maufrais, *Aventures au Matto Grosso*, a été tiré à 9 700 exemplaires en mars 1951. Ses carnets ont été publiés, tels quels, en décembre 1952, à 13 300 exemplaires sous le titre *Aventures en Guyane*. Ces deux ouvrages ont été traduits en onze langues. En 1970, les éditions Julliard les ont réédités à 5 000 exemplaires.

L'Association des Amis de l'Explorateur Raymond Maufrais, qui n'avait plus d'activités depuis le milieu des années 1950, connaît un second souffle depuis 1990[1].

---

1. Avec, notamment, la gestion d'un site internet : www.maufrais.info.

Par les deux Maufrais, une leçon de courage, de foi et d'amour, encore unique aujourd'hui, nous a été donnée. À nous d'en garder la mémoire vivante. Une petite rue de Toulon, ouverte en 1976 dans un quartier excentré, la Floranne, nous y aide. Elle s'appelle « rue Raymond et Edgar Maufrais ». Le père et son fils sont désormais réunis pour toujours.

GEOFFROI CRUNELLE
1997, revu en 2014

Préface à l'édition de 1970

Note de l'éditeur

En 1948, René Julliard reçut la visite d'un jeune homme en quête d'éditeur ; il s'appelait Raymond Maufrais. C'était encore l'époque où un garçon de vingt-trois ans pouvait porter une croix de guerre gagnée cinq ans plus tôt ; il avait débuté jeune dans l'aventure en prenant le maquis à seize ans. Il devait participer à la libération de Toulon, être correspondant de guerre, à dix-sept ans, sur la poche de Royan, s'engager dans les parachutistes de la Marine et, après sa démobilisation en 1946, partir pour le Brésil où il était entré à l'agence France-Presse. C'est alors qu'il avait suivi une mission brésilienne chargée de tenter la pacification d'une tribu d'Indiens Chavantes, expédition qu'il avait racontée dans le manuscrit intitulé *Aventures au Matto Grosso*, pour lequel il cherchait un éditeur.

Un an plus tard, Raymond Maufrais regagnait l'Amérique du Sud, cette fois pour tenter, en Guyane, la traversée des Tumuc-Humac où se trouvaient – se trouvent encore dit-on – des tribus entièrement inconnues. Il voulait faire seul cette expédition, ce qu'on lui a beaucoup reproché par la suite, et il s'en était expliqué dans une interview donnée à la revue *Élites françaises* :

« Pourquoi je pars seul ? Parce que j'aime la vie dangereuse et que, sans porteur, sac au dos, la hachette à la main, en pleine jungle, j'aurai vraiment le sentiment d'exister pleinement, de prendre mes pleines responsabilités d'homme, de tenter une chance qui en vaut la peine. L'aventure de l'exploration est une aventure de pureté et d'humilité. Je vais essayer de comprendre les hommes primitifs, je vais vivre avec eux. Je vais retrouver les vieux instincts oubliés. »

Raymond Maufrais n'est jamais revenu de cette expédition. En 1951, on retrouva sur les bords du fleuve Tamouri, à l'emplacement de son dernier camp, le cahier dans lequel il consignait le récit de son expédition en vue du livre qu'il publierait à son retour. Ce carnet fut publié dans son état brut de notes de voyages sous le titre : *Aventures en Guyane*.

Qu'était devenu Raymond Maufrais ? Était-il prisonnier de ces Indiens inconnus, comme beaucoup l'ont prétendu ? Avec un courage extraordinaire, son père organisa une expédition à la recherche du disparu, échoua, rentra en France, repartit – à plusieurs reprises – en vain. Personne n'a jamais su quel a été le sort exact du jeune explorateur.

Depuis longtemps, les livres de Raymond Maufrais, qui ont alimenté les rêves de toute une génération de jeunes, étaient introuvables. Des témoignages plus récents ont été publiés, qui donnent du Brésil ou de la Guyane une image parfois différente, encore que la forêt tropicale, elle, ne change pas. Mais le personnage du jeune homme avide de connaissance, courageux, idéaliste, qui disait : « L'aventure, c'est le travail, et plus le travail est difficile, plus l'aventure est belle », reste unique dans l'histoire de l'exploration. Il nous a paru qu'il n'était pas inutile de le faire connaître aux frères de ses lecteurs d'il y a vingt ans.

Chapitre Ier

Paris, le 17 juin 1949

Et voilà ! Mes bagages sont prêts ; ils dépassent, et de loin, les vingt-cinq kilogrammes fixés comme poids maximum à emporter pour mon raid aux Tumuc-Humac[1]*. Jamais je ne pourrai supporter ce poids sur les épaules durant près de sept cents kilomètres. Bah !… je le délesterai de tout ce qui est inutile, mais qu'est-ce qui est inutile ? J'ai à peine le nécessaire ; il faudra encore rogner sur la pharmacie, les munitions, la pacotille indienne…

Une heure du matin déjà.

Tout à l'heure, dîner d'adieu chez le Dr X… : mannequin de Carvin, bijoutier, antiquaire ; j'étais seul dans mon fauteuil, gêné, ma coupe entre les doigts, regardant les bulles du champagne, écoutant, racontés avec brio par des messieurs très bien, les potins de la rue Royale, chronique de la vie mondaine, projets :

– Vous viendrez, n'est-ce pas ?… Ce sera délicieux !

La caution exigée par la Compagnie de navigation sur demande de la préfecture de Guyane sera payée par Doc. Je n'ai plus un sou[2].

---

* Les notes se trouvent en fin d'ouvrage, p. 281 et suivantes.

Que vois-je ? Que suis-je ? Qui pense dans mon crâne ? Doute perpétuel ! Bizarre, cette angoisse ! Je serais curieux de savoir si d'autres ont éprouvé cette sensation.

Je ne regrette rien de ce que je vais quitter. Peut-être est-ce l'effet de l'Ortédrine[3] qui ne me soutient plus après dix jours de cure ?

Tout est terminé. Est-ce possible ?

Visite à l'éditeur[4], au journal[5] ; tout le monde m'a crié : « M... », j'ai pensé : Merci... C'est la coutume.

Ce départ, je l'ai trop désiré. J'avais les yeux humides en quittant la maison, l'autre jour.

– Tu deviens un homme ! m'a dit un ami d'enfance.

Pauvre mère, pauvre papa, – sourires tristes. Pauvres parents !

Dernière étreinte, vite on tourne la tête, encore plus vite on referme la porte. C'est dur !

Que les heures sont longues, cette nuit !

La boulangère a marié sa fille ; la noce défile dans la rue avec un bruit infernal.

Elle[6] est là, qui me regarde écrire, soumise, triste elle aussi. Notre idylle a été brève. Pourquoi a-t-il fallu qu'à mon retour du Brésil je reprenne les trottoirs du vieux Boul'Mich[7]...

Des souvenirs m'ont amené au « Champo[8] ». Elle était là ! Je suis peut-être né pour être un pantouflard ?

Stupide sentimentalité dont je n'arrive pas à me débarrasser.

Chaque départ est une lutte, chaque arrivée un aléa. Toujours courir après l'argent, les uns, les autres...

Mais comme je serais heureux, ensuite, d'avoir franchi le cap, de me sentir libéré, de vivre.

Un avion ronronne doucement... le réveil et son tic-tac, la Bastille toute proche[9]... Paris !

Accroupie à mes pieds, ta joue sur ma jambe, tu me regardes encore.

..............................[10]

20 juin 1949

Rien à signaler à bord du « Gascogne[11] ». Le soir, on danse, je m'ennuie.

3 juillet

Escales sur escales. Après les Antilles françaises, les Antilles anglaises et puis les Guyanes.
Bientôt le bateau est transformé en marché persan. Les ponts sont envahis d'Hindous, de Noirs, de métis, de Chinois.

14 juillet

Fête à Cayenne[12]. La place des Palmistes est encombrée de baraques où l'on joue. Près de la crique[13], dans les bistrots, on danse.

2 août

Galop d'essai : 90 kilomètres de brousse impraticable avec quarante kilos de bagages sur le dos, sans vivres[14]. Tout va bien : pieds enflés seulement[15] et crise de foie.

J'ai vu les lépreux[16] ! de quoi puis-je me plaindre maintenant...

Des Indiens ! les derniers Caraïbes[17]...

Reposant dans mon hamac, sous le carbet[a, 18] de l'homme rouge ; je me suis enfin senti chez moi.

15 août

Bloqué : pas d'argent pour partir. Je dois attendre une occasion. Un mineur[19] doit aller sur le Maroni, peut-être m'emmènera-t-il ?

Fièvre. Je travaille dur mes dialectes Oyampis et Roucouyennes[20].

Cartographie !... Et moi qui n'aimais pas les math...

Mes angles de marche sont déjà calculés ; c'est joli sur le papier !

20 août

C'est fou ce que les gens sont mesquins, cancaniers, jaloux. Ils se moquent... Farceurs !... J'en souffre. Ils ne peuvent pas comprendre. Après tout, laissons-les mijoter dans leur stupidité et pensons : je les em... !

---

a. Carbet. Un bâti de pieux fichés en terre. Entre les pieux des claies d'osier tressé, un toit formé de branchages posés sur des fourches et recouvert de feuilles de palétuviers. Le sol est en terre battue, des séparations en clayonnage divisent le carbet en deux parties : la cuisine et la salle à manger, à coucher, à tout faire.

25 août

Cette inaction me pèse vite.
Je hais Cayenne. On n'y respire que la médisance. Je hais les villes, leur monde, leurs lois...
Ces sourires... Ces poignées de mains... Salauds... ! Une famille métropolitaine[21] m'héberge ; leur affection compréhensive me permet de patienter.

Je ne sors plus, je travaille jusqu'à m'abrutir : dialectes, cartographie... un peu de rêve, parfois le cafard. Cafard ou peur ? Nous verrons bien sur place.

26 août

L'échec est humain, mais il ne m'est pas permis d'échouer.

Courrier : Des lecteurs m'écrivent – Jeunes enthousiastes – très jeunes – pas encore blasés. Merci ! vous êtes chics.

Sauvez-les, ceux-là !

Pluie, pluie... la saison sèche[22] est bizarrement mouillée.

Un homme m'a raconté une histoire – Comme les autres : dix-sept hommes sont partis, en 1938, sous la direction du Capitaine Grelier des Eaux et Forêts. Ils sont revenus au nombre de huit – Deux fois attaqués par les Indiens – fièvre – faim – peur.

– Je suis bien content d'avoir sauvé ma peau, c'était un enfer !

Le chef de l'expédition est resté trois mois à l'hôpital. Forêt, forêt guyanaise ! me seras-tu ainsi hostile ? Pour te fléchir, que faut-il faire ? Dois-je sacrifier à Tupinamba ? Tablaqueras ? Dieux des forêts, des eaux, des arbres, du ciel et de la terre, laissez passer le voyageur solitaire !

Dans ma chambre, chaque soir, une chauve-souris vient me rendre visite, visiteuse du soir au sombre et satanique manteau d'apparat... Quel présage funeste viens-tu donc m'apporter ?

Le singe de la maison croque des papillons ; le forçat nous raconte sa vie :

– Ils nous tuaient pour un pari, jouant le soir à la belote celui qui se chargerait de l'exécution. Des corvées partaient à cinquante et revenaient à dix ou ne revenaient pas, etc.

30 août

Dernier courrier. Les ponts sont rompus. À nous deux, maîtresse brousse. Toi, moi... quel beau spectacle ! mais surtout, lorsque tu frapperas, que ce soit vite, fort ; je n'aime pas souffrir longtemps.

– *Tête de mule ! m'a dit X...*
– *Abandonne ! m'a dit Y...*

Pauvres gens ! Depuis onze mois, ils se répètent comme s'ils s'étaient donné le mot.

Le forçat qui nous sert à table et connaît la forêt parie sa tête. Pour lui, je suis déjà mort.

Au fond, on pense toujours que c'est le copain qui mordra la poussière ; sinon, il n'y aurait pas d'attaque – et puis, je ne partirais pas.

J'ai foi en ma réussite, mais je voudrais avoir la foi, je serais moins seul dans les grands bois. Ange, mon bel ange, ton aile me couvrira-t-elle ?... À quoi puis-je reconnaître la main de Dieu ?

Bruits de guerre[23], incendies, désastre national. Tout arrive, ouaté, irréel... Le monde est si loin de cet antre dans lequel nous vivons.

La fricassée balkanique brûle ; serait-ce la guerre déjà ? Les larves deviennent papillons. Depuis 44, il serait temps que l'on y voie clair. Oui ou non... mais foutez-nous la paix !

Que sera-t-il de Paris à mon retour ? Pauvre France, triste jeunesse ; tout ça est bien malade.

Oh ! luttes fratricides.

31 août 1949

En attendant, je bûche ferme les vieux livres de la bibliothèque. Des pages sont arrachées, des appréciations personnelles de lecteurs emplissent les marges, raturent le texte. Rien n'y manque, même pas les injures !

Vandales, prétentieux, stupides, éloquences du perroquet, vaines diatribes !

Pauvre Coudreau, si tu savais ce que l'on t'abîme... mais au fait, n'as-tu pas abîmé Crevaux[24] ?...

Bah ! entre loups, le chef de file blessé n'est pas épargné par les roquets... Dieu sait s'il y en a dans cette profession ou celles qui s'y rattachent. Tu croyais au Sacerdoce... égoïste va, tu n'as pas voulu leur dire les joies de nos solitudes. Tu as raison ; partagées, elles seraient odieuses. Faisons croire au dévouement pour mieux goûter notre plaisir avare.

4 septembre

Encore à Cayenne ! Le temps est toujours à la pluie. Je sens ma volonté faiblir, j'ai hâte de m'en aller. Je n'arrive pas à terminer mes papiers pour les journaux du soir. Ceux de « Sciences et voyages » sont enfin partis avec les photos.

J'ai vendu ma Winchester qui devait servir à payer les piroguiers. J'ai vendu ma valise de cuir, celle dont j'étais si fier, achetée à Rio, juste avant de repartir en France. J'ai vendu ma cellule photo-électrique. Après expérience, je pense qu'il vaut mieux se fier à soi-même qu'à cet engin capricieux et fragile, et puis... il me fallait de l'argent[25].

Malgré cela, je n'ai encore plus un centime en poche. Je suis hébergé chez des gens[26] qui m'ont adopté comme leur enfant ; le quatrième, puisqu'ils en ont déjà trois. Ils font tout pour me mettre à l'aise.

Je souffre cependant de cette situation misérable. Satané métier ! Il me faudrait une fortune, des amis puissants, un nom, au moins... Je suis R. MAUFRAIS, rien de plus.

Le départ est encore reculé à jeudi prochain ; je suis à la merci d'un homme[27] qui, aimablement, m'offre passage à bord de son canot. Je suis à sa merci pour le départ, pour l'itinéraire. Ah ! si j'avais de l'argent... Toujours quelque chose à acheter au dernier moment.

Les billets de mille s'évaporent. Il en faudrait tellement encore ! J'arriverai au Brésil sans un sou.

Je n'ose plus aller chez le dentiste, impossible de le payer ; même chose chez le photographe chinois. Mon courrier lui-même est suspendu. Ça va mal.

J'ai tellement hâte de fuir. Toujours des soucis d'argent, ce n'est pas drôle. J'ai l'impression de perdre mon temps, justement à cause de cela. Je suis esclave de ma pauvreté.

Dans un mois, vingt-trois ans déjà !... Qu'ai-je fait de tangible ? Pourtant, ai-je le droit de me plaindre ? Les dieux m'ont été favorables. Mes projets mettent un temps infini à se réaliser, mais ils se réalisent tout de même... Alors ?... Alors, on s'use, on se ronge le sang. L'autre jour, une dame charmante m'a donné trente-cinq ans ! Que paraîtrai-je à cet âge ? Jeune vieillard !

Cayenne dort. Une heure du matin, ma plume racle le papier. Boby[28] sommeille. Pauvre Boby, te voilà désigné d'office pour m'accompagner aux Tumuc-Humac. Poil ras, blanc sale, ventre rosé, taches noirâtres sur ce rose indécent et maladif, l'œil alerte mais la gueule bâtarde avec des bajoues découvrant des crocs pas bien terribles. On m'a dit que tu débusques l'agouti (ou cochon de bois[29]), on m'a dit que tu es un bon chien de garde.

Hier, tu as abandonné au chat ton pain trempé en gémissant comme un pleutre. Un chien te fait trembler ; à la chasse, tu as peur du bois, tu es maladroit dans les hautes herbes, tu lèches la main de n'importe quel [autre] étranger.

Il est vrai que tu as débusqué un agouti ! Malgré ton cafard, tu fais bonne contenance. Tu as peur de moi ; je t'ai battu pour t'apprendre à venir à mes pieds au commandement, pour te coucher et pour t'arrêter net...

Je t'aime bien Boby, j'ai de la peine à te voir renifler vers la porte du jardin, tirer désespérément sur ta corde, guetter les bruits de voiture. Tu ne reverras plus ton vieux maître d'ici longtemps, ni ta maison, ni tes copains de la place. Tu t'habitueras à moi ; ensemble nous tenterons l'aventure, nous partagerons fraternellement la croûte tombée du ciel, tu m'y aideras, j'espère ? Tu seras mon seul compagnon. Tu verras les Tumuc-Humac ; si je crève, tu crèveras avec moi ; tu dormiras dans mon hamac, tu boiras dans la même eau qui m'abreuvera, nous déchiquetterons ensemble la même carne.

Allons, Boby, en route mon vieux et, je t'en prie, aide-moi à trouver le beefsteack quotidien, défends mon hamac et, d'un coup de langue, retire mon cafard quand tu verras que j'en ai marre. Je compte sur toi, hein !...

6 septembre

Le forçat qui travaillait à la maison a eu une crise de folie ; coup de bambou ? La vaisselle a valsé, la famille était bouleversée.

L'homme purgeait une peine de quinze ans de travaux forcés pour meurtre. Cuisinier, laveur, repasseur, bonne à tout faire, brave garçon édenté, chauve, trois évasions, des histoires invraisemblables.

Deux gendarmes l'ont embarqué. Ce n'est pas la première fois ; ils lui ont déjà fracassé la mâchoire lorsqu'il voulut poignarder sa patronne à la gendarmerie. Cette fois, on l'enferme pour de bon.

En vérifiant le carnet de compte, M. X...[30] s'est aperçu que le bonhomme achetait tafia[31], anisette, conserves fines et tabac sur son compte. Il semble que ceux qui me disaient : « vingt ans de bagne plutôt que cinq ans de centrale », aient [eu] quelques raisons de penser ainsi…

7 septembre

On a philosophé jusqu'à deux heures du matin.
J'ai hâte de rentrer pour bouquiner, étudier, je suis terriblement incomplet, je n'ai jamais eu le temps d'alourdir mon bagage ; quel handicap… Il y a tellement de choses à savoir. Ma philosophie est instinctive ; M. X… l'a cependant trouvée semblable en tous points à celle de Nietzsche…

Les journées passent vite, cependant, le temps me pèse. Aurai-je le courage de foncer dans le brouillard… Vite, l'action, j'ai peur de moi-même. Je commence à douter du succès. Et puis, tous ces bruits de guerre, confirmés, démentis. 39, Munich… Ça recommence. Que sera-t-il du monde à mon retour ?

8 septembre

Je pensais sauver mes bottes ! Trois jours de forêt lors de la marche forcée Mana-Iracoubo[32] avec quarante kilos sur le dos – quatre-vingt-dix kilomètres à pied, trois jours de marche, trois jours de pluie, le cuir racorni, resserré malgré de multiples applications de graisse, ont fait de la botte une gangue, un étau douloureux.

J'ai coupé au rasoir ; ça a donné une paire de souliers impossibles à mettre, une paire de guêtres que j'ai cousue, rafistolée tant bien que mal pour aller avec les brodequins achetés ce matin. Trois jours ont suffi pour tuer les bottes, la pluie pour rouiller le chronographe (l'horloger le déclare perdu). Plus de bottes, plus de montre ; comble de malchance, mon revolver à barillet est en piteux état ; les balles achetées chez Flaubert sont périmées.

L'autre jour, exercice de tir : rien ne marquait la cible. Quel maladroit ! Sur cinq balles, pas une placée... Les cinq étaient dans le caisson, collées étroitement... Un miracle que celui-ci n'ait pas explosé, l'armurier en avait le dos glacé. Les cinq douilles se sont fendues, la poudre était morte. Il a fallu chauffer le canon, après avoir retiré les pièces trempées, pour fondre le plomb des balles. Le barillet en a pris un coup. Il sort à coups de marteau, rentre à coups de poing, mais ça tire... Alors je l'emmène tout de même... et un petit marteau avec ; quel armement ! Bientôt, j'aurai un mousquet pour carabine !...

J'ai commencé l'entraînement au tir à l'arc. Sérieux ! On ne sait jamais avec ces armes modernes.

Mon équipement tiendra-t-il le coup pendant dix mois de marche en forêt ? Qui vivra verra. En attendant, à cause de l'encombrement, j'ai supprimé les ampoules de pénicilline pour celles de sérums antivenimeux. Je rogne, je rogne toujours... Tout est étalé dans ma chambre, je n'ai pas le courage d'attaquer, sinon à la dernière heure. Alors on verra.

Dimanche 11 septembre

C'est pour jeudi, du moins M. Thiébaud me l'a dit : un géologue[33] l'accompagnera jusqu'à Grand-Pont, dans la Haute-Mana. Il arrive mardi soir par avion. Au lieu du Maroni, je prendrai donc la Mana ; de là, je joindrai l'Itany, puis l'Ouaqui et enfin le territoire inexploré.

Lundi 12 septembre

J'ai passé la journée à la bibliothèque et relevé des choses très intéressantes[34].

Mardi 13 septembre

C'est demain matin que se décidera définitivement le départ. Le professeur de la Sorbonne[35] devant accompagner Thiébaud dans la Haute-Mana est arrivé ce soir en même temps que le député de la Guyane[36].

Mercredi 14 septembre

Le départ fixé hier soir a été retardé. Un moteur du canot nécessite réparation. Ce sera peut-être pour dimanche soir ou lundi matin. Il pleut, cafard.
Toujours attendre… Parfois je suis désespéré, j'ai peur de faiblir, de lâcher tout. Je ne suis qu'un homme, j'aime vivre ; mon idéal est tellement inaccessible ! Je suis comme ceux que je déteste : les mêmes petits défauts, les mêmes petites lâchetés. Parfois je me demande pour quelle raison je tiens. La persévérance, après tout, est plus le fait des événements que de l'homme. Une fois lâché, une fois parti, on doit aller jusqu'au bout.

Les gens ricanent de me voir encore ici. Tous pensent que je vais renoncer et prennent des mines patelines pour s'informer de mes intentions. Partira, partira pas…

Ah ! si j'avais seulement trente mille francs pour payer canotiers et pirogue !… La saison sèche est rudement entamée, j'ai l'impression que je paierai cher ce retard, arrivé dans les grands bois.

Jeudi 22 septembre

Chaleur. J'avais prévu et emporté avec moi deux caissettes étanches. Je suis obligé de m'en séparer à cause du poids. J'abandonne la moitié de la pharmacie et de la verroterie[37] destinée aux Indiens.

Dimanche 25 septembre

Des gens, en ville, ont dit : « Maufrais ? Bah !… un fumiste. Il restera caché dix mois aux environs de Saint-Laurent-du-Maroni puis il paiera des Nègres Bosch[38] qui le transporteront en canot jusqu'à Belém où il annoncera son exploit imaginaire. »

Si j'avais eu le bonhomme sous la main, je crois que je le massacrais. Bah ! après tout, on n'est sali que par la boue. Un ami sincère m'a dit : « Les chiens aboient, la caravane passe. »

Caravane réduite, mais les chiens sont toujours là. On m'a pris aussi pour un fou dangereux. Il vaudrait mieux, aux dires de certains, que je crève en forêt…

Que de bruit autour de ce départ ! Qu'y a-t-il donc à cacher aux Tumuc-Humac, ou sur ma route ?

– Pas une chance sur mille ! a confié un planteur d'ananas, vieux broussard.
– Il n'en reviendra jamais !
Pessimisme partout ; les adieux sont funèbres. On essaie encore de me décourager.

Chapitre II

Lundi 26 septembre

Le départ était fixé à cinq heures du matin à bord du « Saint-Laurent[1] ». Boby s'est embarqué vaillamment, sans comprendre (heureusement) vers quelles longues pistes je l'entraînais. Brave cabot ! pas bien joli, ni bien méchant, ni bien malin, mais c'est mon chien, un copain, et je m'y suis déjà attaché.

– Hein Boby ! tu vas en voir du pays ! (il pleurniche sans arrêt).

À cinq heures, les gens dorment encore. Quelques amis sont là, fidèles. J'ai la larme à l'œil.

Départ à l'aube ; c'est poignant, ma gorge s'est serrée, j'ai eu peur de montrer mon émotion. Joie ? Peur ? Je ne saurais dire. Je pars, c'est tout et c'est l'aboutissement de quatorze mois de bagarre avec la vie de tous les jours qui m'entravait chaque jour davantage.

Vendu tout le linge, les caissettes étanches et isothermiques auxquelles je tenais tant.

M. B...[2] m'a prêté une montre car la mienne est inutilisable.

La mer est grise. J'ai mal aux gencives. Une dent arrachée à grand-peine l'avant-veille me tracasse sous forme d'abcès. Bon départ !... C'est bête d'être sentimental. Les départs m'étreignent toujours à fond. Je pense à ma mère, à mon père. Ils m'ont eu dix ans avec eux. Pauvre et cher vieux couple ! Comme j'ai hâte de revenir vers toi, te voir vivre sans soucis ni tracas. Pourvu que la santé de papa[3] tienne et qu'il ne fasse pas d'imprudences.

J'écrivais un article sur la Guyane sans arriver à le terminer. Il est écrit tel que je le pensais. Je n'ai rien voulu changer. Plaire aux uns, déplaire aux autres... Tant pis !

J'ai veillé toute la nuit à boucler mes bagages. Je suis nerveux, un peu de fièvre, le foie est sensible au toucher. La tournée d'adieux m'a valu de nombreux apéritifs... je paie !

Les côtes se dessinent au loin ; vers six heures nous serons à Saint-Laurent-du-Maroni.

Il fait chaud et, ce matin, j'avais si froid !

Que ces préliminaires à l'action me pèsent ! J'aurais préféré être parachuté, aussitôt à pied d'œuvre dans le territoire inexploré. Ça serait trop facile, après tout, et j'aurais l'impression de ne pas avoir gagné ma réussite. On m'a dit :

– Pourquoi faites-vous le territoire inexploré, partant du centre de la Guyane ? Il serait aussi méritant et moins dangereux de ne faire que les Tumuc-Humac d'une source à l'autre[4] ! Si vous réussissez, on ne parlera que des Tumuc-Humac, pas du territoire inexploré !... Et pourtant, c'est là que vous risquez davantage votre peau, là que vous allez vous crever pour arriver au but de votre exploration, au gros morceau, diminué physiquement et moralement. Renoncez... Joignez seulement les sources !...

Combien d'autres l'ont répété ! Mon père est beauceron[5]... sacré têtu ; j'ai décidé de faire ce trajet, je ne l'amputerai pas d'un pouce. Ce serait renoncer pour moi-même, face à ma conscience. Le travail serait incomplet. Je ferai les deux, je réussirai. Oui, je réussirai, Messieurs les pessimistes !

C'est curieux ce que l'on peut raconter de choses inutiles dans un journal intime[6]. Si tout devait être publié, ce serait barbant. C'est la première fois que je me confie ainsi au cahier, comme une jeune fille en mal de printemps. Le carnet de route est plus concis, moins encombré, plus sec, mais ce voyage vaut ce cahier. Je le pense du moins.

La trépidation des moteurs scande le mot « vivre ».

L'estuaire du Maroni s'offre à l'étrave avec ses îles et ses affluents multiples. Le wharf en forme de T aux planches disjointes chevauchées par les rails d'une draisine chargée de bois précieux, bungalows aux lignes élégantes, bouquets agrestes, fleurs rouges et capiteuses, cocotiers échevelés sur le ciel chargé de crépuscule. Le fleuve, lent, large, dont les eaux sales battent la coque rongée d'herbes vivaces d'un paquebot éventré à quelques encablures de la berge. Albina[7] aux toits rouges ; nègres Boschs et Bonis[8], femmes aux seins lourds ; les ventres sont tatoués de boules en relief aux dessins mystérieux.

Le pyjama rayé flottant sur leur squelette surmonté d'un immense chapeau de paille, des forçats se hâtent de saisir les amarres du « Saint-Laurent ».

Le commissaire Gardiès est là ; sa verve toute méridionale dissipera les dernières lueurs d'un cafard agonisant, dû à une longue attente.

Mardi 27 septembre

Il est fou ! – on le dit. – Perdu quarante-cinq jours dans la forêt, retrouvé nu, maigre, délirant, par des Noirs Saramacas[9].

– Ah ! la forêt, terrible, terrible !

Il ne sait dire que ça. Fou ! Oh ! hantise de la folie qui mène à la folie... Oublier cet homme !

– Le cuir de tes souliers pourrira et les coutures aussi et l'étoffe sera déchirée ; les lentilles de ton appareil se décolleront, tout pourrira, tu pourriras toi-même ; sur ton front il y aura de la moisissure, dans ta peau des champignons qui rongent... etc., etc.

Il est fou certainement celui-là ! Qu'importe s'il a pourri là-bas, je ne pourrirai pas moi, je tiendrai ! Témoignages de la forêt, spectres et revenants du monde mystérieux, vous êtes redoutables avec vos histoires. Mais non, vous n'arriverez pas à me donner la frousse ! Peur... et après, mais pas de panique. Je tiendrai bon, parce que je veux vivre.

Ils s'acharnent à me décourager ; ils savent pourtant qu'ils n'y arriveront pas. Sadiques !

Oui je vivrai, Messieurs les défaitistes ! Riez, souriez, moquez-vous, diffamez, mordez, qu'importent vos crachats !

J'ai un peu de fièvre, il faut dormir ; demain départ pour Mana.

Mercredi 28 septembre

Thiébault s'affaire, le professeur somnole coiffé d'un bonnet de coton, bonnes histoires, brave homme, son accent belge plaît à mes oreilles et me rappelle certains voyages à Bruxelles, Amsterdam[10], ayant juste de quoi prendre le train en vendant mes articles sur le Matto Grosso à la sauvette, de porte en porte... Je croyais gagner beaucoup d'argent. Parti avec trois mille francs, je suis revenu avec dix florins de dette contractée envers une jeune et charmante Hollandaise de La Haye.

Nous partons pour Mana ; dernière grande étape du voyage. Mana est un bourg ensablé – pour moi ce sera une grande ville, la dernière. Et puis, quatre-vingt-dix-neuf sauts[11] à franchir à la cordelle, à la pagaie. Terminus, adieux, la piste...

Je devrais être parti depuis juillet ! mais ne nous plaignons pas, les dieux m'ont été favorables. Mieux vaut partir tard que jamais.

La voiture saute et tressaute, nous avec, puis nos bagages, et Boby pas très rassuré.

Mana ! le sable – visite au bon curé, au gendarme célibataire à l'accent de Toulouse. Sur la berge, notre canot.

Aventure chérie, bientôt je dirai : « Tu es à moi. »
« La route est longue, longue, longue,
« Marche sans jamais t'arrêter.
« La route est dure, dure, dure,
« Chante si tu es fatigué... »

Vieux refrain scout – départ dans les collines, puis dans les montagnes sous le chapeau de l'éclaireur et enfin, la vraie route du routier, le bâton fourchu en main, flagellé par le vent – saines fatigues du dimanche, rude école : spéléologie, escalades, bagarres amicales...

Et les totems, leurs danses, le rite immuable de l'épreuve du feu, celle de la mixture...

– Tu seras « Otarie téméraire ». Otarie, parce que tu nages comme le phoque... Téméraire, parce que tu risques...

Des amis m'appellent encore Otarie, ce sont ceux dont les dernières lettres d'encouragement m'ont transmis le message :

– « Éclaireur... toujours... droit ! »

Je marcherai droit devant moi, vers le sud, vers les monts mystérieux, ascension que nous tous avons rêvée et que le destin m'a choisi pour tenter.

Le clan[12] s'est dispersé, les routiers ont pris la route de la vie et, chacun de notre bord, je crois que nous restons fidèles à notre devise ; pas toujours hélas ! mais nous marchons droit et nous sommes forts.

Baden Powel[13], par le scoutisme, a su nous donner le courage de vivre suivant nos goûts... et c'est dur parfois !

Jeudi 29 septembre

Nous devions quitter Mana aujourd'hui pour la rivière. Les élections approchent ; samedi le conseil municipal sera renouvelé... fièvre politique, discours... Alors, nous attendons !

Je dois attendre aussi, étant tributaire de la mission pour joindre la crique Sophie dans la Haute-Mana.

Un gendarme arrivé de Sophie m'a prévenu que là-bas tout se payait au poids de l'or – cinq grammes par jour par porteur.

Pour joindre Sophie à Maripasoula (cinq jours) j'ai mille francs en poche. Je serai obligé d'emprunter au nom de « Sciences et voyages ».

Je dois avancer maintenant, vite et à tout prix.

C'est bizarre, je sens une nette hostilité chez de nombreuses personnes officielles au courant de mon projet, de la froideur chez mes compagnons. Seuls avec Ivanovich, le chef de chantier, nous formons une paire sympa. Évidemment, personne n'imagine ma tentative couronnée de succès. Je sais d'ailleurs qu'ils pensent que je vais abandonner. C'est la guerre froide, la guerre des nerfs et, sous ce climat, le cafard gagne vite. Je me sens tellement seul !

Mes vrais grands amis, les B...[14] de Cayenne ! Ah ! quel réconfort que leur douce compréhension. À l'adieu, nos gorges serrées, nos gestes rapides, gauches, les têtes se détournant, sourires qui deviennent des rictus, les mots se ruant aux lèvres tremblantes.

On raconte que la mission Hurault[15] est allée aux Tumuc-Humac. Ils auraient rencontré des Indiens très primitifs. Ça m'a fichu un rude coup. Serais-je grillé ? Au fond, je ne crois pas qu'ils aient joint les deux sources et longé la chaîne dans toute sa longueur. Mais enfin, la concurrence est sérieuse. Ils étaient tellement mieux armés que moi pour la réussite. Cafard au coucher du soleil.

Vendredi 30 septembre.

Pluie – moustiques – on attend la fin des élections pour partir.

Samedi 1ᵉʳ octobre

Vingt-trois ans aujourd'hui : j'y ai pensé ce matin, puis je n'ai plus voulu penser.

Dimanche 2 octobre

Vote – le Blanc est élu, très entouré, félicité. Je m'ennuie. Départ demain.

Lundi 3 octobre

Départ demain, le « bossman[16] » est malade.

Mardi 4 octobre

Départ demain, le bossman ne va pas mieux.

Mercredi 5 octobre

Le départ est encore renvoyé à demain. Plus un sou en caisse et je dois six mille francs de restaurant. Je suis ennuyé car arrivé à Sophie, pour joindre Maripasoula et ne pas perdre de temps, je devrai payer un guide porteur durant cinq jours à cinq grammes d'or par jour et acheter un canot pour naviguer sur la crique Petit Inini, de trois à cinq mille francs.

Je pourrais partir seul mais je perdrais un temps précieux dans une région ne présentant aucun intérêt pour l'exploration.

Or, je veux aller vite car je suis terriblement en retard sur mon programme. Je devrais être aux Tumuc-Humac orientales ou aux sources du Kouc, suivant l'itinéraire dressé à Paris. Il est vrai que les itinéraires en brousse !... Je prends à peine le départ et quel départ ! la saison sèche est sérieusement entamée.

J'ai demandé à plusieurs personnes un prêt remboursable par « Sciences et voyages ». – Excuses habituelles et je me retrouve gros-Jean comme devant.

Retourner ? tout lâcher ?... Pas question !

Il me faut trouver de l'argent ; je réussirai, j'en suis sûr, seulement la saison sèche m'effraie car je serai certainement bloqué par les pluies très bientôt, quelque part dans la région inexplorée.

Quant à moi, peu importe, mais les pellicules seront périmées à partir de juillet 1950. Elles tiendront peut-être encore quelques mois, mais avec le climat, j'ai bien peur qu'elles deviennent inutilisables pour la reproduction.

Je suis donc esclave de mes pellicules. Je dois faire vite et tout est contre moi ! Il est vrai que, depuis le temps, je devrais en avoir l'habitude.

J'ai téléphoné au sous-préfet de St-Laurent à neuf heures du matin, lui demandant d'intercéder en ma faveur auprès d'un négociant guyanais afin d'obtenir un prêt. La journée se passe à espérer sa réponse. Rien. Je téléphone à nouveau. Le sous-préfet est aux champs... J'ai compris... et n'insiste pas.

Avec raison car voici la nuit, je suis fatigué d'être toujours à la merci des autres... Pas d'argent, pas d'argent !

Lutter de cette manière est épuisant. Ah ! si j'avais des crédits !... Au Brésil[17] déjà je me battais de cette manière. En Guyane, ça recommence. Toute la vie alors ? Ah ! ces préliminaires... Qu'est l'exploration d'un territoire hostile en regard des difficultés rencontrées au départ ?

Thiébault a été chic. Il a payé ma note de restaurant. C'est tout, mais c'est beaucoup. Là-haut, ma foi, je me débrouillerai.

Jeudi 6 octobre

Deux heures du matin. Départ. Enfin ! Les deux canots de notre expédition s'ébranlent sur la rivière baignée de clair de lune. Il fait frais, des brumes voilent les berges et donnent aux arbres morts une allure fantomatique.

À 4 h 15, nous nous arrêtons quelques instants au village de « Papa Momo ». Les canotiers achètent des légumes et boivent du tafia. À 5 h 10, la lune décline, les brumes s'épaississent, puis le ciel se colore. Des vols de perroquets passent la rivière, des martins-pêcheurs nous dépassent, effrayés par le grondement régulier des moteurs Johnson, se posent sur des branches basses et sans cesse poursuivis, sans cesse rejoints, nous précèdent inlassablement de leur vol rapide durant des kilomètres.

À chaque coude de la rivière, le ciel se nuance davantage de teintes chaudes. Sur de larges éclaircies d'un bleu très pur, les palmiers et les arbres morts se dessinent d'un trait net alors que les arbres sains, estompés par la brume, semblent crayonnés au fusain et leurs masses de feuillages noyés rappellent les lavis japonais.

Nous dépassons trois canots lourdement chargés qui vont ravitailler les placers[18] de la crique Morpion. Les nègres Saramacas avec leur pagne à rayures rouges piquent le takari[19] dans le limon des berges et pèsent de tout leur poids sur la longue perche souple. Ils plient un genou pour forcer davantage, se relèvent et, partant de la proue, poussant à pleine main le takari déjà dépassé par le canot, font quelques pas en arrière, puis ils relèvent leur bois, le piquent à nouveau loin devant la proue et l'ensemble de leurs mouvements semble ordonné par quelque invisible chef de manœuvre. À l'arrière, un autre Saramaca dirige l'embarcation à la pagaie.

Les pirogues sont grandes, débordantes de caisses et de sacs ; des femmes, les commerçantes installées sous le « pomakari[20] » nous font un signe d'adieu de la main et les canotiers s'interpellent en « taki taki[21] ».

Une muraille épaisse de végétation surplombe la rivière de vingt-cinq à trente mètres. Le soleil levant nous révèle quelques abattis[22] disséminés le long des berges florissantes de pousses de manioc, de citronniers et de bananiers.

À huit heures nous sommes arrêtés par le premier des quatre-vingt-dix-neuf rapides qui tronçonnent la Mana de l'estuaire à la source.

Le Saut Sabbat est formé de deux rapides de faible dénivellation, mais semés de roches aux arêtes aiguës.

Les deux canots composant notre mission sont arrêtés et amarrés à une roche. Les Saramacas examinent la barre afin de découvrir un chenal propre au passage de nos embarcations, celui-ci variant chaque jour avec la baisse des eaux, car nous sommes en saison sèche et la navigation sur le fleuve sera plus difficile. Le chenal est trouvé, les passagers s'installent sur une roche étroite, le premier canot est tiré à la cordelle[23]. Un homme à l'arrière, un autre à l'avant, le poussent et le dirigent avec le takari cependant que les autres, de l'eau jusqu'au ventre, solidement arc-boutés sur des rochers couverts de cactus aquatiques le halent, tirant en cadence sur une corde fixée à l'étrave. Les eaux bouillonnent, le canot bascule d'un bord sur l'autre, les hommes s'encouragent à grands cris ; leurs muscles, développés pleinement par l'effort, saillent et révèlent des proportions dépassant la norme d'un athlète entraîné. Sur leur peau noire l'eau coule et sèche presque aussitôt ; ils se détachent comme des statues au milieu de l'écume et, désirant faire quelques gros plans, je plonge et nage vers eux, mon Foca dans un sac étanche tenu entre les dents. Le courant est dur ; n'ayant pas l'habitude de ces sortes de prouesses, j'ai quelque peine à saisir un rocher et à m'y installer.

Je réussis tout de même, fais mes photos, plonge à nouveau, rejoins la pirogue qui vient de franchir le saut et, tout heureux de mes capacités natatoires, me prépare à me rhabiller.

Je n'avais oublié qu'une chose : retirer ma montre[24] ! Quoique waterproof et de marque suisse, elle n'a pas résisté au Saut Sabbat. La voici noyée. J'essaie de l'ouvrir pour faire sécher le mécanisme, impossible ! Alors je l'abandonne à son sort de vieille ferraille, me retrouvant sans montre.

Les deux rapides composant le Saut Sabbat sont franchis sans plus d'incidents. Mon tribut étant payé aux dieux de la Mana et, ce, dès le premier saut, je pense arriver sans encombre à la crique Sophie, terminus de la première partie de mon voyage vers les Tumuc-Humac.

Vingt minutes plus tard, nous franchissons un petit saut sans difficultés et enfin, le Saut Valentin qui, nous projetant sur une roche, manque de nous faire chavirer.

Le second canot nous dépassant alors que nous avions à peine rétabli l'équilibre, propulse avec ses 22 chevaux une sorte de raz-de-marée qui nous submerge l'avant et nous fait embarquer une bonne quantité d'eau. Les sacs et les caisses empilés au milieu sont trempés, la pirogue alourdie perd de la vitesse. Nous écopons de notre mieux avec des calebasses et, pour aller plus vite, installons la pompe à essence dans la mare et pompons sans trêve jusqu'à ce que les saletés du fond du canot encrassent le mécanisme et la mettent hors de service.

Saut Maïpouri[25], Saut Belle Étoile, Saut Tamanoir[26]... l'après-midi est morne ; sous un soleil accablant, le bruit incessant du moteur nous abrutit. Chacun sommeille installé de son mieux dans l'étroit espace réservé aux passagers. À l'avant, le « bossman », un Saramaca, debout comme une figure de proue, la pagaie en main, indique au motoriste Saramaca les chenaux qu'il discerne dans l'eau d'un vert sale encombrée d'arbres tombés, de souches et de roches immergées. Derrière le bossman, il y a un porteur martiniquais abrité par un chapeau en paille de coco, puis Volovich, un chef de chantier de la Société minière de la Haute-Mana dont j'ai déjà parlé, de nationalité lettonne, polyglotte, sympathique, grand voyageur et d'une verve intarissable lorsqu'il n'est pas plongé dans les romans de la série noire.

À côté de moi, un nègre anglais parlant seul, buvant sec, mauvais nageur et bon travailleur dont la fonction primordiale à bord est d'écoper l'eau qui pénètre par les fissures du bordage.

Dans l'autre canot se trouve Thiébault, chef de mission et directeur, en Guyane, des Mines de la Haute-Mana, – barbu, trapu, rouspéteur, vieux bourlingueur et dur à cuire à qui on ne la fait pas – pas mauvais bougre, au contraire, mais em… eur. Se disant dur pour lui-même, étant dur pour les autres et les critiquant sans cesse, le sachant et le disant, rappelant ainsi que Albert Londres[27], qui avait voyagé avec lui, l'appelait l'« Ours de la Mana ».

Avec Thiébault, invité par la société pour prospecter et expertiser certains terrains, un vieux professeur, vieux colonial toujours en veine d'histoires excellentes d'une audience[28] très vaste, avec l'accent belge de son Liège natal. – Les défauts et les qualités du Belge avec, en plus, la déformation d'une carrière africaine l'ayant habitué à être servi rapidement et d'une manière parfaite. Il se plaint de tout, râle de tout, critique tout, comparant sans cesse nos possessions avec le Congo Belge, septième merveille du monde. Les Créoles et les Saramacas l'appellent « Tête Coco » car il est chauve.

Il y a deux « Têtes Coco » dans la mission car mon crâne rasé est encore plus dénudé que le sien.

À côté du professeur, une Créole : la cuisinière, une autre, l'amie d'un gendarme exerçant dans l'intérieur, à l'arrière, le motoriste créole, son aide créole à l'avant, le bossman Saramaca et le fils Thiébault, gamin de quinze ans taillé en hercule, débrouillard et sans façons, doué d'un appétit vorace, élevé en Guyane et causant le créole comme un Créole, étant ami de tous et goûtant la palabre autant qu'eux.

Vers dix-sept heures, nous arrivons à un petit village installé sur une falaise aux pentes glaiseuses appelé « Fromager[29] Tamanoir ». Les deux femmes préparent le repas du soir, les hommes graissent les moteurs, arriment le matériel ; nous installons nos hamacs.

Repas sommaire. La nuit est fraîche, il n'y a pas de moustiques.

Vendredi 7 octobre

Départ six heures pour Dépôt Lézard, poste frontière de la Moyenne-Mana et de la Haute-Mana. Installé par la SEMI. Compagnie minière rayonnant sur tout le bassin de la Moyenne-Mana. L'association Thiébault-Sluys ne va pas. Le professeur se plaint du manque d'égards de Thiébault. Celui-ci déclare qu'il n'est pas une nourrice. Le professeur me prend comme confident ; je reste neutre, ma position dans la mission étant fort délicate puisque invité particulier de Thiébault et qu'avec moi, pour l'instant, il est aimable.

Tout cela pimente le voyage mais ne m'intéresse guère. Chaque tour d'hélice me rapproche des Tumuc-Humac… et c'est ce qui importe !

Ce matin, au départ, un peu de fièvre ; je double la dose de quinine. J'ai hâte d'arriver, tellement hâte que j'en crève d'énervement.

Vers dix heures, nous franchissons au moteur et sans difficulté le Saut Dallès réputé comme mortel. De nombreuses personnes se sont noyées en essayant de le franchir. Il est long de deux à trois cents mètres, sans aucune dénivellation, mais pavé de roches énormes et immergées entre lesquelles l'eau se précipite et creuse de violents remous.

Quelques instants plus tard, nous apercevons sur une falaise quelques carbets et des gens qui nous font des signaux de bienvenue. Quelques canots sont amarrés au bas de la falaise, les nôtres ancrent aussi. Nous sommes au poste principal de la SEMI.

Une rue unique et principale conduisant à un chantier. De chaque côté cinq à six carbets, des Noirs, deux Européens. – Un soleil lourd.

Nous sommes reçus, en l'absence du directeur, par le comptable de la société. C'est un homme charmant qui vient d'éviter la mort de justesse et porte encore les marques profondes des blessures infligées par le soleil.

« J'étais installé, dit-il, dans une chaise longue, ici, à l'ombre de cette véranda et je sommeillais. À mon réveil j'éprouvai de violentes douleurs à la tête qui devint rouge, énorme. J'endurai pendant trois jours des souffrances atroces, à demi aveugle, sans médecin pour me soigner. Comme vous le voyez, cette véranda s'ouvre sur le toit de tôle de la cantine ; la réverbération a provoqué l'insolation (étant moi-même dans l'ombre). Fort heureusement, un infirmier de passage – chose rare et miraculeuse – fit escale à Dépôt Lézard et me fit deux incisions derrière l'oreille de manière à décongestionner. Les yeux furent atteints et c'est le plus grave. »

Son pauvre visage est craquelé, couvert de rougeurs et de croûtes purulentes, ses sourcils, ses cils ont disparu. Les yeux à demi fermés sont noyés de veinules sanguinolentes.

Nous buvons le punch[30] à son prompt rétablissement, un peu de bière chaude et nous voilà en route.

La conversation a roulé sur l'or, car nous approchons maintenant du plus grand centre minier de la Guyane française. Domaine mystérieux où je serai le premier – en qualité de journaliste – à pénétrer, car mes confrères n'ont pas dépassé Dépôt Lézard.

Il semble qu'en matière de voyage les commerçants de la région ne le cèdent à personne. Ils naviguent à la pagaie, au takari durant plus de trois mois, partis de la Mana pour joindre les placers de Sophie et de Patience.

Le retour est un peu plus rapide mais enfin, l'ensemble exige pas mal de courage et surtout de patience. Il est vrai qu'ils ignorent l'ennui profond d'une panne, lequel ennui nous sommes en train de goûter à l'ombre d'un grand arbre penché sur la rivière, cependant que le motoriste s'affaire à placer une goupille[31] et que les singes rouges[32] mènent un concert barbare et assourdissant. La chaleur est atroce, le soleil brûle littéralement et nous sommes exposés à ses ardeurs, démunis de tout abri, ne fût-ce qu'un prélart tendu sur quatre bois. La peau se dessèche, les yeux brûlés par la réverbération pleurent, les articulations ankylosées geignent, les reins sont douloureux, la soif inextinguible. Ça c'est l'envers de la belle aventure.

Nous repartons enfin pour arriver au coucher du soleil à Saut Fracas. Amoncellement de roches énormes, s'étendant sur près de un kilomètre. Saut Fracas, avec ses rapides, ses chutes et ses tourbillons est un obstacle difficile à franchir et il est trop tard pour l'affronter.

Nous faisons halte aux premières roches escaladant l'à-pic glissant d'une falaise supportant deux carbets formés de quatre pieux et d'un toit de feuilles de palmiers et une chapelle Saramaca – un peu plus confortable avec ses cloisons pleines de raphias entrelacés, – installée sur un terre-plein formant terrasse avec une balustrade rustique et un pieu fiché en terre au sommet duquel flotte un linge blanc, le même que nous avons vu tout à l'heure installé sur le premier rocher marquant le Saut Fracas et qui, suivant la coutume, représente le dieu Saramaca, le dieu, rocher habité de l'esprit vénéré par les nègres de Surinam. En ceci, ils se rapprochent assez des Incas qui adoraient aussi des pierres représentant, sous une quelconque de ses formes, l'esprit qu'ils vénéraient.

Le rocher au drap blanc est donc le dieu du saut ; la chapelle est le lieu de dévotion de tous les Saramacas qui se préparent à affronter le terrible Saut Fracas. Là, le Grand Maître des cérémonies du groupe des canotiers jette du jus de tabac et des feuilles séchées par terre, puis il implore les clémences du dieu cependant que ses congénères déposent diverses offrandes à l'intention de l'esprit sur une table spécialement aménagée. À notre arrivée, celle-ci était encombrée de bouteilles de bière et de tafia cerclées d'une jupe de raphia, « piaye » destinée à faire mourir celui qui, la saisissant pour voler la bouteille et consommer en lieu et place du dieu, commettrait un épouvantable sacrilège. Les Saramacas adorent le tafia mais ils préféreraient mourir que de boire une goutte de celui consacré à leur dieu ; de même, mourant de soif, un homme ne touchera jamais à la bouteille de bière déposée dans un coin de forêt sur le tronc scié d'un grand arbre.

À côté de la table des offrandes se trouve la table de dégustation à l'usage du dieu. Le couvert y est mis en permanence et rien ne manque : assiette, gobelet, fourchette, cuillère, couteau, cruche, etc.

À la gauche de ces deux tables et à angle droit avec un banc de bois occupant toute la longueur de la case, il y a un autel avec une nappe sur laquelle sont posées de nombreuses statuettes d'origines variées et des images saintes. On peut y voir un groupe en porcelaine de la « Sainte Famille » et une effigie de la sainte Thérèse ainsi qu'une sorte d'urne funéraire en plâtre avec des motifs sculptés d'inspiration végétale.

Perpendiculairement à cet assemblage de tables, se trouve une traverse de bois recouverte d'un drap blanc immaculé. On peut, en cas de besoin, coucher dans la chapelle et sur cette traverse mais il est interdit d'installer son hamac dans le sens de la largeur – enfreindre cet ordre c'est risquer de mourir dans le saut.

L'entrée de la chapelle est barrée d'une poutre transversale assez basse, avec des palmes pendantes, en rideau. Pour y pénétrer, on doit se courber et écarter les palmes. Nos trois Saramacas viennent faire leur prière, déposer leur offrande ; puis les feux s'allument, la cuisine bat son plein, une dernière cigarette et, dans des hamacs tendus sous les carbets ou bien entre deux arbres chacun songe à l'épreuve du lendemain.

Samedi 8 octobre

Départ à l'aube. Les deux canots louvoient entre les premières roches afin de rechercher une plage propice au débarquement, car nous devons décharger entièrement les canots et transborder les bagages de l'autre côté du rapide. Soudain des aboiements, une tête blanche aux longues oreilles luttant avec le courant : Boby ! Boby, oublié au camp de la nuit et qui se manifeste vigoureusement essayant de rejoindre les canots. Ceux-ci ne peuvent revenir en arrière. Je suis en short, je plonge, nage vers Boby et, arrivé à sa hauteur, oblique vers un rocher auquel nous nous agrippons tous deux exténués. Le courant nous a déportés vers la rive opposée à celle où les canots sont amarrés. Boby à ma suite, je nage vers les carbets mais le courant violent nous entraîne. Enfin, une racine se présente, je la saisis, happe Boby au passage, me hisse sur la berge et la suis, imaginant dépasser le rapide, traverser le fleuve et rejoindre le groupe là-haut. Il est difficile de marcher en short, sans chemise et pieds nus sur un sol recouvert de branches épineuses, de lianes, d'herbes coupantes. Je m'en sors tant bien que mal et, croyant avoir suivi le fleuve un kilomètre, ayant dépassé le rapide, je rentre à nouveau dans l'eau. Boby est hésitant, il vient tout de même. Au milieu du fleuve, le courant violent nous entraîne irrésistiblement vers le rapide. Boby disparaît, happé par un tourbillon, reparaît, disparaît à nouveau. Je suis ce même chemin, recommandant mon âme à Dieu. Impossible de nager ; les pieds en avant, je me laisse emporter. Une roche ! un coup de reins... je l'évite, réussis à saisir une aspérité, me hisse dessus ; Boby est là. J'appelle. Le bruit du saut couvre ma voix. Craignant de me perdre, je décide alors d'emprunter le chemin le plus rapide pour arriver au canot : me laisser aller avec le courant, suivi de Boby. Nageant et sautant de roches en roches, les pieds et les mains en sang, à demi suffoqués parfois, nous arrivons sur un canot éventré, piqué sur un rocher dans une sorte de tourbillon violent.

Nous sommes happés, précipités, Boby a disparu ; je crois me briser le crâne sur la coque de l'embarcation : un miracle ! je m'y accroche, me repose un instant, aperçois nos canots tout proches, maintenant et les canotiers suivant mes péripéties avec intérêt.

Je retrouve des forces, pars dans le tourbillon, nage vigoureusement, évite les obstacles, arrive aux canots, emporté par le courant, les dépasse, m'accroche aux racines d'un palétuvier[33]. Je suis sauvé. Boby est déjà arrivé et assis sur son derrière, la tête penchée, le poil trempé, me regarde avec des yeux follement expressifs :

– On l'a échappé belle, hein ! mon vieux ! On m'offre un grand quart de tafia que je bois comme du petit-lait, puis, crevé, au soleil, vautré sur le sable, je lézarde et récupère.

Les canots sont déjà déchargés, à l'exception des fûts d'essence qu'il est impossible de rouler sur l'étroite piste conduisant (après avoir enjambé par un tronc d'arbre une dérivation du rapide) à l'extrémité d'une île calme et boisée dont la pointe est baignée par une Mana assagie quoique encore tumultueuse et traîtresse.

Remis de mes émotions, j'aide à transborder les bagages, les sacs de farine, de riz, les caisses, les cantines, les armes ; finalement, tout est amené à l'autre extrémité de l'île et les Saramacas s'apprêtent à franchir Saut Fracas en suivant précisément le chenal qui a conduit l'autre canot à sa perte, le condamnant à demeurer comme épouvantail. Tout se passe bien. Le premier de nos deux canots dépasse le squelette de leur malheureux congénère dressé sur la roche, franchit les bouillonnements redoutables, halé par les robustes Saramacas qui peinent et se plaignent avec de grands cris. Le Noir anglais voulant les rejoindre est emporté par le courant et sauve sa vie de justesse. Le premier canot est bien arrivé, le second subit le même sort.

On se félicite, on embarque pour bagarrer quinze minutes encore au takari, sur des roches et du sable et, après quelques instants de navigation au moteur, nous découvrons quelques carbets à l'abandon (leur propriétaire étant décédé subitement) et un Saramaca... le bossman du canot coulé qui, depuis deux semaines, attend ses camarades partis chercher du secours dans les placers environnants à quelques jours de marche d'ici.

Des caisses sauvées du naufrage sont entassées sous un carbet. Un abattis de manioc, de cannes à sucre et de bananiers déjà envahi par la brousse cerne les habitations aux poutres rongées. On s'installe, les hamacs tendus ; le repas de midi se digère au cours d'une sieste réparatrice.

Au réveil, un piroguier Saramaca parti à la chasse nous prévient qu'il a abattu cinq pécaris[34]. Les hommes vont les chercher en forêt. Après avoir ébouillanté la peau et raclé les poils, les cochons sont dépecés et mis à rôtir, à boucaner[35] ou à saler. Ce travail se poursuit fort avant dans la nuit à la lueur des lampes à pétrole. Une bonne odeur de chair grillée envahit le campement et nous consommons avec appétit les morceaux les meilleurs des pécaris abattus. Après la sieste nous sommes allés visiter un cimetière, très simple, caché dans une clairière de la forêt qui domine le fleuve : quelques croix démantibulées, sans noms, auxquelles des lianes tombantes s'accrochent.

En ce lieu, on ne sent pas la mort et l'on pense, au contraire, qu'il ferait bon reposer ici du sommeil éternel.

Près du cimetière, quelques carbets en ruine envahis de broussailles, des objets domestiques pourrissant, des fours à pain craquelés, encore un village guyanais abandonné, une halte accueillante de moins sur le dur chemin conduisant aux placers.

Dimanche 9 octobre

Repos au camp. Nous chassons, nous pêchons sans entrain, retournant reposer dans le hamac, rêvant de boissons glacées.

Lundi 10 octobre

Départ à l'aube : des brumes sur le fleuve ; il fait froid ; les cochons dépecés sont empilés dans les canots. Adieux au Saramaca demeuré seul et, après une heure de navigation, Saut Continent, rapide formé de multiples barres rocheuses importantes et difficiles à franchir, nous force à remplacer deux goupilles brisées.

Le bossman, debout à l'avant de l'embarcation, le takari en main, surveille les chenaux étroits dans lesquels nous nous glissons difficilement Malgré sa vigilance, nous culbutons une roche, le moteur s'emballe. Le Saramaca motoriste s'affole et nous évitons de justesse la catastrophe.

Nous arrêtons à nouveau devant un saut qui semble infranchissable. Les Saramacas se mettent à l'eau et cherchent un passage. Les roches à fleur d'eau sont couvertes de larges feuilles torturées, hérissées de verrues épineuses et noirâtres. Les eaux semblent baisser de jour en jour davantage. Le paysage devient d'une sauvagerie impressionnante avec des trous d'ombre profonde devant lesquels les lianes blafardes mettent le ruissellement continu d'une mouvante draperie parfois piquée d'un bouquet de fleurs sauvages rouges ou jaunes. Le bruit des eaux glissant sur les roches usées donne davantage d'intensité au grand silence des bois. Quelle majesté ! La rivière bondissante, parfois un bruit sourd répercuté longuement qui annonce la chute d'un arbre mort, le chant timide d'un oiseau et les nuages qui passent et se reflètent sur le reflet projeté des murs de hautes végétations. Tout est calme, si calme ! Une odeur agréable d'humus et d'eau, de mousses, d'écorces. L'air est saturé du parfum grisant de la grande forêt. À ces parfums s'ajoute celui du cochon boucané.

Les Saramacas ont enfin trouvé le passage. Les canots franchissent le saut sans difficultés, mais nous allons à pied, partant d'une plagette agreste sur une piste qui suit la rivière et se termine après le saut. Il y a une tombe, deux… des gens noyés, un fusil tout rouillé jeté sur une roche, des casseroles, des caisses démantibulées : vestiges d'un naufrage que nous avons le bonheur d'éviter. Passé ce saut, en voici un autre appelé « Topi Topi ». En réalité, ce sont deux sauts à peine séparés d'une centaine de mètres d'eau tranquille. Les canots sont déchargés en partie, nous suivons la piste conduisant à l'autre bord dans un morceau de forêt bordé, parallèlement à la grande rivière, d'un ruisseau tranquille.

Deux tombes encore, sans nom, sans croix. Deux tumulus légers envahis de broussailles, bordés de grosses pierres, une petite statuette de la Sainte Famille… c'est tout ! Deux Saramacas qui se sont noyés au passage du Saut « Topi Topi ».

Tirés à la cordelle, poussés au takari, épaulés par les Noirs vigoureux, les canots franchissent péniblement le double obstacle pour se trouver nez à nez avec le Saut Patowa, c'est-à-dire le saut de l'homme sans peur. On décharge à nouveau les canots qui passent à la cordelle. Quatorze heures, il fait chaud !

Nous chargeons, nous partons et, au premier coude de la rivière resplendissant au soleil déjà déclinant, Gros Saut barre dans toute sa largeur, par des chutes de huit à vingt mètres de dénivellation, le cours de la Mana. Par côté, des dérivations de moindre importance, sur la gauche, une plage splendide, une tombe, une piste conduisant à une dérivation plus calme de Gros Saut.

C'est là que nous établissons le camp et transportons les bagages. Les canots sont entièrement déchargés et nous attendons l'aube du lendemain pour franchir Gros Saut dont le bruit de la chute bercera notre sommeil de son fracas régulier et pesant.

Avant d'y arriver, les Créoles m'affirmaient que du haut de Gros Saut on apercevait les bois « piti, piti, piti... » presque un Niagara ! C'est ainsi qu'une fois de plus j'appris à me méfier des descriptions de paysages faites par des indigènes enthousiastes et naïfs. On peut éprouver parfois d'amères déceptions. Il en est d'ailleurs de même pour les montagnes, hautes, si hautes que l'on ne peut atteindre le sommet !... Ce ne sont que des collines dont la plus haute ne semble pas devoir dépasser huit cents mètres[36].

Mardi 11 octobre

Histoire de m'entraîner, j'aide les piroguiers à trimballer sur deux cents mètres de mauvaises pistes les sacs de farine de cinquante kilos. Ça me réchauffe car l'aube est fraîche, le soleil pauvre. Le passage du saut est homérique. Quelle bagarre avec l'à-pic torrentueux ! Les muscles des Noirs sont mis à rude épreuve et ils doivent faire état de toute leur expérience de la rivière pour couler de roche en roche le canot, pour le hisser à la cordelle presque à la verticale et, de l'eau jusqu'à la poitrine, les pieds crispés sur les pierres du fond, pousser de toutes leurs forces les coques et résister au courant qui, s'il les saisissait, ne consentirait plus à les rendre, sinon morts. Mais tout se passe bien. Le premier et le second canot passent sans anicroches et rejoignent notre camp par la dérivation. Nous découvrons, tout contre la berge, l'avant d'une immense pirogue crevée, sans doute naufragée au Saut X et entraînée par le courant jusqu'ici.

Un Créole pêche un énorme poisson dégusté avec du couac[37] car nous n'avons plus de pain depuis longtemps. Isabelle, la cuisinière, est malade, tremblante de fièvre, dans son hamac, prenant quinine sur quinine. Le fils Thiébault aussi qui, étendu sous un carbet, est incapable de remuer le petit doigt mais semble recouvrer très vite ses forces pour le repas du midi.

La journée se passe à réparer puis recharger les canots. Nous partirons demain. C'est alors que se place un incident dont les conséquences pourraient être fâcheuses. Un Créole que je photographiais menace de me « piayer », c'est-à-dire de me jeter un mauvais sort. Excité, il va chercher son bréviaire, récite des formules et alors, devant tous ses camarades, prédit que mon appareil tombera à l'eau et qu'ainsi je n'aurai pas sa photographie. On le dit « jeteur de sorts » remarquable et, sans m'attacher outre mesure à la superstition, j'ai eu l'occasion d'éprouver au Brésil la valeur de certains « piayes ». Ce n'est pas l'esprit que je crains, mais l'homme. Pour ne pas perdre la face après cette menace formulée en public, il serait fort capable de provoquer un accident qu'il attribuerait à la volonté des esprits, brisant ou noyant mon appareil. Je vais donc plus que jamais surveiller celui-ci… Un accident est si vite arrivé ! Pour moi ce serait irréparable : sans appareil, mes reportages et mes recherches perdraient cinquante pour cent de leur valeur.

En garde donc et que Tupinamba, le dieu brésilien des forêts, me protège du pouvoir maléfique créole. Je suis, m'a-t-on dit au Brésil, protégé par ce dieu, chef indien vénérable et tout-puissant des forêts d'Amérique du Sud, par ailleurs esprit indigène, alors que l'esprit créole n'est qu'importé d'Afrique...

À part ça, il pleut, la nuit est excellente et, au matin, les lignes relevées nous assurent la capture d'un « aïmara[38] » d'une dizaine de kilos.

Mercredi 12 octobre

Départ à l'aube. Froid.

Nous apercevons un superbe tapir, un maïpouri qui traverse la rivière à la nage sans se hâter, met pied sur le tertre argileux d'un îlot et détale pesamment de son trot de pachyderme pesant, bonne mesure, trois à quatre cents kilos.

Aussitôt après, nous franchissons un rapide terriblement méchant, quoique sans nom sur les cartes et de peu d'importance. Les tourbillons sont violents, le moteur a de la peine à maintenir le canot ; à l'avant, deux hommes, au takari, pèsent de tout leur poids sur les perches souples, évitant à l'étrave des chocs sur des roches immergées fort capables de crever l'embarcation.

Nous sortons enfin de cette mauvaise passe, arrêtons un instant pour attendre le second qui en sort aussi victorieusement.

Il y a des brumes sur le fleuve. Installé à l'arrière sur une planche étroite, je grelotte et prends des notes. Boby sommeille.

Nous passons le Saut Saint-Just, puis le Saut Lopa, les deux ignorés des cartes du service géographique et cependant assez importants. Il est vrai que les cartes les plus récentes[39] ne mentionnent que trente-deux des quatre-vingt-dix-neuf sauts qui jalonnent la Mana, de Saut Sabat à Fini Saut.

Nous passons deux nouveaux rapides sans difficultés et sommes arrêtés par la chute du Saut Dame-Jeanne. Les canots sont déchargés en partie et empruntent un bistouri, c'est-à-dire une dérivation de la rivière, étroite, tumultueuse, mais franchissable.

Décharger, recharger, décharger ! Comme les piroguiers, je trimballe caisses et sacs, histoire de me mettre en forme pour le raid.

Rencontrons un petit rapide passé par un bistouri, puis Saut Naï, beaucoup plus important, avec trois grosses chutes qui barrent la rivière dans toute sa largeur. Pour franchir Saut Naï, les canotiers empruntent un bistouri barré par un rapide franchissable, situé sur le côté gauche. Encore une fois : Saut Naï n'est pas indiqué sur la carte !

Coudreau est le seul explorateur qui traça une carte complète et exacte de la Mana avec ses quatre-vingt-dix-neuf sauts ; malheureusement, ces cartes sont absolument introuvables, elles ont même disparu de ses ouvrages à la bibliothèque de Cayenne, arrachées par quelques mains maniaques.

Il est vrai que, jusqu'à cette date, aucune mission géographique n'a remonté la Mana ; je suis aussi le seul journaliste ayant pénétré aussi avant dans le pays, Albert Londres, lui-même, n'ayant pas dépassé Dépôt Lézard.

La piste dans le sous-bois qui permet aux passagers de franchir le saut à pied sec et sans encombre est barrée de rayons de soleil perçant les frondaisons épaisses, pleins du tourbillon de milliards d'êtres infiniment petits, et dans lesquels viennent s'ébattre des nuées de « morphos[40] », papillons d'un bleu azur brillant, splendides quoique fort communs en Guyane et cotés trente cents sur le marché américain qui en consomme énormément pour les ateliers de maquillage d'Hollywood[41]. C'est en se livrant à la chasse aux morphos que de nombreux bagnards libérés se sont enrichis.

Après le Saut Naï, voici le Saut Aïmara, franchi encore par un bistouri. Le soleil darde dur dans le canot ; n'ayant pas de prélart pour nous abriter, nous rôtissons littéralement et l'épiderme passe du rose au rouge vif et du rouge vif au noir. Nous sommes tannés comme des Indiens et le thermomètre centigrade hésite entre 55 et 60°[42]. La réverbération est [intense]. Une panne vers deux heures de l'après-midi arrête le canot de tête et amène une diversion. À l'ombre de grands arbres de la berge nous accostons pour réparer. Le moteur est mis à terre sur une bâche, démonté, ausculté.

C'est alors qu'un bruit de moteur annonce l'arrivée prochaine et inattendue d'autres canots-moteurs. Ils sont deux, surgissant du coude de la rivière, immenses, jaugeant au moins soixante barils, c'est-à-dire le double des nôtres.

À notre vue, ils ralentissent et viennent accoster bord à bord avec nos canots. Des Saramacas, des Créoles, une femme... on serre les mains, on échange les nouvelles, on distribue le courrier car ici les PTT sont inexistantes et les lettres sont confiées au bon vouloir des gens qui montent ou qui descendent la rivière et se transforment en facteurs occasionnels et bénévoles. De ce fait, le courrier met parfois cinquante à soixante jours pour arriver à destination ; peu importe, pourvu qu'il arrive, et en général, il arrive.

La panne dure ; malgré l'ombrage, il fait chaud. Finalement, tout s'arrange et nous repartons, escortés des deux canots arrivés qui, appartenant à Thiébault, viennent nous aider à franchir le Saut X. L'ensemble forme une véritable flotte, chose inaccoutumée sur la Mana et qui ne manque pas de pittoresque avec, debout à l'avant de chacun des canots, le bossman armé du takari.

Le Saut X se découvre au soleil couchant, très joli avec un bondissement d'écume flamboyante, colorée diversement, et, les canots amarrés à l'embouchure d'un bistouri, nous débarquons sur une plage sablée couverte de bois mort et de laquelle part une piste aboutissant de l'autre côté du saut, longue de huit cents à mille mètres. Dans le bistouri, Thiébault aperçoit un caïman[43] ; il tire au fusil de chasse chargé de chevrotine ; le caïman bat l'eau de sa queue avec force et disparaît. Triomphant, Thiébault s'exclame :

– Je l'ai eu, il est mort !

Mais comment le rattraper ? Aucun Créole ni Saramaca ne s'y hasarde, les Européens restent cois... Alors Thiébault :

– Et vous Maufrais ? Allons... allez-y, n'ayez pas peur, il est mort, et bien mort.

Bah ? pourquoi pas ? Me voici en tenue d'Adam et, armé d'un poignard, je plonge dans les eaux troubles, tâte le fond des pieds, puis, lorsqu'il me manque, plonge et cherche à voir quelque chose, tâtant chaque fissure de roche, avec d'ailleurs une certaine appréhension... rien ! Je respire un bon coup, remonte à la surface, et soudain je le vois. Tout le monde crie. Il est à deux mètres de moi, la gueule ouverte, menaçant. Je ne me sens pas très bien. Il plonge, disparaît, remonte en surface, fuit, sérieusement blessé, nageant sur le côté. Il se dirige vers les canots puis, soudain, fait volte-face et vient vers moi. Sans réfléchir, je vais sur lui le poignard levé. Chose curieuse, il rebrousse chemin, file vers les canots ; un Créole le voyant à sa portée lui assène de formidables coups de sabre sur la tête. Arrivant à cet instant, je lui donne quelques coups de mon solide poignard de tranchée américain. Il est mort, je le prends par la queue, le montre, le dépose sur une roche, pars chercher mon Foca, je reviens... il est parti. On le rattrape, on le décapite, on l'abîme, je m'attribue la queue et, la faisant rôtir sur un brasier, me délecte de cette viande coriace cependant que les Noirs me regardent avec horreur et les Européens n'osent pas accepter mon invitation. Ils ont tort et mon goût de la queue du caïman vient de Matto Grosso au Brésil où j'en dégustais en quantité.

Après cet incident auquel je pense avec une frousse rétrospective sans cesse croissante – surtout lorsque j'examine la gueule formidablement armée du saurien – c'est la nuit et nous installons nos hamacs. Le mien est attaché à deux solides piquets. Je m'installe et, d'un seul coup admire le ciel et l'ensemble des constellations... douleur fulgurante sur le côté du crâne, feu rouge, puis vert, je suis par terre entortillé dans le hamac, ayant reçu sur le crâne le solide piquet de trois mètres de haut pesant au bas mot quinze à vingt kilos. Bosse, abrutissement. À part ça, nuit excellente.

Jeudi 13 octobre

Réveil. On charge les canots. Passons le rapide sans difficulté par un bistouri.

Tout va très vite car nous sommes aidés par le personnel des deux canots qui se sont joints à nous.

La végétation est davantage luxuriante, le sous-bois s'éclaircit et les arbres montent haut vers le ciel toujours chargé de nuages blancs. La baisse des eaux révèle, de chaque côté de la rivière, des falaises ocre de trois à quatre mètres, généralement à pic.

Nous franchissons facilement quatre rapides de moindre importance puis, soudain, les berges de la Mana se resserrent – 60 mètres environ dans la plus large extension alors que de l'estuaire à Gros Saut la moyenne était de deux à trois cents mètres.

Le Saut Grand Bafa nous barre le chemin vers quatre heures trente. Les canots sont déchargés, ils passent à la cordelle. Les canots rechargés et la nuit tombant rapidement, nous nous mettons en route pour découvrir un lieu propice au camp du soir. Mais nous cherchons en vain, les berges abruptes hautes de cinq à six mètres, coiffées d'une végétation broussailleuse, ne révèlent aucune éclaircie.

La rivière est jonchée de roches, les berges se resserrent encore plus – vingt-cinq à trente mètres. Un, deux, puis trois rapides sont franchis difficilement. Le deuxième canot est un instant en difficulté. Il fait presque nuit ; le moteur ronronne, presque énervé, lui aussi, de cette poursuite à la recherche d'un camp.

Il fait froid ; nous avons faim, nous sommes las.

Les lianes énormes traînent par paquets dans le courant et servent d'asile aux rapides martins-pêcheurs qui nous défient de leur vol étincelant, des feux de leur ventre rouillé et des ailes bleu acier. Leur tête armée d'un long bec droit et noir, surmontée en panache d'une crinière échevelée, pique au hasard de leur vol la profondeur des eaux sales pour chercher leur nourriture lorsque, lassés de nous poursuivre en vain, ils se posent sans heurt sur les lianes pendantes et s'affairent à chercher la pâture du soir.

Soudain, un saut semblant infranchissable barre toute la rivière. Un cirque étroit de vase tout à côté du saut nous offre l'hospitalité. Pour installer nos hamacs il faut batailler avec des branches pourries des palétuviers, s'enfoncer jusqu'aux genoux dans une terre molle. Pas moyen de faire du feu, tout est humide.

Couac, corned-beef, repas morne, silencieux, à la lueur de lampes-tempête qui attirent des milliers d'insectes agaçants. Il fait froid. Nous sommes crottés. La mauvaise humeur est générale. Tant bien que mal, tout le monde s'installe.

Vendredi 14 octobre

Le saut Camanwoie nous sert de petit déjeuner. T...[44] malade tarde à se lever. Déchargement et rechargement habituels. Nous partons, franchissons Saut Ferou Doro en beauté. Le soleil donne à plein. Les berges du fleuve s'entrouvrent davantage (quatre-vingts à cent mètres à présent). Nombreuses roches immergées, arbres tombés. On entend la plainte rauque et étranglée du singe couata[45]. Quelques chants d'oiseaux.

Rechargeant mon appareil photo, je m'aperçois que le film décroché n'a pas tourné. Depuis le Saut X, toutes les photos sont perdues. Incident technique qui a le don de me gâcher la journée. Par ailleurs, la chaleur et l'humidité font gonfler les pellicules. Celles-ci se dévident mal, l'appareil lui-même se comporte très bien. Je me demande quelle sera la qualité des photos du voyage.

La vase des plages annonce le schiste cependant que le granite persiste et, arrivant au Saut Ananas, j'aperçois de superbes structures fluidales datant du refroidissement. Le filon de quartz mord la roche sur dix à quinze mètres et très profondément. La netteté indique que la roche en granite très pur s'est cristallisée beaucoup plus tard. Les roches rencontrées auparavant étaient d'un grain beaucoup plus grossier.

Le Saut Ananas est un obstacle réputé difficile ; l'eau bouillonne à un coude de la rivière suivant une pente accusant une dénivellation de sept à huit mètres. La baisse des eaux a mis au jour de nombreuses roches qui obstruent définitivement les chenaux navigables à la saison des pluies. Les canots sont entièrement déchargés et nous installons le camp pour la nuit, préparant le repas et profitant du soleil pour faire la lessive.

Au soleil couchant, dans l'impossibilité de passer les canots sur le fleuve, nous les faisons glisser sur la mousse des roches mises à sec. Unissant nos efforts, nous y réussissons sans trop de difficultés et rechargeons les canots avant la nuit tombée.

La fatigue de ce pénible voyage commence à se faire ressentir.

Samedi 15 octobre

Dès l'aube nous partons, franchissons à la cordelle le Saut Capiaye[46] avant d'être arrêtés par le Saut Grand Caïmarou[47], très dangereux et de mauvais souvenir pour un de nos piroguiers Saramacas qui a coulé ici deux fois.

Le Grand Caïmarou forme un barrage sur toute la largeur de la rivière et sur une longueur de deux cents mètres. C'est une constellation de roches et de bancs rocheux, d'îlots minuscules et d'arbres tombés, avec des fonds de sables et graviers variant de 50 centimètres à deux mètres. Les canots sont déchargés ; pour transporter les bagages il faut sauter de roche en roche, franchir les chenaux sur les arbres tombés, les pieds crispés sur des mousses glissantes, les épaules ployant sous le faix. La chaleur lourde pèse ; on sue, on glisse, on dit des injures. Le déchargement pénible terminé, le saut est franchi sans encombres mais avec peine, les hommes hissant les canots à la cordelle.

Un canotier créole agenouillé à l'avant d'un canot, le front courbé sur sa pagaie qu'il tient droite et à deux mains, remercie Dieu de lui avoir laissé la vie. Ses muscles luisent au soleil, exagérés par l'ombre brutale. Quel superbe tableau ! Photographier la scène entraînerait de nouveaux incidents ; car je dois maintenant user de précautions et de ruses de Sioux pour photographier les passages de sauts. Les canotiers se sont ligués contre moi et me menacent. Le jeteur de sort rumine l'échec de son « piaye ». Bref ! les rapports sont tendus. Ils prétendent que chaque fois que je les photographie, je retire un morceau de leur âme. Pour les apaiser, il faudrait les payer... cher. Je préfère ruser ; mais hélas, je loupe de superbes gros plans, devant me contenter de vues d'ensemble et de groupes. C'est en tout cas plus naturel.

Départ... Et voici le petit Caïmarou ; les canots halés à la cordelle passent rapidement. Les moteurs vont bon train. Une dizaine de rapides faciles sont franchis sans anicroches.

À midi, nous apercevons les cases de Dégrad Sophie, anciennement Dégrad Samson, nom de son fondateur, situé à la confluence de la crique Sophie. Une vingtaine de cases dont dix-huit sont abandonnées, quelques Noirs anglais, des Saint-Luciens[48] surtout, une mission des Eaux et Forêts faisant escale ici avant de monter vers Sahul[49], plus au sud de la Mana, deux magasins mal achalandés où deux boîtes de corned-beef coûtent un gramme d'or et le litre d'alcool deux grammes ; nous sommes au pays des mineurs. Ici, un nouveau monde, sans lois, sans billets de banque, sans recensement, d'une structure sociale simpliste : le curé deux fois par an, le gendarme une fois tous les deux ans, pas de maire, pas d'autorité, ni d'hôpital. L'infirmier passe au hasard, une fois tous les vingt mois. On se sent seul, isolé et, en fait, ici, que la maladie vous frappe et vous êtes un homme mort. Tout se vend au gramme d'or. Les difficultés de transport sont la cause des prix exorbitants réclamés et cependant, pour un travail périlleux et exténuant, les canotiers sont payés cinq cents francs par jour.

Quelques moustiques, chaleur écrasante, nuit fraîche, sommeil tardif et agité.

Dimanche 16 octobre

Repos à Sophie.

Lundi 17 octobre

Seul. Les canots de la mission Thiébault viennent de disparaître ; sur la rivière, le bruit des moteurs persiste un court moment.

Boby intrigué me regarde... « Pourquoi ne sommes-nous pas partis aussi ? » semble-t-il dire.

Seul... Malgré moi, c'est le cœur serré que je me dirige vers mon carbet. Quelques vieux Noirs, puis moi davantage isolé par leur présence.

Sophie est le tremplin duquel je vais partir vers la grande aventure. Je suis à pied d'œuvre, sans aide, sans amis, sinon Boby.

En fait d'argent... cent francs en poche[50]. En fait de vivres : deux boîtes de corned-beef, deux boîtes de lait.

La journée est lente à s'écouler. Je me morfonds, j'écris des notes mais la chaleur met un frein à l'inspiration.

Une vieille femme vient me proposer des bananes : un gramme d'or la douzaine. Je donne une boîte de corned-beef en échange de six bananes et renvoie la vieille qui cherchait à m'extorquer du tabac et des médicaments.

Au pays de l'or, celui qui est sans argent n'a d'aide à escompter de personne. Payer ou crever de faim...

Il fait lourd ; il pleut ; je traîne mon cafard dans la boue glissante, je regarde le fleuve s'écouler lentement. Du village Saramaca monte de la fumée.

Je parcours les environs : quelques pistes mal tracées, des abattis misérables, des enclos démantibulés, un laisser-aller fantastique. Le village est déserté, rien ne se fait et l'effort est un vain mot. Chacun pour soi... Les habitants se plaignent qu'on ne fait rien pour eux, mais ils ne font rien pour eux-mêmes. Ils n'entretiennent pas les pistes reliant le village, ne construisent aucune passerelle pour traverser la crique, préférant patauger dans la vase ou glisser sur des arbres tombés. Les carbets se disloquent, dans le village pousse de l'herbe, la rivière menant à Didier est encombrée de bois mort que personne ne songe à scier pour faciliter les communications, par peur de faire un effort profitable à la communauté, par peur de l'effort tout court. Aucune initiative, même pas de pittoresque – un pays mort, sans âme, sans volonté, désespérant par cette apathie créole amusante au premier abord. Il est vrai que les villes du littoral elles-mêmes ne sont pas mieux loties : Saint-Laurent meurt, Cayenne végète, Mana agonise...

On dit : « Les gens n'ont besoin de rien pour vivre, pourquoi travailler à ceci, à cela, pourquoi se donner du mal ? »

D'accord... alors laissons-les ; mais pourquoi se plaignent-ils – puisqu'ils n'ont besoin de rien – de l'indifférence des pouvoirs publics à leur égard, *due* à l'égard de la misère dans laquelle ils se complaisent ?

En face de mon carbet, il y a un vieil homme qui vient pleurer pour avoir de quoi manger et quelques médicaments. Gentiment, sa commère est venue me dire :

– Vous savez, il pleure misère, mais dans sa case il y a une boîte enterrée avec plus d'un kilo d'or !

Mardi 18 octobre

Il est tôt. Un Saramaca arrive...
– Capitaine ! you ka vini, ki mo fond Sophie !

Un Créole anglais part à Didier (actuellement Village Sophie). Il m'emmène. Mes bagages sont bouclés... en route !

Nous naviguons au takari sur la rivière Sophie, encaissée comme un tunnel, encombrée tous les dix mètres d'arbres morts, de broussailles, de bancs de sable et de roches. Il faut naviguer avec prudence, la pirogue fait eau de tous les bords. Installé parmi les bagages, j'écope à l'arrière. L'Anglais dirige l'embarcation que le Saramaca propulse à l'aide d'une énorme pagaie faisant office de gouvernail. Un caïman plonge de la berge ; une poule de brousse s'envole pesamment.

L'air est vif, le soleil à peine levé quelque part derrière les arbres est noyé par les brumes. Après deux heures de navigation, arrêt au Saut Milok long d'une centaine de mètres, étroit et torrentueux, hérissé de roches noires. Le canot déchargé passe facilement. Deux heures encore. Le soleil, haut maintenant, brûle.

Premier village de mineurs. À cheval sur un tronc d'arbre à demi immergé dans la rivière, à l'ombre de son large chapeau chinois de forme conique en paille tressée, une vieille femme lave du linge – une éclaircie, au bas de la colline quelques carbets – encore la rivière, une éclaircie plus large, des abattis, une cinquantaine de cases fichées sans ordre dans un espace étroit surmontant la rivière : voici Village Sophie.

Pour accéder au village, il faut gravir une pente raide et glissante ; un chien aboie ; peu de gens dans les ruelles tortueuses sinon des gosses au ventre énorme, nus et ébahis de voir un Européen. Je m'installe dans un carbet inhabité et repose, pris d'un court accès de fièvre qui laisse abattu tout le restant de la journée.

Un bruit de pilon résonne inlassablement dans le village, bat la charge sur mon crâne et la migraine atroce me laisse sur le qui-vive une grande partie de la nuit.

Mercredi 19 octobre

La fièvre dissipée, au réveil, Sophie qu'illumine un doux soleil apparaît très propre, pas tellement misérable. Je trouve chez quelques Créoles anglais une franche hospitalité et un grand intérêt pour mes projets de voyage.

– Nous sommes civilisés, me dit un vieux Noir Saint-Lucien... mais aux Tumuc-Humac, les Indiens sont sauvages...

On me sert le tafia et puis on me demande des nouvelles de la prochaine guerre.

La dernière, ils l'ont ignorée ; celle-ci, ils en ont peur, craignant de manquer de vivres... et ici, sans vivres, c'est-à-dire sans boîtes de conserve venant du littoral, c'est la famine car il y a très peu d'abattis, les récoltes sont maigres, la chasse, la pêche insignifiantes.

La viande vaut un gramme d'or le kilo et chez tous les commerçants, dans tous les carbets, on peut voir les petites balances qui servent à peser le minerai. Il faut voir avec quelle dextérité les gens cassent de petits morceaux d'or (de l'or amalgamé encore avec du mercure et qui s'effrite sous la pression des doigts, de l'or sale, sans éclat, à peine jaune, 1 gr. 2, 2 gr. 3/4 : on ne rend pas la monnaie). Le client fait toujours l'appoint et le porte-monnaie est un petit flacon soigneusement bouché, une petite boîte d'aluminium, un papier pincé...

Quelle minutie dans la pesée ! Les gros doigts du mineur piquent d'infinies parcelles de minerai pour compléter un gramme et le commerçant tapote le plateau pour mieux détacher la poudre d'or dans un carré de papier qu'il plie en quatre avant de le mettre dans sa caisse.

L'or se vend couramment trois cent soixante-quinze francs le gramme alors qu'il n'était qu'à deux cent quatre-vingts il y a quelques mois à peine. Mais transformé en bijoux, il revient à huit cents francs et les Guyanais se plaignent du bon temps où le gramme valait dix francs (il n'y a pas tellement longtemps) et où leurs femmes allaient couvertes de bijoux barbares d'un poids extravagant ou de superbes ciselures, une dentelle d'or ! Spécialité des orfèvres guyanais et dont, hélas, on perd peu à peu le goût pour copier les modèles de la Métropole. On peut voir encore ces chevalières épaisses au chaton formé d'une grosse pépite, ces pendentifs formés de bouts d'or que seule a travaillés, au gré de sa fantaisie, Dame Nature.

Ici, le mineur se résout rarement à vendre les pépites, c'est presque un signe de faillite et cependant, n'est-ce pas tout de même la faillite que ce rude travail si mal payé par une terre ingrate qui fut riche autrefois et qui, aujourd'hui, épuisée d'être trop travaillée par des générations de mineurs avides, livre comme à regret les dernières parcelles du métal précieux et trouve tout de même encore assez de fous pour se laisser tenter de la fouiller, de tripoter de la pelle et de la pioche des centaines et des centaines de mètres cubes de terre… alors que le même travail, fourni pour la culture, enrichirait à coup sûr l'homme libéré de la hantise.

C'est le métis Paolino qui, en 1854, découvrant une pépite d'or provoqua la ruée.

En 1855, le territoire de l'Inini[51] et en particulier les abords de la Haute-Mana étaient envahis par des hordes d'hommes venus du Brésil, des Antilles anglaises, de tout le littoral guyanais soudain déserté... En 1856, première exportation : huit kilos. En 1860 ; quatre-vingt-dix kilos. En 1864 : deux cent cinq kilos. En 1874 : mille quatre cent trente-deux kilos. En 1884 : mille neuf cent vingt-cinq kilos. À l'apogée, en 1894 : quatre mille huit cent trente-cinq kilos, avec une moyenne de deux mille six cents kilos d'or brut non déclaré.

Depuis cette date, l'exportation de l'or n'a fait que décroître et aujourd'hui elle est absolument insignifiante. Ceci tient à plusieurs raisons. Tout d'abord, l'or se vend plus cher au Surinam tout proche et les mineurs le savent, puis passent l'or en fraude, n'ayant aucun intérêt à le déclarer aux douaniers français ; ensuite, depuis 1855, ce sont les mêmes placers qui sont fouillés de plus en plus profondément et les plus riches se sont épuisés. Là où le mineur en 1855 récoltait trente à quarante grammes par jour, le mineur de 1949 en récolte deux, trois, et pas tous les jours.

Les mineurs guyanais sont des fonctionnaires, en ce sens qu'ils sont en général en ménage, avec de nombreux enfants et, oh ! paradoxe, ils aiment la vie de famille, leur village, leurs amis, leurs habitudes... la routine enfin.

Comme la terre du paysan, le placer du mineur passe de père en fils, mais à l'inverse de la culture, il s'épuise au lieu de se développer.

Aucune aventure, pas de pittoresque, tout est morne et quelconque. Le mineur est embourgeoisé, il a peur de l'aventure, du grand bois, des Indiens et des « piayes » ; s'écarter de son village est une chose extraordinaire à laquelle il ne consent pas sans réticence, et il revient toujours au même endroit. Il objectera que, pour partir prospecter ailleurs et chercher des terres plus riches, il lui faut des vivres, pour avoir ces vivres, de l'argent ou du crédit.

Il n'a ni l'un ni l'autre et redoutant l'aventure pure, le hasard, redoutant le risque, la famine, la forêt, il demeure, végète et meurt de ne pouvoir partir. C'est la faillite, ils le savent, mais espèrent un miracle là où il y en eut un... A-t-on attrapé déjà deux lièvres au même gîte ?

Au Brésil, les chercheurs de diamants, les prospecteurs, sont de rudes hommes que n'embarrassent aucun scrupule, ni lien d'aucune sorte et qui, prenant une pirogue, avec ou sans vivres, pourvu qu'ils soient armés et possèdent une pelle, une pioche et une batée, s'en vont loin vers l'intérieur des terres, toujours plus loin, faisant le coup de feu chez les Indiens insoumis, nomades – hantés par le désir de faire fortune, la faisant rarement mais tentant de la faire en véritables aventuriers.

Ici, rien de tout cela... malheureusement, car tout meurt en Guyane à cause de la simili-organisation y existant et entravant toute initiative. On connaît la loi – quoique peu efficace et fort loin – on la respecte. Les commerçants ont leur patente et les hommes un permis pour leurs armes.

Mort le pittoresque, mort l'avenir ! New York, avant d'avoir des buildings, était un Far West ; en Guyane il n'y a jamais eu de Far West, il n'y aura jamais de buildings parce que imposer l'ordre dans un pays neuf au lieu de laisser son évolution suivre normalement son cours, c'est conduire sciemment ce pays à sa ruine et faire avorter son développement.

Du désordre naît l'ordre. Canada, États-Unis, Brésil... pays neufs, pays riches, évolués ; tous ont eu ou ont encore, en certains endroits de leur territoire, un Far West. Ils ne s'en portent pas plus mal et n'y voient pas de quoi rougir.

Enfin, tout ceci pour vous dire que les mineurs guyanais m'ont déçu. Si j'avais vu les mineurs de Lille, j'aurais eu davantage l'impression de vivre une belle aventure. Ici, j'ai vu des terrassiers.

Je suis parti avec deux frères mineurs, le chantier est tout près de Sophie, à une demi-heure de marche dans la forêt... Évidemment, pas de piste, à peine un tracé indistinct coupant des criques, des ravins.

L'un des frères est devant, le sabre à la main, pieds nus, en guenilles, son katouri[52] aux épaules et la pipe à la bouche ; l'autre derrière, ressemblant comme un frère... à son frère. On entend des singes rouges au loin, quelques perroquets.

– Voilà, dit l'un des frères, voici les chantiers.

De larges excavations sur le flanc d'une colline, des déblais de quartz ; auprès de chaque trou profond de quinze à trente-cinq mètres, une « queue de Hocco[53] », carbet simpliste destiné à abriter le repas et le matériel des pluies de la mauvaise saison. C'est tout. Il y a des trous abandonnés et [pleins] d'eau : là il n'y a pas d'or ou il n'y en a plus. Mais un autre trou est à vingt mètres de celui-ci et des hommes (ceux qui ont abandonné le premier) creusent depuis des semaines, espérant trouver cette fois. Tant qu'à faire, ils n'avaient qu'à élargir le premier !

Et comme pour bien se sentir en famille tous les trous sont les uns près des autres... On ne bouge pas de là : c'est trop commode... à une demi-heure de la maison !

Le soleil n'est pas encore levé, des brumes s'accrochent jusqu'aux cimes des géants de la forêt qui ruissellent d'humidité. Un chant résonne dans le lourd silence avec parfois comme réponse un cri d'oiseau engourdi.

Torses nus malgré la fraîcheur du matin, les deux frères dans leur trou ahanent à la mesure de leur pioche qui pique la terre grasse et rouge : le métal choque le quartz, la masse le broie lourdement pour en vérifier la teneur, la pelle crisse, chantant clair au frottement régulier des déblais qui s'amoncellent jetés avec force pardessus le trou qui s'agrandit sensiblement et s'agrandira jusqu'à ce qu'à force de creuser le filon apparaisse. Une semaine, deux, trois peut-être, durant lesquelles les mineurs ne verront pas un gramme d'or, travaillant seulement à sa recherche.

Et dans la forêt les brumes traînent encore – lianes aux arabesques rigides, feuilles et arbres paraissant irréels. Dans de larges éclaircies, des silhouettes mortes se dressent chargées de nids de corbeaux.

La sueur ruisselle sur le torse nu des deux frères ; le plus âgé s'arrête un instant, bourre sa pipe courte et bien culottée.

– Vous voyez le travail ?

Il prend un morceau de quartz, effrite la gangue terreuse, la brise à la masse, crache sur la cassure et, ajustant des lunettes à la monture d'acier rafistolée avec du taffetas gommé, il s'efforce de découvrir un point d'or.

Dix, vingt fois il recommence et, finalement, il trouve. J'aperçois sur la surface terne et nette de la cassure une étincelle jaune. C'est tout, et c'est de l'or : mais pour faire un gramme de ce métal précieux, combien de tonnes de quartz faut-il piler le soir dans le carbet avec la barre à mine[54] ?

Le soleil a dissipé les brumes. Chants dans toute la forêt. Dans tous les trous, les mineurs travaillent en silence ; le choc de leurs instruments forme un concert monocorde ; dans la « queue de hocco » la soupe est en train de se faire. Il est l'heure du déjeuner : riz, couac, viande boucanée, une pipe et, sous le soleil ardent de l'après-midi, le travail reprend. Pelles, pioches et pics creusent, déblaient, fouillent…

Dix-sept heures. C'est l'heure de rentrer à la maison ; on range le matériel, on met le katouri aux épaules, on prend le sabre à la main et c'est le retour au village en une longue procession de tous les mineurs de l'endroit.

Parfois l'un des frères tousse :
– Depuis longtemps ? Depuis dix ans !
– Oh ! c'est un rhume.

Jeudi 20 octobre 1949

Hier au soir, à notre arrivée au village, j'ai assisté au travail du minerai. En général, le concassage du quartz a lieu à la fin de la semaine ; chaque jour, le mineur apporte un plein katouri de pierres et celles-ci sont entassées dans un coin du carbet. Parfois, les femmes, aux heures perdues, s'occupent à diminuer le tas et c'est pour cette raison que toute la journée, dans les villages [de] mineurs, on entend l'écrasement sourd répercuté par le sol de terre battue, de la barre à mine servant de pilon broyant le quartz mis dans un mortier de fer.

Les deux frères sont assis sur des caisses, dans une remise attenant à leur carbet. À terre, une fosse rectangulaire dont le fond est garni d'une large pierre plate. Sur cette pierre un petit tas de quartz est déposé. Armé d'une barre à mine, le créole se met en devoir d'écraser les pierres ; réduites en gravier, elles sont mises dans une caisse dans laquelle puise le second mineur qui écrase ces graviers dans le mortier de fer.

Une poussière fine et impalpable s'en échappe, recueillie par une troisième caisse ; les résidus mélangés au gravier sont frappés à nouveau, transformés en poudre.

Ils passent alors, après un nouveau criblage, dans la caisse numéro trois.

Le tas de quartz diminue, les caisses s'emplissent, la barre à mine broie d'un mouvement régulier et pesant.

Avec la caisse, les deux frères sont partis au bord de la rivière. Ils ont emporté une batée, cône évasé en tôle emboutie et deux « couias[55] », des coupes de tôles arrondies parfaitement.

Et les deux frères lavent la poudre de quartz, d'abord dans les « couias » au-dessus de la batée, et puis dans la batée dont le fond est garni de mercure en double mouvement de rotation et de balancement qui placent le gravier et l'or par ordre de densité.

Lorsque le mercure jaunit, il est déposé dans un carré d'étoffe soigneusement plié, pressé puis chauffé jusqu'à évaporation. Le carré déplié révèle un minuscule bout d'or empli d'impuretés mais servant au commerce et valant trois cent soixante-quinze francs le gramme.

Au village Sophie, cette méthode d'exploitation tout à fait particulière est due à la présence de gîtes éluviaux résultant de l'altération sur place des formations aurifères. Les gîtes éluvionnaires se trouvent aux flancs de vallées ou aux environs immédiats des rivières. Ils passent d'ailleurs latéralement aux gîtes alluvionnaires et aux endroits d'affleurement de la formation aurifère. Suivant le degré et la profondeur de l'altération de formation aurifère, les gîtes éluvionnaires se divisent en deux catégories. La première comprend les gîtes de terre végétale au sens strict, c'est-à-dire caractérisée par l'altération complète de la formation qui a donné naissance.

Ces gîtes se présentent ainsi au trou de prospection : une couche (vingt à trente centimètres) d'humus ou d'argile noire ou rouge traversée de racines d'herbes et d'arbres, à un mètre cinquante il n'y a pas encore de gravier à la base mais celui-ci augmente dans l'argile vers le « Bed Rok[56] ».

Les gîtes de terre végétale au sens strict sont situés aux flancs des collines aux pentes assez raides et leur teneur est de un gramme au mètre cube, cependant, les pépites sont fréquentes ainsi que le quartz aurifère.

Les gîtes de terre végétale normaux présentent une altération plus profonde de la roche qui a donné naissance ; ces gîtes sont les plus caractéristiques et les plus répandus en Guyane.

Ils existent à une heure trente de marche de Sophie, aux placers de Dagobert où je vais me rendre tout à l'heure. Leur teneur est de un gramme au mètre cube et celle-ci augmente suivant la pente, car l'or se comporte comme les alluvions, se concentrant entièrement dans les couches de graviers.

Les placers de Sophie appartiennent à la deuxième catégorie des gîtes éluvionnaires, ce sont les gîtes de terre de montagne. La formation aurifère qui leur a donné naissance est plus profondément mais surtout plus irrégulièrement altérée, affectant les roches traversées de filons et de veines de quartz aurifère.

Ces gîtes sont plus nombreux et plus importants que les gîtes de terre végétale ; l'or, d'une teneur très faible, imprègne toute l'épaisseur de la roche altérée.

(Il y a cinq catégories de gîtes alluvionnaires... voir page 40 : L'Or[57].)

....

En route pour Dagobert. Il est cinq heures du matin ; je pars en compagnie de deux mineurs venus à Sophie la veille pour se ravitailler.

Hors du village nous traversons quelques terrains défrichés, hérissés de troncs calcinés, d'arbres sciés, de branches et de pousses diverses entre lesquelles les planteurs sèment le manioc qui pousse ainsi à la grâce de Dieu.

La piste est mauvaise ; nous traversons une rivière sur un arbre tombé surplombant l'eau de quatre à cinq mètres, large de vingt centimètres, long de douze à quinze, afin d'atteindre le premier village situé au pied d'un « morne », telle est l'appellation que donnent aux collines les Guyanais.

Même pas une passerelle pour réunir ces deux villages créés depuis plus de cent ans ! Un arbre à la place !

Nous grimpons la pente fort raide de ce premier morne pour, après l'avoir descendu, en remonter un autre et ainsi de suite durant longtemps.

Le pays tout entier est couvert de ces élévations de trois à quatre cents mètres entre lesquelles croupissent des criquots vaseux que l'on traverse en équilibre sur des arbres couchés où les pieds franchement dans la vase gluante qui vous enlise jusqu'aux genoux ; les collines s'escaladent difficilement et les souliers ferrés glissent sur les feuilles qui jonchent les rudes montées.

La piste, si on peut l'appeler ainsi, est un étroit tracé reconnaissable aux feuilles écrasées par les pas des précédents voyageurs. Il faut un œil de Sioux pour en suivre les méandres et un pied de montagnard pour y rester solidement accroché et ne point dégringoler les deux ou trois cents mètres de pente raide qui offre au regard la perspective écrasante de fûts énormes aux essences précieuses et d'une variété infinie. De toute manière, la descente s'effectue assez souvent sur l'arrière-train car les culbutes sont fréquentes et enfin, après une heure quarante de marche rapide dans cette suite de « montagnes », après avoir traversé maints et maints criquots, après avoir respiré l'air humide et chaud stagnant dans le sous-bois, nous abordons les abattis annonçant l'approche du village de Dagobert.

Autre gymnastique : il faut enjamber ou suivre des troncs énormes abattus dans tous les azimuts ; quelques « mornes » dénudés offrent la morne perspective de leur arrondi parfait.

Un sentier, une large éclaircie au flanc d'une colline, une quinzaine de carbets, trois femmes endormies : Dagobert ne brille pas par son animation.

Le panorama couvre toutes les collines environnantes et le moutonnement de la forêt vierge. Tous les hommes sont au chantier. Mes deux compagnons de route, après avoir rangé le ravitaillement dans une caisse servant de placard, de buffet et de commode, se mettent en devoir de préparer le petit déjeuner. Le carbet ressemble comme un frère à tous les autres carbets du pays : un bâti de pieux fichés en terre, entre les pieux des appliques d'osier tressé à clayonnage, un toit retenu par des poutres posées sur des fourches et recouvert de feuilles de palétuvier. Le sol est en terre battue, des séparations en clayonnage divisent le carbet en deux parties : la cuisine et la salle à manger, à coucher, à tout faire.

Dans la cuisine, un bloc d'argile cuite, deux pierres : c'est le foyer. Dans la salle, quatre fourches fichées en terre, deux planches sur deux traverses : c'est le lit ; une caisse : c'est la table et, dans un coin, un fouillis de pelles, de pioches, une batée, des bouteilles à mercure et des vieilles boîtes de conserve disposées un peu partout et servant de pot à tabac ou de boîte à sucre, à café, à riz, à couac.

Le déjeuner n'est pas compliqué : deux topinambours du pays bouillis à l'eau claire, un peu de poisson séché avec une goutte d'huile…

Les deux hommes me précédant empruntent un chemin confortable et, en cinq minutes, nous sommes au chantier où ils travaillent l'or. Leurs compagnons œuvrent déjà et s'étonnent de me voir.

Pieds nus, chemise rapiécée, pantalon d'arlequin… tenue de travail commune aux mineurs du monde entier – sous un chapeau de feutre délavé, un visage noir ou olivâtre… pas un Européen dans tout le pays.

Il fut un temps où les bagnards – et ce sont eux qui ont exploité le plus de filons – installés un peu partout, pouvaient faire croire qu'un Européen peut travailler l'or sans danger pour sa santé. Puis les mineurs sortis ou évadés du bagne ont disparu ; la tête pleine d'histoires mirifiques, ils sont allés alimenter la chronique de journalistes en mal de fantaisie imaginative, créant des « El Dorado » à la petite semaine, inspirant des livres sérieux et des articles documentés… à leur manière.

Pas un seul d'entre eux n'est revenu bien riche sur le littoral guyanais ou, s'ils revenaient bien lestés, en trois semaines ils étaient dépourvus...

Les bagnards s'en sont allés mais des noms sont restés sur les cartes, rappelant leur souvenir, noms donnés à l'emporte-pièce à des placers découverts fortuitement ou longtemps espérés : « Pas de chance » – « Paradis ou blocus » – « Souvenir » – « Patience » – « Bœuf mort » – « Bas espoir » – « Déchéance » – « Paradis » – « Cent sous » – « Popote » – « Dieu merci » – « Élysée » – « Délices » – « Adieu vat » – etc., et puis des prénoms de femmes : Jacqueline, Paulette, Huguette, Ghislaine ; puis des noms de villes, de faubourgs : Saint-Nazaire, La Villette, République, Bordeaux Station, Mont Valérien... et d'autres encore.

Certainement il existe encore des forçats ayant opté à leur libération pour le bagne de l'or, ou ceux[58] qui, ayant fini « la Belle » ont préféré tenter la chance à fuir vers le Brésil ou au Surinam. Mais ici, pas de Blancs.

Le chantier est à ciel ouvert ; dans une éclaircie, le sable blanc des déblais provoque une réverbération éclatante. Le soleil donne à plein. En silence, les hommes travaillent, mécaniquement, sans geste inutile, chacun ayant une tâche à remplir et connaissant son métier.

L'or alluvionnaire provenant de la décomposition lente des têtes de filons accumulées lors des grandes érosions de la période secondaire est déposé sur une couche d'argile formant le fond du terrain, ou un lit de roches appelé « Bed Rok ». La facilité de l'exploitation dépend de l'épaisseur de la couche végétale et une sonde permet, avant d'entreprendre la prospection, de vérifier la profondeur de cette couche et de supputer le temps qu'il faudra pour atteindre le Bed Rok.

Le mineur, ayant choisi son terrain, commence à creuser un trou de prospection, tout d'abord avec une pelle à vase, longue et lourde, puis avec une pelle « criminelle », étroite, longue, dont les bords tranchants débarrassent aisément le terrain du fouillis de racines.

Ensuite, avec un pic, il retire les grosses roches supérieures, évitant de toucher au gravier avoisinant la glaise du fond au niveau hydrostatique.

C'est alors qu'il procède à l'essai à la batée, c'est-à-dire qu'il lave un peu de gravier et vérifie la teneur en or. S'il est satisfait de l'essai, faisant appel à deux ou trois compagnons, il entreprend la construction du « long tom », long canal en planches composé de trois pièces : première, une dalle, c'est-à-dire une caisse peu profonde placée sous un déversoir alimenté par une dérivation de la rivière la plus proche ; deuxième : une grille destinée à retenir les gros cailloux et, enfin, la caisse à production recevant l'or amalgamé et le sable, située en contrebas de la dalle avec une inclinaison de soixante-quinze degrés. Dans la caisse à production se trouvent les « rifles », c'est-à-dire des pièces de bois striées de rainures dans lesquelles se trouve du mercure. Les rifles barrent un long canal en planches appelé « sluice » ou « sluire ».

Sur le chantier de Dagobert, le « long tom » est placé sur pilotis ; il traverse en effet le trou large et profond où, à la pelle, est recueillie la terre aurifère. Cette terre, jetée dans la dalle, est lavée par l'eau courante provenant du déversoir qui est une longue tranchée aboutissant à une crique et qu'isole à volonté un système de barrage en planches.

L'eau ainsi se précipite ou bien n'arrive pas, suivant les besoins du travail.

L'eau entraîne l'argile, les graviers et les gros cailloux s'arrêtent sur la grille.

Un homme ratisse la dalle, malaxant sans interruption la terre jetée par son compagnon en contrebas. Parfois il se penche et dégorge la grille, jetant à pleines mains les cailloux retenus.

Le reste passe dans la caisse à production après avoir franchi les rifles du sluice ; une batée est disposée en contrebas de la caisse de production contenant aussi du mercure et amalgamant l'or échappé à l'épreuve du sluice. L'eau continue à courir librement dans un canal encaissé entre les déblais ; un homme armé d'une pelle travaille à dégager le canal sans cesse enrichi de l'apport des alluvions déversées dans la dalle.

Un des mineurs barre le déversoir, l'eau cesse de couler, de la boue reste dans la dalle, la grille est dégorgée, le mineur de la fosse cesse de jeter de la terre, la dalle est nettoyée par un dernier courant d'eau.

Accroupi, armé d'un balai miniature, un mineur nettoie les planches du sluice amenant petit à petit le mercure vers la batée, cependant que l'eau claire coule et que le mercure brille d'un faible éclat jaune.

Sur un feu, une plaque chauffe, le mercure est mis sur cette plaque, il s'évapore, quelques grains d'or demeurent.

L'opération a rempli la matinée. Il est midi au soleil ; je crève de chaleur d'avoir couru d'un côté et de l'autre à la recherche d'angles variés pour les photographies. Le ciel nuageux m'oblige à changer l'ouverture à chaque instant. La chaleur agissant sur le film empêche son déroulement, je m'énerve et, lassé, file sur un autre chantier, suivant la piste que l'on m'indique, Boby crotté sur mes talons.

Après une heure de marche, j'arrive à un chantier immense où travaillent une quinzaine de Noirs, de la boue jusqu'aux mollets, déblayant un terrain fait d'argile molle. Le soleil tape et le travail est harassant. Ils vont à la poursuite du filon, creusant depuis plusieurs semaines, cependant que deux « long tom » gigantesques et inutilisés se dressent sur leurs pilotis dans l'attente de leur pâture de terre aurifère.

À quelque distance du chantier se trouvent quelques « queues de hocco ». Deux mineurs font la cuisine : des topinambours dans la marmite. Même pas d'argent pour acheter du riz ou du couac ; quant à la viande, elle est introuvable car personne ne chasse, tous travaillant l'or.

Dans les déblais, parfois, les mineurs trouvent du quartz aurifère, ils l'emmènent ici et c'est un vétéran de l'orpaillage[59], Gomès Robert, âgé de quatre-vingt-treize ans, qui a la charge de piler les cailloux et de les réduire en poussière. Son visage noir et ridé est souriant au rappel des souvenirs qu'il dévide pour moi. Il est installé à Dagobert depuis 1902... la belle époque. Depuis ce temps-là, venu des Antilles, il cherche l'or. A-t-il fait fortune ?... une fois au moins.

– Des années je mangeais bien, d'autres années je mangeais mal !...

Son carbet est installé près d'un trou profond de vingt mètres, à demi empli d'eau et de broussailles.

– Là, il y a un filon très riche, dit le vieillard ; je ne peux pas l'exploiter seul et personne ne veut m'aider. Puis il faudrait de l'argent pour acheter des pompes, assécher le trou, faire venir du matériel... Trop vieux ! soupire-t-il... mais un Monsieur doit venir de Cayenne ; il apportera de l'argent... oui, beaucoup d'argent !

Et le vieillard reprend sa garde auprès du filon noyé dont personne ne veut, un trésor auquel personne ne veut plus croire.

– Pourquoi restez-vous ? ai-je demandé à un jeune garçon épuisé qui venait boire l'eau de son bidon accroché au carbet.

– Bah ! un jour peut-être...

Ils croient à la chance... leur chance. Peut-être essaient-ils de croire car le vétéran vivant à leurs côtés est le vivant symbole de l'achèvement du rêve des mineurs du monde entier.

– Voyez-vous, m'a dit le jeune garçon, depuis trois semaines nous creusons à la recherche du Bed Rok... trois semaines sans un gramme d'or, encore trois peut-être avant de trouver, trois encore avant que l'exploitation soit rentable... et le jour du partage, il y aura peut-être un gramme seulement pour chacun... mais peut-être dix... Ça serait beau et tout ça pour neuf semaines de travail. On ne veut plus nous faire crédit, alors on crève de faim.

Chez les chercheurs de diamants d'Aragarcas, au Brésil[60], j'ai entendu les mêmes plaintes, formuler les mêmes espoirs. Là-bas, ici, ailleurs... chez les mineurs du monde entier la misère est la même. Que d'énergie gaspillée ! quelle puissance que la hantise de l'or ou du diamant.

Je suis revenu à Sophie exténué. À l'approche du village résonnait toujours le même choc sourd des barres à mine broyant le quartz.

Dans son magasin je trouvai mon ami P... à quatre pattes, en train de récupérer, à la petite cuiller, l'huile d'arachide répandue à la suite du bris d'une « dame-jeanne ».

Sa femme, à genoux, tenait en main une bassine et, petit à petit, P... asséchait les lacs et ruisseaux d'huile qui dessinaient de jolies cartes sur la terre ravinée.

– Elle est encore bonne, dit la femme qui, après avoir trempé son doigt dans l'huile, le suçait.

P... n'est pas marié, il est avec H...

Au pays des mineurs, c'est ainsi... comme dans presque toute la Guyane d'ailleurs. Les dernières statistiques donnent dix-huit mille deux cent trente-cinq célibataires pour deux mille sept cent soixante et douze ménages et trente-sept pour cent de ces derniers sont sans enfants. La natalité est faible alors que la mortalité atteint vingt-quatre pour cent. La syphilis à elle seule, suivant le Centre Pasteur de Cayenne, cause vingt-deux pour cent des cas mortels, le paludisme cinq à six pour cent et les maladies intercurrentes dues à la lèpre, cinq pour cent.

L'alcoolisme, par ailleurs, fait des ravages : onze litres et demi par individu et par an de tafia... ceci officiellement, mais il faut compter le double. On boit sec chez les mineurs mais ça revient cher : deux grammes d'or pour un litre de mauvais alcool de canne à sucre... soit plus de sept cents francs alors qu'à Cayenne il coûte deux cents à deux cent cinquante francs.

– Il faut ça pour tenir le coup, disent les mineurs !

– Il faut ça pour combattre la fièvre, disent les Cayennais !

(Le tafia est certainement la seule industrie florissante du pays car tout le monde, en Guyane, se fait un devoir de boire son ou ses punchs à chaque repas.)

Chez les mineurs, les mœurs sont régulières mais il n'est pas rare de voir une femme pour deux mineurs trop pauvres pour en entretenir une chacun.

Il n'est pas rare de voir une femme couverte d'or quitter un ami mourant de faim pour s'installer chez un mineur favorisé par la chance (aussi toutes les bagarres ont-elles les femmes pour origine) ; elle se débrouillera pour le ruiner à son tour... Et on ne la verra plus. Combien de commerçants se sont ruinés à ce jeu.

Les femmes sont belles mais terriblement intéressées. J'ai connu sur le Maroni un Arabe, commerçant, qui avait deux femmes... toutes deux légitimes : ça lui a coûté cher car son fonds de commerce n'a pas tardé à être vide.

Les chercheurs d'or de Sophie ou de Dagobert sont appelés des Maraudeurs ou des Bricoleurs. En effet : ils travaillent sur des placers ne leur appartenant pas et dont ils connaissent très bien le légitime propriétaire. Celui-ci les laisse faire car, bon gré mal gré, rien ne pourrait empêcher les bougres de rapiner quelques lopins de terre aurifère.

La délimitation des placers est d'ailleurs fantaisiste et plus d'un propriétaire m'a avoué ignorer la superficie exacte de sa concession. Ceci s'explique par le fait que le Service des Mines ne se soucie guère d'envoyer des gens arpenter la brousse. L'homme trace un rectangle sur le papier, englobant quelques rivières, le rectangle est imprimé sur la carte avec son nom et c'est tout. On se fie à sa parole ; quant à lui, il jauge à l'à-peu-près : au nombre de jours pour aller de tel à tel point ou tout simplement au jugé.

Quant à empêcher les maraudeurs de s'installer chez lui ou à proximité du placer qu'il exploite lui-même, pas question ! Il faudra une armée de gendarmes ou de gardes-chasses. Nulle contestation n'est donc possible ; la terre est à tout le monde et, du mieux qu'ils le peuvent, les mineurs l'exploitent… avec une perte de cinquante pour cent au minimum car ces méthodes primitives de lavage abandonnent aux déblais la moitié de la production que l'on pourrait réaliser avec un outillage moderne et perfectionné. Je doute d'ailleurs qu'un jour ce matériel soit amené à pied d'œuvre en raison des difficultés énormes du transport. Tout au plus peut-on amener quelques machines légères et insuffisantes en pièces détachées… et le prix de revient du transport est ahurissant puisqu'il atteint jusqu'à mille cinq cents francs le baril, c'est-à-dire les cent kilos. De ce fait, les grandes sociétés exploitant en Guyane (il y en a trois : la Société Elie, la SEMI et la SMHM de Thiébault) ne sont elles-mêmes que des bricoleurs aux productions insignifiantes que l'on peut vérifier suivant les statistiques d'exportation de l'or guyanais.

L'or des bricoleurs se volatilise, en contrebande, le plus souvent, ou circule chez les commerçants ; un tout petit peu va en banque.

L'or des grandes sociétés – en principe – est dirigé sur les banques de Cayenne… et l'on dit que la Banque de France impose elle-même le niveau de la production qui, les directeurs l'affirment, pourrait être beaucoup plus importante. La politique financière a ses caprices !…

……………………………………

Fatigué de ma course à Dagobert, je me repose dans mon hamac, vêtu, à la mode indienne, d'un simple calimbé[61], lorsque quelqu'un frappe à la porte du carbet : un blanc, une connaissance de Paris, le Docteur Sausse, chevelu en diable, moustachu et bronzé…

– Comment allez-vous ?

Attaché à une mission du Service Géographique National dirigée par le jeune ingénieur-géographe J. Hurault, le Directeur[62] Sausse revient des Tumuc-Humac. La mission, en effet, remontant jusqu'aux sources du Maroni a touché en un point la fameuse chaîne qui demeure cependant inviolée, puis du Maroni, joignant la Mana, est arrivée jusqu'à Sophie.

Et voici J. Hurault rencontré à Paris au Service Géographique, toujours semblable à lui-même, en « Battle Dress[63] » et accompagné de quelques Bonis qui s'installent sans façon dans le carbet.

Je dois vous dire que J. Hurault et moi, nous sommes chamaillés plus d'une fois à propos de mes projets et de la question indienne.

– Vous nous avez traités de... dans « Paris-Presse » s'indigne en souriant le toubib.

– Pas tout à fait. Je critiquais vos méthodes...

– Cela revient au même.

Et aussitôt nous enfourchons notre dada favori.

– Alors... votre raid ?

– Le voici.

J'étale la carte où mon itinéraire prévu est indiqué en rouge.

– Folie, clame Hurault...

Je m'y attendais : il me l'a dit à Paris, répété à Cayenne... il me le dit ce soir.

Nous discutons avec fougue de la question. Un peu lassé tout de même, je ne réplique guère et fais semblant d'acquiescer... la discussion est ainsi plus gentille et nous achevons la soirée sous un hangar, devant un repas copieux, sous les yeux intéressés de huit Indiens roucouyennes qui accompagnent J. H...[64] depuis l'Itany et qu'il a l'intention d'emmener à Cayenne.

Repas sympathique ; ils racontent leur voyage.
– Ça a été dur !
Voici la deuxième mission de J. H... en Guyane, il commence à se lasser des rivières guyanaises : Oyapok, Maroni, Itany... tout... tout, sauf les Tumuc-Humac, la tache blanche qui m'obsède, la région inexplorée vers laquelle je me dirige.

Installé dans le fauteuil pliant de J. Hurault, dégustant dattes et Nescafé, fumant des cigarettes toutes faites, j'écoute le toubib tenter de me dissuader.

– Allons, Maufrais, revenez avec nous à Cayenne et rentrez à Paris, vous en avez déjà fait suffisamment ici... Avec la saison des pluies il est trop tard pour partir.

– Bon !... si vous y tenez, faites seul la jonction Ouaqui-Tamouri[a, 65], joignant ainsi le Maroni à l'Oyapok, ce sera déjà un exploit devant lequel je tirerai mon chapeau car nous avons échoué, cette fois, et en compagnie du préfet[66] nous avons rebroussé chemin. Nous étions bien armés, bien équipés, avec du ravitaillement... et des porteurs[67]. Seul, vous avez cinquante chances sur cent d'y rester ; si vous en revenez, je témoignerai de la valeur de votre raid[68].

– Peut-être me lisez-vous, Docteur Sausse... Vous souvenez-vous ?... et bien je ferai la liaison Ouaqui-Tamouri, je pars pour cela, mais je ferai aussi la liaison Oyapok-Maroni ! par les Tumuc-Humac ! Pour ce dernier raid, vous ne m'accordez aucune chance... Vous allez faire un mauvais prophète !

La nuit est profonde, le village endormi est baigné au clair de lune. Les mineurs reposent. Quels rêves hantent leur sommeil ? Quelles histoires, colportées de villages en placers, les tiennent éveillés longtemps à

---

a. N'a pas été faite depuis l'explorateur Leblond en 1700.

songer, réunis autour d'une lampe à pétrole, discutant seul ou avec la compagne de celui qui, passant sur un chemin où tout le monde passait, laisse tomber sa pipe et, la ramassant, aperçoit des traces d'or, court en secret enregistrer le terrain, creuse et, en trois jours, est propriétaire de quinze kilos d'or…

L'or, l'or… Des histoires il en existe par milliers et chaque soir les mineurs rêvent d'être, le lendemain, le héros de l'une d'entre elles.

Trouver sous la pioche un « panier d'oranges » ; un trou bourré de pépites grosses comme des noix !…

Le mineur rêve, songeant au crédit qu'il devra payer bientôt chez le commerçant intraitable, au mercure à vingt francs le kilo sans lequel il ne pourra pas travailler. Même pas une « ouaille » depuis plusieurs semaines et pourtant qu'est-ce que l'ouaille ?… une simple paillette d'or, une minuscule paillette.

Dans le crâne du mineur, les mesures en usage chez les orpailleurs défilent… la couleur… plusieurs « ouailles » très belles, le sou marqué, à la teneur d'or plus forte. Autrefois cela valait un sou d'or, et puis un déci, deux déci, la pincée… au-delà du sou marqué et enfin le « panier d'oranges », poche riche mais vite épuisée car seule la paillette indique un sol aux alluvions uniformément riches.

Dors, mineur… rêve, mineur… demain je prends la route sans envier ton sort.

Ma fortune c'est l'espace, la certitude de découvrir quelque chose d'inconnu, d'inviolé, la tienne c'est un infini problématique.

Adieu mineurs et… bon vent !

Vendredi 21 octobre

De bonne heure ce matin, Hurault prend le chemin de La Grève en compagnie de huit Indiens et deux Créoles. Il va faire le relevé de la piste autrefois très fréquentée par les mineurs, aujourd'hui à peu près délaissée. Je vais prendre aussi cette piste et, continuant par la crique Petit Inini, arriver au Maroni. J'ai engagé un porteur qui me coûte fort cher : vingt grammes d'or jusqu'à La Grève.

J'ai dû vendre mon revolver pour avoir de l'or – on me donne cinquante grammes : c'est une bonne affaire. J'ai acheté des vivres pour la route, de la pacotille pour les Indiens. Je suis chargé de bagages qui ne trouveront leur utilité que sur le Maroni et sur l'Ouaqui. Ensuite, délesté, je partirai pour mon raid, chargé d'un poids dépassant à peine celui qui était prévu, c'est-à-dire vingt-cinq kilos.

Mon sac pour le raid : pellicules et papiers divers dans une caisse métallique : cinq kilos cinq cents ; munitions pour 22 long rifle : six kilos cinq cents ; hamac, moustiquaire, hache, imperméable : quatre kilos cinq cents ; pharmacie : un kilo cinq cents ; pacotille pour Indiens : deux kilos cinq cents ; divers, tabac, allumettes, corde, sac de sept kilos, soit un total de vingt-huit kilos cinq cents, charge aisément portable en marche lente à raison de trois à cinq kilomètres par jour. Mais avec la charge de rivière, les pacotilles supplémentaires, sabres d'abattis, etc., prévus pour les Indiens roucouyennes de l'Itany que j'espère visiter avant le départ pour l'exploration, la charge répartie en deux sacs représente trente kilos pour le porteur martiniquais et autant pour moi.

Dès le départ, le Martiniquais marque une nette mauvaise grâce à m'accompagner, disant que pour un tel travail je ne l'ai pas payé suffisamment, que la route est longue, la charge pesante…

Il est dix heures du matin, nous avons traîné fort tard dans Sophie que nous devions quitter à six heures, mais mon porteur n'ayant pas de katouri a dû en chercher un… palabres… Puis il a chargé son sac d'osier devant les voisins assemblés et compatissants… palabres… Puis il a mangé, cependant que sa femme, la mère de celle-ci et l'arrière-ban de la famille l'entouraient avant ce grand départ qui prenait une allure héroïque. Palabres… On me jette des regards noirs, je me sens envahi de remords. Pauvre garçon ! Quelle brute je suis, pour vingt grammes d'or, de lui avoir imposé le port d'une charge de trente kilos sur trente kilomètres de mauvaise piste.

Nous sommes enfin partis et nous sommes là, tout près d'une petite rivière, un peu essoufflés d'avoir enjambé, ou sauté ou escaladé une centaine de troncs couchés en long ou en travers dans les abattis du village encore tout proche.

Le katouri à terre, le porteur s'éponge le front et :
– Non ! pas aller plus loin, trop lourd, chercher camarade.

Que faire ? Impossible de trouver un autre porteur à moins de cent kilomètres à la ronde… Il part… j'attends.

Un « can can[69] » se pose sur le faîte d'un arbre. Je tire, le tue, le plume, allume un feu. Une fois rôti je partage le cancan avec Boby ; c'est coriace. Il est midi, le temps passe, je m'énerve.

Les voilà… C'est franc !… Ou je prends le copain qu'il a fallu aller chercher à la mine ou on me laisse tomber ! Le coup est bien monté... et certainement prévu de la veille.

– Ce sera combien ?

Quelques grammes moi, quelques grammes le Martiniquais, parce que tous les deux nous allons délester notre charge sur le dos du troisième.

« Allons-y pour les neuf grammes... et la petite boîte où je casais mes grains d'or prend un coup presque fatal. Soupir... on décharge, charge, on arrange. Quatorze heures : nous démarrons enfin, chacun vingt kilos sur les épaules, le fusil en bandoulière et aussitôt nous filons bon train.

Bon ! voilà un katouri à terre, la courroie vient de lâcher... Palabres... on répare.

Nouveau départ ; c'est le bon. Nous marchons sans arrêt jusqu'au coucher du soleil. La chaleur est intense, la piste indiscernable à celui qui ignore l'art de suivre à la trace un gibier quadrupède. Sans cesse des arbres écroulés dans un amoncellement de broussailles, sans cesse des criques qu'il faut traverser en équilibre sur un tronc vermoulu qui cède parfois ou vous projette en glissades. – Des « tape-cul » infinitésimaux sur les feuilles mortes qui tapissent douillettement le sol et le transforment en patinoire.

Je suis chaussé de sandales de tennis pour être plus à l'aise. Je paye chèrement ce souci du confort de mes pieds.

La forêt profonde est obscure, le soleil n'y pénètre que par de rares éclaircies ouvertes par les arbres tombés.

Pas une clairière. À l'infini, des troncs et des lianes, des troncs gigantesques, à ailettes, entre les racines desquels on pourrait construire une cabane à la Robinson et y abriter un patronage ; seuls les abords des criques sont envahis d'une épaisse broussaille qu'il faut hacher au sabre si l'on veut traverser. Ailleurs, le sous-bois est clair.

Des arbustes, des lianes, des « awaras[70] ».

Toute la nuit, des singes rouges mènent un vacarme infernal. Je connais la musique par cœur, qui s'ouvre avec trois « ba... ba... ba... » puissants et rauques et se termine, après une série de mugissements allant du grave à l'aigu, par trois nouveaux « ba... ba... ba... » espacés.

Alors, c'est un silence lourd. Au travers de la moustiquaire on voit les braises rougeoyantes de notre feu de camp. Boby, couché en rond, et les porteurs dormant sur un boucan.

Samedi 22 octobre

On voit à peine le ciel qui s'éclaircit ; le feu ranimé, je tends les mains car il fait froid et la flamme haute et claire me fait souvenir d'autres feux de camp.

Dans la nuit, réveillé en sursaut par les porteurs qui grognaient comme des possédés. Ils ont allumé du feu, se plaignant d'avoir été mordus par des vampires. Du sang coule d'une blessure qu'ils ont aux doigts de pieds... Bah ! ce n'est rien, mais ce pourrait être un prétexte à réclamer une indemnité pour accident de travail !

Avant de partir, j'extirpe quelques « chiques[71] » qui commencent à se développer dans mes doigts de pied. Un point noir, au centre d'une cible d'un blanc douteux large comme un bouton de chemise, on enfonce une épingle dans le point noir, on donne un mouvement de torsion et, si le mouvement est bien donné, on arrache un petit couvercle formé de milliers de petits points blancs et grumeleux... des œufs de chiques ! qui se développent avec une rapidité effrayante et peuvent provoquer – s'ils ne sont pas retirés à temps – de graves accidents.

Un médecin attaché à Saint-Laurent-du-Maroni, son séjour terminé, décida de garder une chique qui lui prenait le petit doigt du pied gauche et de l'exhiber en France à ses amis. Il arriva en France, la chique aussi, mais les amis ne purent la voir car elle disparut en même temps que le pied du toubib, amputé afin que la gangrène se développant ne prenne toute la jambe.

Les chiques sont un danger sérieux et il est bon de ne pas négliger de les retirer lorsqu'on examine ses pieds. Un trou assez profond demeure après l'extraction qui, lorsqu'elle est faite à temps, est sans douleur. Ce trou peut impressionner car la chique pourrit parfois la moitié du membre atteint et l'on pourrait y loger à l'aise l'extrémité du petit doigt. Si la chique est bien retirée, on guérit ; sinon, elle continue son œuvre et il faut recommencer et désinfecter à l'alcool.

Il est prudent d'ailleurs d'examiner ses pieds chaque jour. La moindre écorchure suppure et forme ulcère. Des champignons se développent, favorisés par l'humidité constante à laquelle on est astreint[72]. Les jambes se couvrent de rougeurs, de point purulents et, si l'on veut arriver, il ne faut pas négliger ces petits soins, ennuyeux peut-être, en tout cas indispensables.

Nous voilà en route. Je cherche en vain des traces du groupe de Hurault. Ils passent comme nous et se faufilent de leur mieux. Ça grimpe... le chemin de Dagobert était un paradis à côté de celui-là. C'est dur avec le sac qui tire sur les épaules, le fusil qui s'accroche et les espadrilles qui dérapent. On suit le flanc de la colline abrupte qui se nomme « Gros Montagne », on descend ; là, un vaste marécage que l'on traverse de son mieux, de la boue jusqu'aux cuisses ou bien jusqu'aux chevilles, en équilibre sur des rondins. Pas de ponts, parfois pas d'arbre tombé pour traverser les petits marigots. On traverse, de l'eau jusqu'au ventre, ou bien on suit le lit formé de sable, de criques peu profondes, pour éviter des bois tombés ou de profonds marécages.

Et l'on grimpe à nouveau. Les racines agrippant l'humus forment un escalier aux marches inégales et traîtresses. De racine en racine l'on monte, l'on trébuche, on se prend les pieds dedans, on glisse… La racine cède et vous voilà par terre, mais enfin elles sont là, utiles, indispensables, que ce soit pour monter, et ce sont les barreaux d'une échelle, que ce soit pour descendre, ce sont des marches raides. Pour traverser les marécages et même les rivières, elles sont partout, gigantesques, torves, monstrueuses, fourmillant de radicelles qui, comme un filet, étreignent la terre fluide que les pluies entraînent et, lorsque la terre s'en va, il reste un trou et ce trou est pour votre pied immanquablement, le coinçant comme un piège à renard, vous faisant craindre l'entorse ou la fracture et jurer plus qu'il ne l'est permis à un honnête homme.

Sinon, rien d'extraordinaire, le vert brutal des feuilles lasse, fatigue. On aspire à voir une éclaircie, une plaine jusqu'à l'horizon puis des couleurs, d'autres couleurs. Le vert étreint comme un drap de pompes funèbres ; avec le soleil, on y découvre mille nuances, joliment appliquées là où on ne soupçonnait rien. Avec le soleil, la forêt vibre, vit, superbe ; mais le soleil effleure les cimes, ne condescendant à percer qu'au hasard d'une éclaircie et puis, c'est encore et toujours la demi-obscurité, le regard butte sur des troncs et, s'il veut s'amuser à les suivre, il se perd, pris de vertige, à vingt-cinq ou trente mètres du sol, là où s'étalent enfin les premières branches. Vingt-cinq ou trente mètres d'écorce nue, lisse, de mille teintes.

Boby lève un agouti qui traverse la piste, se projetant en bonds énormes et rapides, roux comme un renard, la queue hérissée. Pas le courage de tirer. On continue... Montagne Ananas, crique, carbet brûlé. Toujours monter, descendre, avec, comme repos, les marécages des contrebas où l'on patauge.

Traversant une crique sur un arbre, celui-ci, pourri, cède ; le poids du sac me fait tomber sur le dos. Je suis trempé, le sac aussi... Ça ne fait rien, on continue.

Et soudain, une éclaircie. Dans celle-ci, quatre carbets : c'est le lieu de rendez-vous des mineurs de La Grève. Nous sommes à moitié chemin. Crotté, fourbu, je me sèche auprès du grand feu que l'on vient d'allumer ; il est tôt encore : à peine trois heures, mais pour aujourd'hui nous n'irons pas plus loin.

Conciliabule chez les porteurs dont l'un ne parle pas du tout français et l'autre, un patois français. Je comprends quelques mots créoles... ils veulent de l'augmentation pour continuer :

– Vas-y demande-lui !
– Non, toi !

Finalement, on se décide :

– Patron, y en a avoir beaucoup boulot !
– Oui.
– Nous avoir travaillé fort... deux jours, demain trois... demain pas payé ?
– Non.

Conciliabule...

– Patron...

Je commence à m'énerver :
- Combien ?

On discute... quatre cents francs chacun pour la journée supplémentaire ! Le temps passe.
- Patron !
- Quoi ?
- ... Plus avoir riz.

Je leur donne du riz. J'installe mon hamac.
- Patron, plus avoir lait !

Je leur donne du lait, mais comme ils recommencent pour avoir du tabac... je gueule et les abrutis de phrases ronflantes. Ils n'ont rien compris, mais ils se taisent. Je repose dans le hamac.
- Patron !
- ...
- Indiens !

Debout !... Ce sont les Indiens de Hurault en calimbés rouges, des colliers de perles brillantes sur la poitrine, avec leurs longs cheveux traînant sur les épaules. Ils ploient sous un katouri, s'appuyant sur un bâton.
- Tafia, hug...

Il n'y en a pas. Ils aiment bien l'alcool, les bougres. Ils sont deux : Malapate[73] le Tamouchi[74], c'est-à-dire le cacique et Coco Bel Œil[75], peito[76], c'est-à-dire vassal, de Malapate.

Coco Bel Œil, nommé ainsi à cause de la perte d'un œil qui lui donne toujours une impression étonnée, me tape amicalement sur le dos.

Ils ont tué un cochon et le mettent à boucaner. Malapate m'en offre un morceau gentiment, puis il en offre aux Créoles tout étonnés de ne pas payer... Ce sont des Indiens – que l'on croyait sauvages – mais sauvages avec de belles manières, un peu à la Chateaubriand.

Et d'un seul coup, grâce à la présence des deux Indiens, avant-garde du groupe qui va arriver incessamment, le camp prend une allure sympa. Les mineurs sont au chantier et ne rentreront certainement que le soir. Les porteurs préparent leur repas, les Indiens chantent, couchés dans le hamac auprès du boucan sur lequel grille le cochon.

Il est presque nuit lorsque, fatigués, crottés, Hurault, les six Indiens et les deux Créoles font leur apparition.

– Le chemin est dur, me dit Jean Hurault, mais la piste est mieux coupée.

Nous soupons ensemble, discutant de nos projets jusque fort tard dans la nuit. Cette réunion sympathique me découvre un Hurault plus proche, plus homme que fonctionnaire. Il a son caractère, j'ai le mien... Ces Tumuc-Humac nous séparent.

La pluie tambourine toute la nuit sur la bâche tendue au-dessus de mon hamac.

Dimanche 23 octobre

Café avec Hurault, dernier adieu[77]. Il sera à Paris dans deux mois, j'y serai dans huit... si la Providence me le permet !

– Nous nous reverrons là-bas.

– Soyez raisonnable... abandonnez !

Les orpailleurs viennent d'arriver, étonnés de voir un tel rassemblement en ces lieux.

Nous filons à bonne allure avec mes porteurs.

Comme les Indiens, je me suis taillé un solide bâton qui m'aide à gravir la série de montagnes raides que nous égrenons, heure après heure, péniblement.

Malgré le bâton, le poids du sac m'entraîne dans un marécage avec la branche pourrie qui me servait de passerelle. Me voici dans la vase, ayant fort à faire pour m'en tirer et crotté comme un jeune chien.

Crique Maxis, Montagne Maxis, Grande crique, Béké, Montagne de la mort et, enfin, bois Ténecœur où nous faisons une pause, hors d'haleine d'avoir escaladé autant. La forêt sauvage ruisselle d'humidité. Une odeur de pourriture végétale monte avec les vapeurs amenées par le soleil que l'on imagine très haut déjà.

On ne voit aucun ciel, pas d'horizon, partout des arbres. Les criques minuscules se faufilent entre les troncs pourris et se perdent dans de profondes broussailles s'agrippant au sol où soudain je m'enfonce jusqu'aux hanches, ayant fait un crochet pour rattraper les porteurs.

La piste devient de plus en plus pénible, ce ne sont que marécages et pentes abruptes, mais au hasard de cette route quel enchantement de découvrir, de là-haut, le lit d'une rivière minuscule encaissée entre deux montagnes, farouches d'ombres. Quelle brutalité dans ces verts, dans ces noirs ; l'homme se ramène à ses justes proportions, perdu dans un tel océan.

Un accès de paludisme me force à donner le signal d'une nouvelle pause, trois quinines, deux aspirines, je repose une heure ou deux complètement abruti, transi et grelottant.

Il faut partir tout de même et les derniers kilomètres sont durs à franchir. Nous atteignons un terrain peu accidenté, assez découvert, mais envahi d'une végétation tellement broussailleuse que l'on devine, avant de les voir, qu'en cet endroit il y eut des cultures. En effet, quelques bananiers sauvages, un citronnier, des arbres sciés, débités, pas de carbets ; les bois se sont effondrés, la broussaille a recouvert le village Ouapa... Après la crique Ouapa, toute proche de l'emplacement de l'ancien village, c'est la montagne du Brésil, la crique Cordelle où un porteur patauge à son tour dans la boue, ayant perdu son équilibre, et voici la montagne Dioukali.

Soudain une odeur forte nous submerge, un roulement de tonnerre se répercute, des grognements, des piétinements, une cavalcade éperdue et pesante... un troupeau de pécaris nous croise... feu !... un pécari reste sur le carreau. C'est une femelle énorme ; la balle a traversé le ventre et, comme elle n'est pas morte, un porteur l'achève au sabre. Après avoir lié les pattes, ils traînent l'énorme animal vers les katouris abandonnés sur la piste pour le dépecer lorsqu'ils fuient, lâchant la corde, battant l'air de leurs bras comme un moulin à vent et poussant des cris d'orfraie ; intrigué, à tout hasard ayant armé la carabine, je les rejoins et, à mon tour de virer les deux bras comme un moulin et de rugir, piqué aux joues, aux épaules, aux mains, partout à la fois par une escadrille de mouches indiennes, avant-garde de toute une armée que nous avons ameutée en buttant leur nid au pied d'un arbre. J'éprouve de cuisantes brûlures lentes à disparaître. Tout passe, les brûlures aussi, mais de petites enflures apparaissent. Il faut maintenant se saisir du cochon abandonné, objectif de milliers de mouches sauvages qui mettent sur le cadavre une auréole d'épines.

Après une demi-heure d'effort, à l'aide d'un nœud coulant mis au bout d'une perche, le cochon est attrapé, ramené, dépecé et nous voilà chargés chacun d'un énorme quartier de viande saignante qui, amarrée sur les sacs, laisse derrière nous une trace très nette.

En route ; la charge est lourde – environ quinze à vingt kilos de viande chacun en plus – et voici un autre troupeau… À quoi bon tirer ! Ce serait un meurtre inutile et peut-être que plus tard je serais heureux de le trouver sur ma route.

Marécages… marécages… Une nuée de mouches nous harcèle, affolées par l'odeur de la chair fraîche.

Montagne « Are ai you », montagne « Good Morning »… et à la descente, dans une large éclaircie bordée par une rivière, deux rangées de dix cases proprettes, un bon soleil chaud, bien lavé, bien net, cinq femmes Noires à Madras, seules habitantes du village La Grève, les hommes étant sur les chantiers.

On revit… Un coq chante quelque part.

Lundi 24 octobre

On me propose un canot ; prix de la location : six grammes d'or (pour un jour). Hier au soir, on m'a donné deux œufs et un peu de riz ; la vieille Noire me demande quatre, trois puis deux grammes d'or… et je lui ai déjà donné ma part de pécari pour simplement en avoir un morceau à manger rôti… Je refuse et lui donne du tabac. Ils n'en ont pas depuis un mois… c'est une veine pour moi.

Finalement, pour huit mille francs, les porteurs me proposent de se transformer en canotiers et de me conduire au village Cambrouze[78] sur la crique Petit Inini.

Les femmes viennent encore me demander du tabac que je leur refuse car je suis las d'être rançonné, véritablement mis au pillage par ces gens qui ne voient dans le voyageur qu'un bon Samaritain, une sorte de dinde qu'ils pensent pouvoir plumer à leur aise...

À Bruxelles, l'illustre géographe Élisée Buclos[79], lors de la construction de la sphère terrestre au cent millième vint à bout, en dix ans, du legs de la belle Polonaise, son admiratrice, c'est-à-dire dix millions de francs-or, par son inlassable bonté, secourant les misérables, ceux qui affectaient de l'être, entretenant parasites et tapeurs professionnels, se faisant voler par tout son personnel, du portier au directeur... En Guyane, quelques mois auraient suffi !

Je rumine ces pensées amères cependant que, précautionneusement, la pirogue glisse entre les obstacles accumulés sur l'étroite rivière. Des passages, à certains endroits, facilitent la navigation ; ailleurs, il faut scier, couper, déposer les bagages sur la berge, couler volontairement la pirogue, la faire passer ainsi immergée sous des troncs énormes, la retourner, recharger...

Le soleil vite nous accable. Les piroguiers palabrent incessamment. Je sens où ils veulent *en* arriver. Ça ne manque pas :

– Patron... tu vois comme c'est dur...
– D'accord, mais le prix a été convenu.
– On fait ça par amour pour toi...
– Ta gueule !

Quels mendiants ! Pour l'un, c'est une chemise – convoitée depuis le départ – l'autre, de la graisse d'arme ; les deux, une prime et des vivres...

Je suis intraitable. La marche s'en ressent. Il faut trois heures, m'a dit une villageoise noire de La Grève, pour atteindre la crique Petit Inini. Nous mettons un jour. Comme incidemment, alors que je fais des photos ou prends des notes, la pirogue, à toute allure, frôle les berges et passe sous des troncs qui nous obligent à s'étendre au fond de l'embarcation pour ne pas avoir la figure écrasée. Plusieurs fois, je manque me faire prendre ainsi. Puis ce sont les branches, les lianes, les éclaboussements. Alors je gueule et les menace. Ils sont deux, mais ils n'aiment pas la bagarre. Ils s'assagissent...

– Patron... rigolades !
– Mo ka pas rigolé schadap.

Trois coups de pagaie – repos – palabres. Oh ! patience ! Rageur, je tire et tue un crocodile vautré dans une flaque de boue. En réponse, ayant aperçu un hocco, un porteur saute à terre et le tue. C'est une pièce superbe... Après ça, ils mangent. Couac, corned-beef. Il y en a pour une heure. On part. Les heures traînent, nous aussi.

La rivière s'élargit, les obstacles sont moindres. Le soleil est de plomb. Les berges sont giboyeuses à souhait mais l'après-midi étant fort avancée, nous filons sans nous en occuper.

Deux aras posés sur un arbre mort, rouge sang, se découpent sur le bleu du ciel, chromo étincelant[80] dans la crudité de la lumière.

Un arbre barre la rivière. On débarque, on taille quelques broussailles, on tire la pirogue sur la terre vaseuse, la pirogue glisse non sans mal.

Je remarque l'orientation de la rivière obéissant à des lois immuables, *que* nous tournons à gauche si les rochers sont sur la rive droite et à droite s'ils sont sur la rive gauche. La rivière encaissée entre les collines de faible altitude a érodé dans le sens du courant la base de ces collines et, n'ayant pu traverser la masse, a opéré une retraite du côté opposé à la résistance. De ce fait, il est facile de prévoir de fort loin si l'on va tourner à droite ou à gauche.

Livré à mes observations sur les sinuosités des berges, j'aperçois un long trait rouge et brillant qui glisse sur un tumulus à quelques centimètres de la berge. La pirogue, qui va bonne allure, est stable ; à tout hasard je vise le serpent agouti derrière la tête pour ne pas l'abîmer si je le tue. Chance incroyable, alors qu'il nous regardait passer, branlant sa petite tête peu sympathique, il se présente de trois quarts, je tire et, dévidant ses anneaux, le reptile coule doucement dans l'eau. Arrêt. On s'approche, on discute ; les piroguiers n'aiment pas ce spécimen qu'ils considèrent comme très dangereux et dont ils ont une sainte frousse. On dit le serpent agouti très venimeux. Il affectionne les abords des rivières, faisant son lit de la nervure centrale des grandes palmes d'awara ou de feuilles de bananiers, aimant les fruits parfumés de la « Marie tambour », passiflore dont les reptiles en général sont friands.

Le serpent agouti est rouge brique avec des nuances délicates de brun chocolat ; il est long d'au moins un mètre soixante-dix, et son sang coule d'une petite blessure au-dessous de la tête, là où je désirais que la balle 22 long rifle le touchât et où, par un hasard miraculeux, elle a touché.

Il n'est pas tout à fait mort, à peine hors d'état de nuire ; ses anneaux ont des convulsions désagréables, mais ne voulant à aucun prix l'abîmer, je me garde bien de l'achever. Délicatement, avec deux branches, je le saisis et le dépose à bord, dans une casserole... soudain, devenu rageur, il saute de la casserole et disparaît dans les bagages. En un clin d'œil, avec un ensemble parfait, nous plongeons tous les trois... fort embarrassés, puis nous apercevons l'animal glissant sur le bordage. L'achever ?... Non, ce n'était qu'un dernier sursaut d'agonie, il était trop gravement atteint pour nuire.

Les piroguiers toujours dans l'eau, j'approche la pirogue d'un tronc, grimpe dans l'embarcation, saisis vigoureusement par la toute extrémité de sa queue le serpent agouti, ayant dans l'autre main une machette et prêt à toute éventualité. Rien ne se passe. J'ai la désagréable impression de la queue autour de ma main, puis le long corps glisse et se love au fond de la casserole que je recouvre de son couvercle lesté d'une grosse pierre.

Nous voici tranquilles, mais il faut palabrer longuement avec les piroguiers pour les décider à grimper dans le canot. Ayant omis d'apporter leur fiole de « remède-serpent » ils ne sont pas rassurés.

– Mauvais, patron, mauvais...

Je savais le reptile venimeux et c'est pour cette raison que je tenais à le conserver pour l'expédier en France dès que possible, ce que je ferai de Maripasoula.

Les « remèdes serpent » créoles ne sont pas compliqués, quoique leur formule demeure mystérieuse : c'est essentiellement une macération de têtes de reptiles divers, d'herbes de la forêt, dans du tafia.

Le remède se boit et l'on assure ses résultats certains. Autre remède comme la liane coumana, de la grosseur d'un bras, avec des gousses en forme de croissant fermé, larges de deux doigts, renfermant des haricots marron clair assez petits. Une autre variété appelée « grand coumana » a des gousses droites, longues de dix-sept à vingt centimètres, larges de cinq, avec des haricots rouge carmin plus volumineux que les précédents.

Le petit coumana est pour les petits serpents, le gros pour les gros. On retire la peau du haricot, qui est peu épaisse, on râpe l'amande dans un peu – très peu – d'eau froide. Deux amandes pour une application sur la blessure, car c'est un remède externe agissant spontanément et qui, en application rapide, guérit sans fièvre ni douleur. La guérison, de toute manière, s'opère en deux jours. L'origine de cette plante est ignorée, mais ce sont les Indiens Oyampis qui la cultivaient et s'en servaient comme antivenimeux.

Quant à moi, je préfère mes ampoules de sérum de Butantan[81] de 10 cc en injection intra-musculaire.

La crique Petit Inini s'offre soudain à nous, large, majestueuse, écrasée sous un soleil lourd, reflété sur le miroir des eaux lissées par le courant. Puis le soleil décline rapidement, disparaît derrière les berges hautes. Il fait presque froid, sans transition. Après un rapide lestement passé, quelques cases sur une falaise, des canots amarrés, des Noirs Boschs nous regardent arriver... Cambrouze, où un négociant anglais m'offre une large hospitalité que je mets à profit pour me reposer des heures pénibles de navigation.

Le repas est un festin arrosé de vin portugais, abondant en gibier et poisson... Trop arrosé et abondant peut-être car, si la nuit est excellente, le réveil est bilieux et une crise de foie m'oblige à passer la journée à Cambrouze.

Mardi 25 octobre

Le village Bosch est composé d'une vingtaine de paillotes fichées sans ordre sur un terrain découvert et bosselé.

Je traite quelques rhumatisants et presque tout le village vient se faire panser, masser, soit par besoin, soit par curiosité. Me voici transformé en toubib, prenant le pouls d'un bébé malade, ordonnant tisanes, cachets, diètes et supprimant tafia et piments aux estomacs fatigués.

Le serpent agouti jette la terreur chez les Noirs qui le contemplent à distance respectueuse et qui, sachant que je les chasse pour les conserver, racontent qu'il y a un énorme anaconda tout près d'ici, dans un renfoncement de la berge. Mais une discussion s'élève, les anciens ne voulant pas que l'on me révèle l'endroit où se cache l'anaconda, celui-ci, suivant leur croyance, servant de gîte à l'Esprit du dieu Bosch.

En attendant, le serpent agouti est mis en bouteille non sans peine et macère dans du tafia.

Deux Boschs consentent à me conduire au Maroni moyennant cinq grammes d'or. Ils sont payés, mais la caisse est vide une fois de plus.

Si tout va bien, ce soir je serai à Maripasoula.

Conduit de main de maître sur la rivière large et monotone, le canot avance rapidement. À l'arrière, le mari, à l'avant, sa femme – cette dernière aussi musclée que son mari et ne lui cédant en rien, entretenant la cadence d'un homme. De nombreux affleurements granitiques, des arènes de sable. […]

La journée s'écoule lentement, le soleil darde.

Au soir, nous découvrons l'Itany, large, majestueux, encombré d'îlots. Le poste de douane installé sur un promontoire ne nous retient que quelques instants :

– Pas d'or à déclarer ?

– Plus d'or à déclarer !

Soupçonneux, en short élimé, le douanier, un Créole, se gratte l'occiput et donne enfin le magique et bienvenu :

– Ça va… passez !

Vingt minutes plus tard, nous sommes sur le Maroni, en vue de Maripasoula, poste administratif.

L'infirmerie formée de deux grands carbets, l'infirmier, un forçat libéré et sympathique. – Le poste de la circonscription, un autre grand carbet, au mât sur un terre-plein, nos trois couleurs. – Un gendarme[82] qui attend son congé depuis trois mois, impatient d'être relevé. – Six cases de Noirs Boschs… C'est tout le poste administratif de Maripasoula. Le courrier, en temps ordinaire, met cinquante jours pour arriver, d'autres fois trois mois. Pas de radio.

Installé dans ma dépendance de l'infirmerie, je rédige les reportages et mets de l'ordre dans mes bagages.

Jeudi 27 octobre

Toute la nuit, dans la pièce à côté, un homme a gémi, s'est plaint, a grogné. C'est un vieux Créole qui travaillait pour un grand propriétaire de terrains aurifères de la crique Petit Inini. Devenu subitement paralytique, incapable de travailler, sans un sou, un jour que le chef de poste était en tournée, il a été abandonné sur les marches de l'infirmerie, comme certaines filles mères déposent leur bâtard sur les dernières marches d'une église. Mais si ces malheureuses ont parfois une excuse – l'affolement – il n'en est pas de même pour le premier cité.

Le riche propriétaire est un Créole, très populaire à Saint-Laurent, plusieurs fois élu, membre important de la municipalité.

Lorsqu'il a abandonné le vieux mineur, il se dirigeait vers Saint-Laurent où il y a un hôpital... Le voyage est long, le vieillard encombrant...

Et le pauvre vieux de se plaindre de ses misères.

L'infirmier, le gendarme, s'évertuent à satisfaire ses moindres caprices de malade exigeant.

Et voilà la fin d'un mineur...

Impossible de le faire descendre à Saint-Laurent. Les Boschs refusent de s'en charger, leur religion le leur interdisant si personne n'est là pour s'occuper du malade. On en a même vu, paraît-il, qui déchargeaient subrepticement le brancard qui leur était confié avec un agonisant, dans un coin de brousse ou dans un village créole. Et là, c'est la mort certaine. À Bostos, sur l'Ouaqui, il y a quelques semaines, le gendarme recueillait un vieux mineur mourant de faim et de soif, abandonné comme un chien dans un carbet alors que le village est habité d'hommes et de femmes créoles.

Le vieillard, n'ayant pas d'or, n'avait plus qu'à crever et pas une seule personne ne s'intéressait aux appels du pauvre homme qui mourut deux jours plus tard, au poste, d'épuisement[83] malgré les soins dévoués mais tardifs qui lui furent prodigués.

C'est alors qu'arrive l'apothéose de l'histoire, confirmée par le rapport du gendarme de Maripasoula qui me conta la chose.

Lors de la mort du vieux, il y avait des mineurs créoles au poste[84], qui venaient se faire soigner..., en un instant, tous disparurent pour ne pas aider à l'enterrement de leur congénère, de leur frère de race.

L'infirmier et le gendarme se transformèrent en menuisiers, fabriquant un pauvre cercueil, puis en fossoyeurs en enterrant décemment le mineur.

Fin de mineur

Garçon ! si tu passes au pays de l'or, en Guyane, et si tu n'as pas d'or pour te faire soigner, prépare-toi à mourir et n'en appelle pas aux gens. Ce serait perdre tes forces inutilement.

Sur ma route j'ai rencontré… deux Créoles hospitaliers et désintéressés… Deux Créoles anglais[85] !

Vendredi 28 octobre

Je tape les reportages et fais mon courrier.

Samedi 29 octobre

Les Boschs construisent une pirogue. Quelle habileté ! Le sentier est creusé dans la forêt, partant de l'arbre abattu jusqu'à la berge, puis il est pavé de rondins destinés à faciliter le glissement du tronc. Sur la berge, une queue de hocco a été installée, ainsi, pluie, vent ou soleil ne gêneront en rien l'ouvrier qui, à la hache et au sabre, équarrit le bois grisâtre et filandreux de l'angélique. Le travail avance lentement mais sûrement, la proue, puis la poupe se dessinent grossièrement ; ensuite, le tronc est évidé patiemment à l'herminette ou au feu ; les flancs de la future embarcation sont soigneusement égalisés de la même épaisseur. La pirogue a pris forme. C'est la pirogue indienne. Mais les Noirs du Maroni ne s'en contentent pas. Ils allument un feu de palmes sous le canot et le bois, sous l'action de la chaleur, s'entrouvre doucement, les bords s'écartent, on tourne et retourne la pirogue comme un rôti sur la broche.

Parfois, le bois grésille, alors on applique un tampon de bambou écrasé imbibé d'eau. Lorsque le bois est rendu souple par la chaleur et que les flancs entrouverts s'y prêtent, des traverses de bois sont introduites de force et les écartent davantage encore.

Large, solide, effilée, la coque de l'embarcation est terminée. Restent les bordages. Ce sont deux longues planches égalisées à la hache puis au rabot et ajustées sur les bords de la coque, de la poupe à la proue, puis clouées. On pose les traverses définitives qui cerclent la coque intérieure comme les douves d'un tonneau, puis les bancs au préalable burinés avec un canif, ornés de motifs d'inspiration géométrique d'un art certain.

Proue et poupe sont davantage effilées par l'application d'ajouts de bois préparés à l'avance et renforcés de colliers de cuivre ou de fer burinés eux-mêmes et soigneusement travaillés.

Les fissures inévitables sont calfatées avec du mani et de la glu végétale. Les joints des bordages également. Et en quelques instants, mise à l'eau.

La pirogue glisse, légère, bien racée, d'un fini impeccable, sous l'impulsion de rames solides et sculptées dont chacune ferait la joie d'un musée. Parfois celles-ci sont bariolées de teintes vives, rouge, jaune, vert.

Coursier du Maroni, la pirogue s'en est allée rechercher quelques charges à transporter d'un village à l'autre.

Il n'a fallu qu'une semaine pour la fabriquer et le chantier, le carbet, sont brûlés en signe de fin de travail.

Avec une de ces pirogues je suis allé au village de Wacapou, à une heure quarante de pagaie du poste de Maripasoula. En face de Wacapou, sur la rive hollandaise, Benzdorf, village de mineurs travaillant pour le compte d'une grande compagnie hollandaise.

Les deux villages se faisant face se ressemblent. On va de la rive française à la rive hollandaise sans difficulté, mais à Benzdorf il y a un poste de douane aux peintures vertes et blanches et les douaniers ont de superbes uniformes. À côté, il y a le magasin de la compagnie regorgeant de produits excellents et tout naturellement les Français viennent y faire leurs achats... seulement, on paie en florins, aussi le florin étant maître sur le Maroni, on le vend au marché noir et à deux cents francs.

L'or, le florin, sont les seules monnaies usitées. Le franc est accepté avec répugnance et en échange de ce que veut bien vous vendre le commerçant.

– Ça mauché, à moi. Ka pas vendre...

Vous restez avec votre malheureux billet, tout honteux ; un billet qui ne sert pas à grand-chose !

Ces derniers temps, les commerçants allaient jusqu'à refuser la monnaie nationale. Il fallut une ordonnance préfectorale spéciale pour contraindre ceux-ci à l'accepter. Mais que peut-on contre le mauvais vouloir des commerçants ?

Les prix sont évidemment exorbitants et les marchandises manquent car les Boschs sont à l'abattis et ne naviguent plus depuis trois mois.

Sans les Boschs, les pirogues de ravitaillement sont arrêtées ; sans les Boschs, pas de transport, aucun Créole ne se hasardant à naviguer sur le Maroni : le commerce est donc tributaire des rois de la rivière...

et les commerçants attendront le bon vouloir de ceux-ci jusqu'à la fin du mois de novembre.

On peut dire que sans les Boschs, les Saramacas et les Bonis, l'intérieur guyanais serait un No man's land, les quelques villages le peuplant disparaîtraient.

Et ces Noirs vivant librement, tolérant notre reconnaissance mais n'étant assujettis à aucune loi, n'en font qu'à leur fantaisie.

Fort heureusement, il reste les Hollandais et c'est chez eux que l'on va se ravitailler à la condition de payer en florins.

L'unique fonctionnaire français de la rivière, le gendarme de Maripasoula, comme ses collègues des autres rivières, est ravitaillé par un trust guyanais, le roi du marché qui impose ses prix et ravitaille l'intérieur, y règne en roi absolu, incontesté et inattaquable. L'administration tout entière est esclave de ce trust qui reçoit les soldes, envoie les vivres, verse le reliquat de fin de mois, prêt, argent, canot, essence, car l'administration, trop pauvre, étant ainsi tributaire d'une société puissante, est véritablement esclave de celle-ci qui est intouchable.

Benzdorf a aussi une station de radio émettrice et réceptrice : c'est de là que l'on expédie ses télégrammes à Cayenne[86].

À Wacapou, les maisons sont des carbets sur pilotis, car aux hautes eaux le village est noyé et l'on va d'une maison à l'autre en pirogue. Quand Benzdorf est noyé, ses habitants se réfugient sur les hauteurs de l'Aoua, petit village tout proche.

C'est bientôt la Toussaint et les commerçants, des Arabes en majorité, vendent des bougies pour illuminer, à cette occasion, les tombes du cimetière situé au cœur du village, sans enclos, bouleversé et où les cochons venaient renifler les cadavres enfouis.

Et c'est le retour à Maripasoula-poste après une courte halte à Maripasoula-village[87], chez Abdullah, commerçant entretenant deux femmes, ayant fini de purger une peine de sept ans pour un meurtre qu'il n'a, paraît-il, pas commis.

Maripasoula-village; quelques cases sur la rivière comme tous les villages de l'intérieur...

Dimanche 30 octobre

Maripasoula – ennui – 50° à l'ombre[88].
Reportages n'avancent guère.
Expédié télégramme pour Bernard, demandant prêt de quinze mille francs remboursable journal – suis bloqué sans un centime.

Lundi 31 octobre

Wacapou – Benzdorf – pour essayer de me sortir de l'impasse.

Mardi 1er novembre

Cafard – En France, les morts, la froidure; ici, on crève de chaleur.

Mercredi 2 novembre

Travail lent, pénible, machine à écrire du poste, que l'on m'a gentiment prêtée, est en mauvais état.

Jeudi 3 novembre

Benzdorf. Pas de réponse au télégramme – Cafard.

Vendredi 4 novembre

Pluie – Travaille pour S. et V.[89] – pas de ravitaillement. Je fais moi-même une maigre popote sur un feu de bois.

Samedi 5 novembre

Pluie – Benzdorf. Toujours pas de télégramme. Le vieux mineur, à côté, râle nuit et jour. Les femmes noires piaillent et chantent. Commerçant prête argent, mais rendrai vingt mille pour quinze mille. C'est gentil de sa part.

Dimanche[90] *6 novembre*

Cafard, pluie.

Lundi 7 novembre

Saison des pluies bien en route – grisaille, air lourd, humide.

Benzdorf – Achat réveil (n'ayant plus de montre[91]) et vivres pour la rivière.

Un mineur de Wacapou me dit en branlant la tête :
– Vous pouvez parler de la Guyane car vous la connaissez !…

Mardi 8 novembre

Pluie – vent – Écris article à la main, machine état avarié.

Mercredi 9 novembre

Pluie – Voyage à Maripasoula-village, chez Abdullah. Il me manque encore la pirogue. Comment faire ! cafard…

Ce soir un peu d'appréhension des lendemains.

Seize mille francs de dettes pour quelques vivres indispensables. Ça va mal. Ah ! ces soucis d'argent !

Demain, départ avec gendarme Boureau pour Ouaqui. Il va dresser le constat de départ[92].

Les journées ici ont été pénibles dans l'attente du télégramme.

Seul avec le mineur paralytique à côté, je fais ma tambouille comme je peux. Je la fais mal. Je suis écœuré. J'ai maigri, je me sens fatigué, déprimé. L'argent, l'argent… toujours cela qui entrave mes élans. Cette période a été plus dure que tout ce qui pourra m'arriver maintenant.

J'expédie le courrier ; les reportages que j'ai du mal à achever… demain ?

Chapitre III

Jeudi 10 novembre

Il a plu toute la nuit. J'ai songé à Paris, à l'asphalte gluant, au métro, à l'odeur du journal de la dernière édition, à la vie, à mes parents... Cafard.

Pas dormi de la nuit. J'ai terminé mes reportages pour S. et V. Ouf! Ç'a été dur.

À l'aube, j'ai commencé à ranger mes bagages... C'est le départ pour l'Ouaqui. Enfin!... Et pourtant, que d'ennuis encore car il y a la pirogue à trouver, à acheter et... à payer. Vingt-cinq francs en poche!... Ris donc Paillasse, ris donc de tes malheurs...

Tout est prêt, sauf le motoriste qui, en voyage chez sa belle, a oublié de rejoindre son poste à l'heure prévue. Contretemps qui m'indiffère... question d'habitude! Ni angoisse, ni joie réelle à ce départ... un peu d'étonnement et d'amertume. Je me demande pourquoi car je devrais en avoir l'habitude!

Les Boschs travaillent dans leurs cases, qui une pagaie, qui un tam-tam, qui un peigne.

Ils sont d'une habileté remarquable, n'employant que des outils rudimentaires: hache, canif. – Pagaies ajourées, ciselées comme des abat-jour.

L'art Bosch, hélas, est d'une inspiration restreinte : les mêmes motifs se retrouvent dans toutes leurs sculptures qui finissent par perdre toute originalité. Presque du travail en série... Parce qu'ils aiment ces dessins, ces couleurs, ces formes, ils n'en sortent plus, n'ajoutant aucun cachet personnel à leur travail, ne recherchant aucune fantaisie hors celle de leurs ancêtres qui est devenue la leur, qu'ils aiment et qu'ils ne varient pas.

Vendredi 11 novembre

Je viens d'assister à l'ablation de la première phalange d'un Boni. – Dextérité de l'infirmier. – Deux piqûres de Novocaïne[1] – ouverture en croix. On saisit l'os avec une pince, on serre fort, on arrache avec une légère torsion... L'os apparaît, noir...

Du sang, beaucoup de sang – sulfamides pour plâtrer l'ouverture... et le malade, rajustant son calimbé, reprend la pagaie pour regagner seul son village... situé à une demi-journée de pirogue.

Quant à moi, je suis pâle. Je ne peux supporter ces opérations qu'avec de nombreuses sorties au grand air... Cœur faible ?... Ça m'exaspère. J'essaie depuis longtemps de vaincre depuis que je m'en suis aperçu, assistant à une appendicite au Brésil... C'est dur, mais on y arrivera. Bon sang ! Je ne suis pas une femmelette !

Chasse.

Samedi 12 novembre[2]

Et toujours à Maripasoula-poste !
Tanis, le Boni motoriste n'étant pas de retour du village de Sini où il est allé assister à un conseil de famille statuant de sa séparation de corps et de biens avec sa femme légitime...

À notre arrivée, hier au soir « Guitare Bosch » interprétée par une vieille femme de Boniville peinte en blanc et couverte de parures, ayant à la main une calebasse pleine de sable agitée comme un hochet.
– Danses, incantations, palabres. Elle est venue écarter le démon menaçant un Boni...

Quelques filles ont dansé pour nous au Poste, cependant que nous célébrons le 11 Novembre avec un mauvais mousseux.

Aujourd'hui, pêche et lessive.

Dimanche 13 novembre

Peut-être demain le départ... journée morne. – J'en ai assez d'ingurgiter haricots et couac. Mes cuisines ne varient pas.

Chasse – ennui – cafard – Ah ! partir enfin... Et toujours pas de canot.

Le motoriste vient d'arriver.
Départ demain.

Lundi 14 novembre

(*Départ de Maripasoula*)

AVENTURES AUX TUMUC-HUMAC
Chapitre III[1]

Maripasoula, 13 novembre

Départ demain, après avoir attendu en vain l'argent demandé à Cayenne et à Paris par télégramme.

14 novembre

Départ aujourd'hui. Je me sens drôle. Hier soir, en regardant la brousse endormie, j'ai eu peur des jours à venir. – Ah ! cette peur qui, insidieusement, de temps à autre pénètre en moi et me fait réfléchir aux conséquences de ce que je vais entreprendre. Ce sera soit l'échec, c'est-à-dire : la mort, soit la réussite. Pas de demi-mesure ! Aller droit de l'avant et demeurer courageux ; surtout, oh ! mon Dieu, garder mon sang-froid en toute occasion et veiller au moral.

En compagnie du gendarme Boureau et de deux Bonis nous quittons, à huit heures, le poste de Maripasoula en canot à moteur.

Le Maroni, très large, est superbe ; quelques rapides passés facilement et voici Entouca, village de mineurs, puis à 13 h 30, le poste Ouaqui situé à la confluence de l'Itany et de l'Ouaqui. Le douanier Zéphir embarque avec nous à destination de Grigel. L'après-midi est étouffant ; enfin, à seize heures, nous atteignons Bostos, puis le Dégrad Roche, où nous passons la nuit chez un Créole[2]. Pluie, cafard. Les gens, comme d'habitude, s'étonnent :

« Quel courage ! » Et le douanier, sentencieux :
– J'ai l'impression de vous conduire à l'échafaud…, ça me fait de la peine.
– Merci, Zéphir, et que le doux vent dont tu portes le nom m'accompagne à bon port.

Le gendarme Boureau est un homme très sympathique, mais après ce que m'a dit Zéphir, son nom me donne froid dans le dos.

J'ai hâte d'être seul ; les heures passent vite – je n'arrive pas à fermer l'œil de la nuit.

Mardi 15 novembre

Départ au petit jour – navigation sans histoire ; à douze heures, nous arrivons à Grigel, ancien village de mineurs jadis florissant, aujourd'hui déserté. Deux habitants créoles martiniquais et une femme Bosch… Nous sommes reçus par les Martiniquais. Je demande un canot, il n'y en a pas. Je suis disposé à l'échanger pour mes vivres. Finalement, on me propose, pour rien, une vieille pirogue abandonnée, aux bordages défaits, pleine de trous et de fissures, faisant eau de toutes parts, mais, après examen, capable de naviguer encore dix ou quinze jours.

J'accepte avec joie et me mets aussitôt à l'œuvre. Je calfate de mon mieux, je bricole de-ci, de-là ; le gendarme m'offre une pagaie. Me voici paré.

Grigel n'est plus le dernier village de l'Ouaqui. Un autre vient de se fonder plus haut, sur la rivière, appelé Vitallo. Le gendarme décide de s'y rendre et, par la même occasion, de remorquer mon canot jusque-là, ce qui me ferait une sérieuse économie de temps.

Nous partirons demain matin.

Le soir, dans le hamac, je songe longuement. Mon cœur bat un peu la chamade... en route pour les Tumuc-Humac... ça y est, j'y suis ; seul bientôt ! Quelques heures encore du monde civilisé. Cafard... maintenant, sans rien dire à personne, j'ai peur... mon moral rudement mis à l'épreuve par un mois d'inertie.

Il est vrai que l'aventure, sans souffrance morale de temps à autre, ne serait plus la belle aventure, mais une aventure quelconque, sans aucune peine et, par conséquent, n'amenant aucune satisfaction.

L'effort physique n'est rien : surmonter un moral défaillant, c'est mieux !

– Si vous n'avez pas bon moral, inutile de partir, me dit le gendarme qui me voit mélancolique.

– Non... moral excellent.

C'est faux, mais on me prendrait vraiment pour un fou si l'on savait que je pars avec appréhension. L'enthousiasme a été douché ! Il y a eu trop de préliminaires. J'aurais dû penser avec mon moral de France... mais je n'en avais pas les moyens.

Bah ! on trouve un plaisir amer à se fustiger de la sorte, à s'imposer des volontés ne cadrant pas avec les siennes véritablement, simplement pour voir, pour être sport.

On rêve d'un fauteuil confortable sentant le vieux cuir, avec un dossier creusé par vos reins et dans lequel vous êtes encastré délicieusement, avec une lampe douce sur un guéridon bas, recouvert, débordant de revues et de journaux, puis un pot à tabac, une file de pipes bien culottées, la pluie qui tambourine sur les volets clos ; par les rainures de la persienne on voit un bout de bitume glacé avec le reflet des réverbères jaunes et on entend le vent qui fait grincer les enseignes sur leur tige rouillée ou fait dégringoler avec un bruit mat quelques tuiles. Le mirus, dans le fond de la pièce, pétille d'une flamme claire qui danse derrière le mica. Le vernis roux est tiède. Une bouilloire ronronne. On tourne un bouton : voici de la musique !

Et cependant, j'ai été las de tout ce à quoi je songe pourtant avec intensité, ce soir. Peut-être parce que la pluie, sur les feuilles de palmier, brutale, tombe sans arrêt et que les singes rouges mènent un vacarme assourdissant et que je suis seul à rêver, dans mon hamac, de tout ce que j'ai laissé. – Bruits de la forêt, effroi, ennui, l'on pense aux heures bénies pleines de quiétude des hivers de France.

Mercredi 16 novembre[3]

Nous partons à l'aube, au moteur. Mon canot est remorqué et, installé à l'arrière, je le dirige, ma pagaie faisant office de gouvernail.

Las ! au premier coude de la rivière, le moteur hoquette, crachote… et c'est à la pagaie que nous revenons tous à Grigel. Nouveau contretemps et la panne s'annonce sérieuse. Impossible d'attendre, je suis trop énervé.

Je calfate à nouveau la vieille barcasse, installe mes bagages – photos avec le gendarme et le douanier et, en route ! J'ai le cœur un peu gros puis, très vite, je suis absorbé par la conduite de mon embarcation qui est assez lourde et peu maniable. Elle est construite pour quatre personnes au moins, et moi, seul, connaissant à peine quelques rudiments de navigation, je suis bien embarrassé. Il y a trois jours, à Maripasoula, j'ai fait mes premières armes, à la grande joie des nègres. Je tournais en rond sans parvenir, malgré mes efforts, à démarrer. Marcher à la pagaie Bosch est un art. J'ai mis quelques heures à saisir le coup de main et enfin, maintenant, c'est passable. Nouvel incident : au premier rapide, ma pagaie, battant une roche, se brise net.

Étant à quelques minutes du village, je me laisse porter par le courant, dirigeant avec le tronçon de pagaie et, arrivé là, ayant trouvé par bonheur un bois s'y prêtant bien, j'entreprends la fabrication d'une pagaie, au sabre, au rabot et au couteau.

C'est long, pénible et délicat. Je travaille avec ardeur sous un soleil de plomb et, en quelques heures, je suis maître d'une grosse pagaie grossièrement taillée, lourde, mais surtout solide et c'est le principal. En route… et, cette fois, je pense que ce départ est le bon.

Le rapide, trop fort pour mes capacités, est franchi non sans mal à la cordelle. J'apprends à mes dépens combien le courant violent est capable de culbuter un homme et son canot en quelques instants.

Je bande les muscles, rétablis la situation et trouve enfin des eaux plus calmes où je puis arrêter et écoper l'eau qui a envahi le canot et mouillé les bagages. Vers quatre heures c'est la halte. Je fais cuire quelques poignées de haricots, un Viandox, arrime le hamac, débarque les bagages, fume une pipe.

C'est la nuit, je suis seul – cette fois, ça y est, j'y suis. Et ça me fait tout de même un peu peur

– première nuit seul en forêt, première étape d'un raid qui en comptera quelques centaines... un peu de cafard, c'est normal ; il s'agit de le surmonter les premiers jours, après ce sera la routine.

Mais c'est dur à surmonter ce soir, j'ai l'estomac serré et c'est Boby qui se tape la casserole de haricots.
– Quelques nausées ! Fièvre ? À tout hasard, je prends deux Nivaquine[4].

Une chanson revient qui parle de Paris. Je songe à la France. Je pense au retour... déjà !

Le premier jour, je me croyais fort. Tiens !... Je viens de penser à une échappatoire... Ça va mal !

Je m'enferre[5] dans le cafard, j'ai peur maintenant de flancher. Ne pourrais-je écourter le raid, revenir vers Cayenne, vers la vie ?

Ah ! ce premier soir ! mais non, je suis sûr que demain ça ira mieux. Certainement, voyons ! ça ira mieux ! Il pleut ; le feu, noyé, s'est éteint ; la forêt est pleine de cris d'oiseaux, de cris étranges qu'il me semble entendre, ce soir, pour la première fois et que je connais bien cependant.

La pluie tambourine sur la bâche du hamac tendu entre deux arbres moussus. Des « plouf ! » dans l'eau, des choses qui se battent et se débattent, l'appel rauque de deux aras qui passent. De grosses mouches bourdonnent, tout est noir, tout est vague, je suis harassé, mais le sommeil me fuit.

Pelotonné sous la moustiquaire, les yeux grands ouverts, je prie instinctivement. Peut-être est-ce la fièvre qui me donne cette angoisse ; puis je pense à mes parents, à eux surtout !

Jeudi 17 novembre

Je vide la pirogue qui a embarqué toute la nuit et décide de la baptiser « Anouhé », ce qui, en Taki Taki, signifie « Allons, en avant ! »

J'embarque les bagages lorsqu'un bruit de moteur se rapprochant me surprend. C'est Boureau qui, ayant réparé, file sur Vitallo. Il s'arrête.

– Bien dormi ?
– Bien dormi, et vous ?
– Oui, merci.

Il propose d'emmener les bagages et les déposer là-bas. Pour le canot, impossible de le remorquer, le moteur étant faible. Je refuse pour les bagages : j'y suis, j'y suis !

– Au revoir, à tout à l'heure !

Ils ont vite fait de disparaître. Je démarre lentement. Des ampoules gonflent [la paume de mes mains[6]] et les doigts, là où le bois de la pagaie grossièrement taillée frotte. Le plus souvent, d'ailleurs, je dois haler le canot car le courant est fort et la rivière encombrée d'une infinité de petits rapides mis au jour par les basses eaux. Je perds ainsi un temps infini à marcher, de l'eau jusqu'aux genoux ou jusqu'au cou, parfois nageant d'une main, tenant la proue de l'autre, tirant, mètre par mètre, me déchirant les pieds aux bois morts qui hérissent le fond, m'égratignant aux arbustes couchés des berges. Le soleil est fort ; je chante des refrains routiers pour me soutenir et je marche, redoutant l'attaque d'une raie au dard venimeux ou d'un aïmara aux crocs acérés. Rien de tel ne se passe, heureusement ! De nombreux petits caïmans se jettent à l'eau à mon passage, aucun ne m'attaque.

À midi, à un coude de la rivière, alors que je halais le canot, Boureau apparaît.

– Ça va ?

– Ça va !

– Attention aux raies – Antitétanique – Antivenimeux ?

– O.K.

– Pas de commission ?

– Non !

– Bon courage, au revoir !

– Au revoir !

Un dernier geste de la main, le bruit du moteur décroît en route pour Grigel et moi, je continue vers Vitallo.

Tire, rame, pousse, tire, nage, je suis las. Je songe à ceux qui font de la culture physique en chambre pour aider à la croissance.

Mes mains sont creuses là où frotte la rame.

J'arrête vers une heure pour faire cuire du riz. J'écope, je calfate et je tue un serpent noir de 50 centimètres d'un coup de pagaie alors qu'il traversait un bras d'eau.

L'après-midi, sous un soleil éclatant, je rame ferme, chantant jusqu'à m'égosiller tous les refrains routiers de mon répertoire.

Malgré les mains blessées et déjà suppurantes, mon coup de pagaie est plus ferme.

Les berges sont hautes, blanches, pourvues d'une végétation embroussaillée de dix mètres de hauteur dans laquelle on aperçoit quelques bananiers devenus sauvages, des manguiers, etc., qui révèlent la présence d'anciens abattis et de vieux villages datant de la ruée vers le balata[7], il y a quinze ou vingt ans. L'Ouaqui fut autrefois fort peuplé ; aujourd'hui, plus rien ne subsiste. Le voyageur ne peut espérer aucune halte hospitalière ; tout au plus trouvera-t-il des vestiges de carbets, des vestiges de plantations. On a l'impression d'avancer au pays de la « Belle au bois dormant ». Un pays mort !

Au coucher du soleil, un îlot m'offre asile pour la nuit. J'y dérange quelques caïmans lovés dans leurs trous et des nuées de chauves-souris. – Riz, pêche sans succès. – Tue un perroquet dont les entrailles me servent à appâter pour les piraïs[8] et le reste à faire une soupe passable. – Peu de gibier sur la crique, du moins jusqu'ici. Par ailleurs, il est difficile de tirer lorsque l'on[9] est seul à bord et que l'on navigue à contre-courant.

Avant d'épauler on est vite déporté et la carabine, quoique précise, exige une grande sûreté de visée car la balle ne s'éparpille pas comme le plomb !

Il pleut avec force toute la nuit ; je suis transi malgré ma couverture et, ne pouvant dormir, je fume sans arrêt l'âcre tabac en feuilles du pays, ayant épuisé ma provision de gris.

Vendredi 18 novembre

La plage où j'avais amarré le canot est inondée entièrement ; seule la partie supérieure de l'îlot où j'avais installé le camp émerge. Mon domaine est subitement devenu une plate-forme cernée par le courant tumultueux des eaux en crue, car les eaux ont monté formidablement. Le canot est à demi coulé. Tout est trempé, pour ne pas changer, y compris moi-même, car un tendeur de la bâche ayant cédé, celle-ci n'a pas résisté au déluge et le hamac faisait autant d'eau que la pirogue.

La journée s'annonce pénible, mes mains sont enflées, je ne les reconnais plus… de vraies mains d'étrangleur, boudinées et couturées de plaies bourrelées de pus.

Si j'étais pianiste, je serais désolé, mais, en tant que randonneur, je me moque de l'esthétique. Seulement, ça gêne, mais, lorsqu'elles sont échauffées, je ne sens plus rien.

Et hop, matelot ! tire sur l'aviron. À l'avant, Boby grelotte et me jette des regards angoissés, semblant me dire :

– Eh bien quoi, patron, on va loin comme ça ? Pauvre cabot… Ce n'est que le second jour de ta peine !

Décidément, le courant est fort et je n'ai pas l'habileté requise car je suis sans cesse déporté à son gré. Il est vrai que le canot est trop grand pour moi seul et alourdi sans cesse de l'eau y pénétrant de tous les bords. Je tire sur la pagaie, avançant mètre par mètre, parfois faisant du surplace ou même reculant. Sacré canot… Lorsque je pense qu'avec 5 000 francs je pouvais avoir une merveille de pirogue Bosch, juste faite pour moi, petite, bien équilibrée, ne faisant pas eau !

Seulement, je n'avais pas les 5 000 francs… et voilà…

Vers deux heures de l'après-midi, après avoir pagayé sans arrêt, un saut important précédé d'un rapide tumultueux me barre le passage. C'est le saut Vitallo. Le rapide est passé grâce à un « bistouri »[10] proche d'un îlot et j'aborde le saut par le côté, amarrant le canot aux roches à sec.

La chute fait 1 m. 50, elle est violente sur une largeur de 7 m. environ avec, à droite, une plate-forme rocheuse, à gauche une rive vaseuse cachée par des arbustes penchés. Je décharge les bagages sur la plate-forme et, après avoir cherché un passage possible dans la chute, hale le canot à la cordelle ; mais le courant soudain me fait perdre l'équilibre, je cherche en vain à me raccrocher aux aspérités des roches, le canot se met en travers, il est roulé, emporté, culbuté, moi à la traîne, tenant toujours la corde. Soudain, une douleur atroce au genou : je viens de buter une roche immergée ; je crois perdre connaissance et me raccroche de mon mieux au canot qui dérive maintenant en eau calme. Je reprends des forces sur une plagette... J'avais craint un instant m'être brisé la jambe. Il n'en est rien heureusement. Je ramène le canot à la nage jusqu'à la plate-forme et me repose car l'après-midi est fort avancé maintenant et je décide de faire demain une nouvelle tentative pour passer le saut.

Mes affaires étalées au soleil sèchent doucement. Tout moisit de l'humidité constante des nuits.

J'installe le hamac et songe à un moyen propre à passer le saut sans risque.

Je me souviens, sur la Mana, du saut Ananas où, le courant étant trop fort, nous avons tiré le canot par terre. Oui, mais nous étions douze !...

Pourquoi pas ? J'installe les rondins sur la plate-forme, bourre les creux des roches de mousse et d'herbes, amarre le canot à l'arrière à un arbre mort, donnant suffisamment de mou à la corde et, saisissant l'avant, tire de toutes mes forces. Ça vient, ça vient jusqu'à moitié ; l'arrière a plongé dans l'eau, le canot étant à 60° environ. À l'aide de grosses pierres installées à l'avant, je fais contrepoids ; l'arrière plein d'eau, se soulève un peu ; je soulage en tirant sur la corde passée sur une branche surplombant la plate-forme. Millimètre par millimètre l'arrière du canot dépasse la surface de l'eau ; j'amarre la corde, écope l'arrière. Le canot, maintenant allégé, je tire de toutes mes forces... rien, c'est coincé ! Je tire tellement qu'une douleur à l'aine me fait craindre une hernie. Je donne une légère oscillation de gauche à droite, puis de bas en haut et peu à peu le canot avance, roule sur les rondins... le voici en entier sur la plate-forme. Oh ! hisse... crac !... la planche de traverse sur laquelle je forçais cède... me voici à l'eau, je remonte. Enfin, le canot est de l'autre côté du saut ! mais, alors que je vais l'amarrer, je perds pied sur une roche moussue et voilà le canot filant vers le saut. J'ai la corde en main, je cherche, trouve une faille, y coince mes pieds, bande les muscles et réussis à subir la secousse, la corde tendue à craquer. Je hale lentement le canot vers la berge, l'amarre solidement. Ouf ! ça y est... Je suis crevé, saignant, mes mains sont ouvertes, mes jambes balafrées ; je ne sais demain comment je ferai pour reprendre la pagaie. Tout de même, j'ai réussi à saisir le sens du courant et à me diriger là où il est le plus faible, cherchant les eaux mortes, distinguant les remous, bref... ça va mieux !

Les bagages recouverts d'une bâche, le hamac monté, je fais cuire du riz. Il pleut.

Un peu moins cafardeux, ce soir... seulement une hâte fébrile d'être aux Tumuc-Humac. Ce prologue m'énerve et il est cependant nécessaire comme apprentissage et préparation à la jonction Oyapock-Maroni par Tumuc-Humac.

Il est presque nuit. J'étais couché dans le hamac lorsque j'entends des voix. Deux canots montés par des Boschs et une vieille femme créole sont au pied du saut. À les voir je ressens une joie inexprimable, comme si j'étais retiré du monde depuis dix ans. Eux, évidemment indifférents, quoique étonnés de me voir seul ; ils me prennent pour un vieux blanc, c'est-à-dire un forçat à la recherche de l'or et, lorsque je leur explique que je suis seul mais pas forçat, ils cherchent mes piroguiers.

Je suis secrètement heureux de les voir franchir le saut Vitallo avec difficulté et même d'être en danger de couler au passage du second canot. Ils sont six hommes à forcer sur le « takari » et j'étais seul !

Ils partent aussitôt. Leurs canots sont chargés de vivres à destination des mineurs de Vitallo récemment arrivés. Je les verrai demain.

Me voici seul à nouveau. Il pleut. Comme tous les soirs, pour ne pas changer, un peu dedans, un peu dehors, le caoutchouc de la bâche se craquelle et, par les fissures, l'eau dégouline doucement. Je rêve de choses oubliées et au réveil suis étonné de me trouver au saut Vitallo.

Samedi 19 novembre

Les eaux gonflées roulent en un torrent impétueux. De l'eau jusqu'à la poitrine, je taille à la hache et au sabre les arbres couchés suivant la pente glaiseuse de la berge, perdant pied plus d'une fois et halant avec difficulté car les lianes accrochent l'arrière ou l'avant, menacent de raser les bagages, ou bien la coque racle une branche fichée au fond et le canot demeure en équilibre périlleux.

J'ai la désagréable sensation, m'accrochant aux racines d'un arbre tombé, de frôler un serpent lové dans un creux, qui, comme catapulté par quelque invisible ressort, plonge dans l'eau et nage vers l'autre berge.

Miracle de n'avoir pas été mordu, comme miracle de n'avoir pas eu affaire à une raie ou à un aïmara. (La vieille Créole, sceptique, hier au soir m'a dit : « Ou ka morché avec Dieu ! »)

Deux heures après cet incident qui laisse la chaude poule, après avoir été arrêté longtemps par un « bistouri » aux eaux vives, j'aperçois Vitallo et ses carbets tout neufs. Cinq Créoles, les Boschs d'hier au soir, une dizaine de mineurs au chantier. Ce sont des Saint-Luciens en majorité ; il n'y a que trois Français métropolitains, des Martiniquais et des Guadeloupéens.

Je m'aperçois que les véritables Guyanais sont rares chez les mineurs et un mineur anglais qui vient d'arriver m'explique avec amertume qu'il travaille l'or depuis quinze ans en Guyane, qu'il a quelques économies et qu'il voudrait retourner à Sainte-Lucie, mais que les règlements ne lui autorisent la sortie que de quelques livres sterling !

– Alors, je vais laisser ici toutes mes économies ? J'ai passé ma jeunesse ici à travailler... maintenant je veux aller chez moi : pas moyen ! mais sans nous, les Anglais, que serait la Guyane ? Qui travaille au chantier ? Les Guyanais, eux, sont gendarmes ou douaniers. Il ne font rien pour leur pays !

Je m'installe sous le carbet des Boschs, me livrant ainsi à leur curiosité alors que j'aspire au repos.

Mes mains à vif ont du mal à tenir un crayon. Je graisse la carabine, astique le sabre ; il pleut !

Ce soir je suis invité par les Boschs à manger du lézard d'eau et du riz[11].

Un grand plat au milieu de nous tous. Chacun, une cuillère à la main, y puise sans restrictions.

À la flamme du feu allumé tout à côté, j'aime ainsi partager la vie des primitifs. C'est pour cela que j'ai entrepris ce voyage, pour la partager pleinement, sans être encombré de gens critiques.

Mais il est tellement dur de voyager ainsi seul. J'avais tout imaginé pour ce raid hors la chute du moral : j'avais une confiance exagérée en moi, je me croyais plus fort !

C'est dur, je m'en aperçois maintenant, mais je dois tenir et je sais que je tiendrai. C'est cette longue route que j'ai choisie pour joindre les Tumuc-Humac qui est pénible... mais je n'avais pas d'autre moyen.

Après celui-ci, plus un seul village sur ma route ; en fait de halte, la forêt... Pas un Indien, rien, la forêt et la rivière interminable avec ces rapides, ces haltes pour écoper, calfater, haler. On a l'impression de piétiner et je crois que mon cafard est aussi de l'impatience maladive... La hâte d'arriver aux Tumuc-Humac.

Dimanche 20 novembre

Les Boschs ont chanté une partie de la nuit. Il a fait froid, il a plu... impossible de dormir.

Au petit matin, j'aperçois sur la branche d'un arbre tombé tout proche un iguane superbe. Sans me lever, la carabine étant à ma portée, je tire, il tombe et je le repêche aussitôt. Cuit avec du riz, il me sert de petit déjeuner. C'est alors que je m'aperçois que mon canot a rompu ses amarres. Il va à la dérive ; je le rattrape à la nage et le ramène ainsi sur plus de deux cents mètres

– exercice matinal qui me met en forme. Je calfate, répare... Demain le départ !

Et puis l'indicible tristesse des soirs m'accable à nouveau inexplicablement. Les Boschs palabrent, une tortue mijote, des crapauds-buffles coassent, la flamme danse, les mineurs qui étaient venus pour la journée au Dégrad sont repartis, le katouri chargé de vivres pour la semaine.

Une angoisse formidable me barre la poitrine ; ma gorge se serre, je sens parfois des larmes me brûler les yeux. Je sens que cette appréhension est la peur de la solitude à laquelle je me contrains. J'en viens à songer à ceux qui m'ont écrit au journal, se proposant comme compagnons de route.

Ah ! oui, un copain avec moi ce soir, fumer ensemble notre pipe comme dans les veillées routières.

Te souviens-tu, Marcassin[12] ?

Je pensais que ce serait dur physiquement ! C'est terrible moralement. Moi qui pensais tenir sans faiblesse, qui avais envisagé toutes les hypothèses, jamais l'idée d'être cafardeux ne m'était venue.

Il est vrai que l'inaction de cette journée est cause en partie de ce cafard.

La détente est néfaste pour moi, l'effort devrait être continu, il ne devrait même pas y avoir de nuit. Marcher, marcher sans cesse, s'abrutir de fatigue, devenir un automate, ne plus penser !

Tyrannique, dans ces conditions, mon subconscient m'invite sagement à rebrousser chemin, à vivre en homme et non en sauvage, à profiter de la vie de chaque jour si misérable soit-elle.

Pourtant, en dessous de ce cafard, je perçois la volonté de réaliser ce raid, une force d'aller de l'avant qui me fait dominer la peur. Réaliser ce raid tel que je l'ai conçu... Pour rien au monde je n'abandonnerai. Je tiendrai, pour sûr, il faut tenir, mais vivement trouver sur ma piste des Indiens, même ceux que l'on dit sauvages. Qu'importe leur accueil, voir des hommes, sentir la forêt habitée, moins hostile.

Indifférents, les Boschs vaquent autour du feu et j'envie leur sérénité.

Au fond, il aurait été si simple d'aborder directement les Tumuc-Humac des sources de l'Itany ou de l'Oyapock ; j'aurais été directement à pied d'œuvre. Pourquoi m'être imposé ce long chemin préparatoire ? Je serai exténué avant même d'affronter l'essentiel du voyage. Il est vrai que, faute de moyens, je n'avais pas le choix.

Que Dieu m'accompagne et me protège ! J'éprouve un besoin immense de sentir sa divine protection sur moi, de me raccrocher à la foi que les années précédentes avaient considérablement diminuée. À chaque obstacle pénible franchi, je remercie Dieu de m'avoir aidé et avant de l'aborder je me signe. Mon cafard vient surtout des pensées constantes que j'adresse à mes parents. Je songe à notre vie de tous les jours chez nous... mais des jours que, par ma volonté, j'ai rendus si rares... Tous les deux seuls, affreusement seuls, dans une angoisse de chaque instant, déjà âgés, d'une santé sujette à caution. Je souffre de leur souffrance comme si une volonté divine m'obligeait à la partager afin de la mieux comprendre.

S'abandonner à écrire longuement amène un bien-être inouï. J'éprouve un certain plaisir à raisonner, à analyser mes sentiments car ainsi je recouvre ma lucidité et combats intérieurement le cafard en en recherchant les raisons. Je m'efforce de faire cette analyse aussi minutieuse que possible, m'imposant ce travail qui est en même temps une distraction et un apaisement. Je dissèque mes ennuis comme s'ils appartenaient à un autre.

Un Bosch est venu me regarder écrire puis il m'a offert de la tortue ; je refuse car mon estomac est serré.

Allongé dans le hamac, je balance tout doucement, la couverture en guise d'oreiller. Je suis comme les Boschs, un calimbé à la ceinture. Mes pieds prennent de la corne mais une coupure provenant d'une roche suppure. Mes mains, quoique désenflées, sont encore sensibles par endroits ; ailleurs, elles ont des callosités rugueuses. Ma peau est jaune-brun et elle est rêche ; mes cheveux repoussent tout doucement. Je sens la fumée et puis l'odeur aigre du ragoût de manioc *composant l'ordinaire des Boschs et d'une aigreur remarquable* et puis celle des Boschs suants.

J'écoutais le chant du coq tout à l'heure. Celui du premier village brésilien sera un Alléluia... mais d'ici là ?

Lundi 21 novembre 1949

Après avoir vidé et calfaté de nouveau le canot, je prends le départ. Le temps est incertain mais je vais à bonne allure. À la traversée d'un petit rapide, halant la pirogue, je ressens une violente décharge électrique à la jambe. Un gymnote probablement ; je pensais qu'ils ne fréquentaient que les eaux calmes et noires encombrées de racines. Ça m'a saisi sans plus, aucune douleur et la décharge ne s'est pas répétée. Trois sauts assez raides mettent mes bras à rude épreuve.

Courbature, léger cafard... Vers le soir je fais halte près d'un saut ; vestiges de camp de mineurs. Dachine et manioc en terre, arbres abattus, deux carbets rudimentaires. Je décharge les bagages qui suent l'humidité. Riz et haricots moisis sont à peu près immangeables. Sur un arbre proche de petits singes criaillent ; des iguanes, sur la berge, plongent de très haut. Le moral est bon, la fatigue apaisée. – Douleur au genou qui a buté sur une roche et qui enfle. Je suis plein d'une sorte d'insouciance et de fatalisme. La nuit est longue à venir. Je répare un panier pour la pêche au ressort à l'arc fort ingénieux[13]. – Léger accès de fièvre, suis fébrile, nerveux à la nuit. – Hâte certaine d'arriver. Boby souffre des yeux à cause de la réverbération constante à laquelle il est exposé ; je le soigne. Un arbre s'écroule tout près. J'entends le fracas du saut.

Mardi 22 novembre

Quatre canots Bosch en vue. Ce sont des pêcheurs en route pour la Grande et la Petite Ouaqui. Nous naviguons de conserve quelques instants, puis, naviguant au takari, ils me dépassent rapidement et disparaissent. La rivière me semble plus vide que d'habitude. Rapides sur rapides. L'embarcation fait eau de tous les côtés. Je suis las d'écoper sans arrêt ; alourdie par ce fait, elle est difficile à diriger et plusieurs fois je me trouve pris de court et heurte violemment des roches à fleur d'eau, un coup de pagaie n'ayant guère d'effet. – Fatigue, découragement.

À midi, j'attaque le saut Macaque formant un « V » assez impressionnant. Dénivellation de 7 à 8 mètres ;

peu d'eau, difficile à passer. Mon pied, coincé entre deux roches, enfle terriblement et devient douloureux. Naturellement, il heurte chaque fois de nouveaux obstacles et chaque fois, je crie.

Après saut Macaque, presque immédiatement, saut Ballinon, très long et très large[14] (note erreur H…[15] qui marquait grande distance entre ces deux sauts), et enfin le tourca[16], avec la Grande et la Petite Ouaqui. Je prends, à gauche, la Petite, très rétrécie – Rapides à chaque instant, assez raides et difficiles à franchir à la pagaie.

Je retrouve deux canots Boschs qui carbettent sur une plage étroite. – Me joins à eux. J'ai tué un iguane, nous le mangeons ensemble avec du couac. – Lassitude – énervement – crique S.E. – cinq heures – 35° à l'ombre – 250 m.[17] altitude.

Mercredi 23 novembre

Fièvre, journée pénible. – Crique serpente dans marécages qui l'envahissent complètement. Un tigre[18] sur la berge me regarde passer, superbe, énorme. Je tire, il fuit avec un bond prodigieux. Quelle bête !

Tout excité, j'accoste et le suis à la trace assez longtemps puis reviens au canot, furieux de ma maladresse. Les Boschs rient de ma déconvenue. Ils marchent lentement, pêchant et chassant et ainsi je navigue à leur vitesse. Cafard, fatigue, fièvre le soir.

La crique est encombrée de troncs couchés et de petits rapides, parfois je me demande s'il sera possible de passer. Nous y mettons le temps, mais nous passons. Les Boschs et moi sympathisons. Je leur offre un peu de riz ; ils m'invitent le soir, alors que nous carbettons ensemble, à partager leur repas essentiellement composé de couac et de poisson ou de lézard. La nuit est mauvaise, ma cheville enflée me fait atrocement souffrir. Déjà, lors du premier saut au régiment, je me l'étais sérieusement abîmée. Il pleut. Les Boschs chantent.

Jeudi 24 novembre

Nous décidons de partir ensemble[19] puisque notre route est la même. Je n'en suis pas fâché au fond, car je gagne du temps.

Ils m'aident à franchir plusieurs rapides, s'étonnant de me voir, à chacun d'eux, me mettre à l'eau pour haler à la cordelle.

— Aïmara mauvais, disent-ils... Ils s'étonnent de voir un « Béké »[20] partir ainsi à l'aventure. C'est la première fois qu'ils voient une telle chose.

— Mais quoi faire dans bois ?

Ils n'en reviennent pas. J'essaie de leur expliquer mon itinéraire ; ils ne retiennent que le nom « Tumuc-Humac ».

— Hou... hou, Indiens sauvages là-bas !

Nous avançons lentement ; il pleut toute la matinée puis, l'orage passé, le soleil nous tanne.

Vers dix heures, sur un îlot, à un coude de la crique, face à un terrain découvert, j'aperçois deux ou trois carbets et un boucan[21]. Certainement le camp de la mission Hurault.

Deux heures plus tard arrivons à Gros Saut difficile à franchir vu la baisse des eaux malgré la pluie. Nous carbettons là. Journée de repos. Tous près de l'îlot où j'ai installé mon hamac, nouveaux vestiges de campement de la mission Hurault.

L'inaction amène rapidement le cafard... le moral est mauvais. J'ai peur, ma parole ! Je me demande bien de quoi ? Je suis encore tout proche du Maroni, je suis accompagné. Alors ?... C'est bizarre, je sens cette peur de l'inconnu m'étreindre mais je sais aussi que je pénétrerai cet inconnu, car une force extraordinaire m'anime inconsciemment, presque malgré moi. Il y a lutte constante. Aller de l'avant ? Abandonner ? Abréger ? Ou trouver une échappatoire ? – J'ai même envie de tomber sérieusement malade pour trouver un prétexte valable d'abandon. D'autres fois... Oh ! je ne sais, je pense à mes parents sans arrêt. J'agis mal envers eux. Cette peur, ne serait-ce plutôt la sensation d'un remords intense de les faire souffrir de mon éloignement ?

Je prie très souvent maintenant, je sens le besoin d'avoir la foi. Mais c'est dur tout de même. Oh ! Mon Dieu ! Cette nature est tellement hostile, l'avance est si lente. On se sent seul, terriblement perdu, loin du monde où l'on a l'habitude d'évoluer. On désespère de voir la fin, d'arriver un jour. Quelquefois, de la rivière, je regarde avidement la forêt, ce fouillis glauque et infini baigné d'une lumière verte. Je me demande si j'aurai le courage d'y pénétrer. La rivière, tout de même, c'est le salut. Suivre son cours, c'est tôt ou tard arriver à un village, à la mer, vers la vie. Dans la forêt il n'y a rien, rien, aucun espoir si l'on se perd. Une fois parti, une fois pris par elle, l'abandon, la fatigue, le cafard, plus rien n'est permis. Il faut aller de l'avant ou crever.

En fait d'après-midi de repos, c'est un après-midi de cafard. Et moi qui me croyais fort ! Moi qui me flattais de mon moral. Quelle vaine superbe ! Il est beau le moral... J'avais tout envisagé, sauf de le voir tomber.

Pourtant, je sais qu'il suffit de trouver sur ma piste un village indien, de me savoir aux Tumuc-Humac, d'être à pied d'œuvre enfin, pour que ça aille mieux. Combien j'ai hâte d'arriver !

Je pensais que les coupes Hurault faciliteraient la marche, mais elles sont à 2 ou 3 mètres au-dessus de nos têtes. Les eaux sont trop basses.

Les Boschs arrivent de la pêche avec les pirogues pleines d'aïmaras énormes. Ils semblent satisfaits de leur après-midi et aussitôt se mettent au travail. Le poisson est ouvert en deux, vidé, étalé, lacéré, baigné dans un jus de citron versé dans un creux de roche puis saupoudré de sel et, enfin, étalé au soleil pour sécher. Ils travaillent avec dextérité, avares de paroles et de gestes.

Promenant de rocher en rocher, j'aperçois dans une vasque un caïman de petite taille somnolant paisiblement. Deux balles de long rifle, un coup de sabre... voilà le repas du soir qui va bon train, la queue découpée mijotant dans la casserole. Les Boschs ne mangent pas le caïman ; ils disent que sinon ils seraient mangés à leur tour.

Vers le soir, nous étions assis sur un rocher autour du plat de couac lorsque au sommet du saut nous voyons apparaître deux loutres superbes qui s'arrêtent net et, durant quelques secondes, se tiennent presque debout à nous regarder, aussi surprises manifestement que nous. Une troisième arrive, emportée par son élan, franchit le saut mais, d'un bond prodigieux qui la projette toute et nous découvre son corps noir et luisant de petit phoque, le remonte et disparaît en même temps que les deux autres. Scène charmante d'intimité de la forêt qui me réconcilie avec l'aventure des grands bois et, le soir, me fait rêver longtemps aux belles aventures des jours à venir.

Vendredi 25 novembre

Journée de repos pour moi ; les Boschs sont à la pêche. Avant de partir, ils ont invoqué les esprits de la rivière. Palmes tressées et petits drapeaux plantés en terre, feu en étoile, incantations.

Ils sont assis en cercle et le plus âgé, tenant entre ses mains un couis rempli d'eau blanchie par de la terre servant à la « guitare », prononce les formules rituelles, demandant à « Mama Gadou » de lui donner aide, protection, pour lui, sa famille, ses amis et de lui donner aussi beaucoup de poisson.

Il parle à voix haute, marquant la fin de chaque demande par un hum… hum… d'acquiescement bien prononcé et le commencement de la suivante en buvant une gorgée au couis et en rejetant en pluie cette eau devant lui. Les uns après les autres, la femme en dernier, ils ont fait leur prière et enfin, afin de se mettre en forme, les hommes se sont aspergés avec « Lobia », macération de feuilles, d'herbes, d'écorces et de lianes diverses de la forêt qui rend fort, supprime les fatigues et les douleurs.

Je demande au jeune Bosch : « Comment fait-on pour préparer Lobia ? » Il me répond en souriant, moitié créole, moitié « Taki Taki » : « Toi savoir écrire, moi connaître bois et grand papa moë dire pas parler bagage là pour Béké connaître ».

Après Lobia on mange couac, lézard, puis on passe les lignes avec une mixture à base d'écorce râpée et de

bois brûlé et pilé. Les cordes noircissent et durcissent, devenant invisibles dans l'eau noire des hautes criques.
– Poisson qua voër ligne, qua pas mordre pour couper.

Les lignes n'ont rien de moderne. Une solide perche coupée dans le bois, de 1 mètre à 1 m. 50, 2 mètres de corde grosse comme le petit doigt et tressée par eux-mêmes avec le chanvre de l'abattis, un fil de fer, un gros hameçon, un énorme bout de viande, et voilà… 40 à 50 kilos par jour, bonne mesure, de poisson.
– Consommation : 4 à 5 kilos ; déchet : 15 kilos ; perte au séchage et salage : 10 kilos. Reste une dizaine de kilos vendus aux mineurs à raison de un gramme d'or le kilo.

La technique de la pêche à l'aïmara exige plus de force que d'adresse. On pêche généralement tout près des berges, là où les racines enchevêtrées et les bois forment un barrage d'eau morte et sale. Le fond est en général vaseux. L'aïmara y dort. Pour le réveiller on frappe la surface de l'eau avec force en jetant l'hameçon appâté, puis ensuite trois coups du bois de la ligne. Là, chacun a son secret : trois coups rapides, 3 coups espacés bien marqués suivis d'un bouillonnement. Bref ! On doit réveiller l'aïmara. S'il y en a un, il ne se fait pas prier ; à peine le dernier coup donné la ligne commence à filer sans secousses ; on laisse aller, on plonge le bois pour mieux donner du mou puis, à deux mains, on s'y cramponne et on ferre.

Il faut avoir le pied marin car sinon la pirogue a de fortes chances de basculer et pour retirer l'aïmara il faut de bons biceps ; il se défend avec force, aspergeant le pêcheur d'eau, faisant un bruit épouvantable. Là, on doit tenir la corde supportant le poisson d'une main, à bonne hauteur et, de l'autre, saisir un gourdin de bois dur et attendre que le poisson présente le dessus du crâne. – Deux ou trois coups bien appliqués, quelques contorsions encore. – Il est bon de retirer l'hameçon avec prudence car les dents de l'aïmara sont de jolis petits stylets qui arrachent ce qu'elles étreignent ; c'est pour cette raison qu'il n'est pas recommandé de laisser traîner pieds ou mains et encore moins de se baigner dans les hautes criques. Et lorsqu'on doit haler un canot, ce n'est pas sans une légitime appréhension.

Sur la gauche Gros Saut présente un déversoir profond au fond tapissé de sable fin. Les Boschs y ont mis leur pirogue et nous y prenons nos bains, fréquents par ce temps orageux.

Tout à l'heure, Midaî[22], le jeune Bosch, se préparait à calfater son embarcation et, de l'eau jusqu'au ventre, retirait les objets s'y trouvant encore. Soudain, il fit un bond en arrière et m'appela : « Gardez là ! »

Je ne vis rien, sinon deux roches jaunâtres et arrondies, piquées de points noirs, un peu à l'écart d'autres roches jaunâtres et arrondies piquées de grains noirs et de touffes de Mousera fluviatis.

Midaî rit de voir que je ne voyais pas.

– Gardez là !

En deux coups de sabre il effila son takari et le planta avec force dans une roche. Laquelle roche se mit à onduler, à soulever du sable cependant que la seconde, ondulant de la même manière, prenait du large. Et c'est alors que je vis que son arrondi se terminait par le triangle massif d'une courte queue que je connaissais bien pour la redouter. Une raie… et quelle raie !… 1 m. 50 de diamètre[23] et d'un poids tel que Midaî, malgré ses muscles, avait du mal à la retirer de l'eau. Le « takari » fiché dans l'œil, s'agitant avec force ondulations, la raie jetée sur un rocher, hideuse, dardant sa queue terminée par le ciseau d'un dard acéré *et hérissé par une sorte de fourreau reposoir et le corps muni de celle-ci a recouvert de piquants* sa queue pustuleuse et fort raide[24].

Retournée, hachée de coups de sabre, la raie ouvrait et refermait sa bouche hideuse avec des hoquets sanglants. Une bouche presque humaine, une respiration haletante.

Les Boschs n'en mangeaient pas, redoutant les mêmes conséquences que pour le caïman, et moi, écœuré, sans appétit, je laissai Midaî rejeter le monstre.

Je crois que j'en ai pour un moment à ne marcher dans l'eau qu'avec beaucoup de précautions. Brr!... Sans être mortelle, la blessure causée par la queue d'une raie peut avoir de redoutables conséquences car elle est enduite d'une matière inflammatoire qui active la suppuration, donne la fièvre et, avec de terribles douleurs, rend malade sérieusement. J'ai vu des plaies causées par la raie qui affectaient une jambe d'un prospecteur : couture de 30 cm, large de deux et suppurant constamment.

Samedi 26 novembre

Aujourd'hui les difficultés commencent. – Tous les dix mètres un amoncellement de bois, tombées de lianes et de broussailles – Hache – Sabre – Tire, pousse, on avance très lentement. Je découvre le quatrième camp de la mission Hurault. On distingue maintenant très nettement de grosses coupes mais elles ne nous favorisent toujours pas, les eaux étant toujours en baisse constante. Les Boschs ayant fait maigre pêche décident de m'accompagner et monter plus haut sur l'Ouaqui. Est-ce un signe de la Providence ? En tout cas, je n'en suis pas fâché ; ce n'était pas prévu au programme, mais je ne puis tout de même les renvoyer sous prétexte de raid solitaire !

D'ailleurs, dois-je l'avouer : j'éprouve un certain plaisir à naviguer en leur compagnie. Nous mangeons, pêchons et chassons ensemble, naviguant de conserve et nous aidant mutuellement à pousser les canots dans les passes difficiles. Je bégaye déjà assez bien le « Taki Taki », tout au moins les expressions usuelles et chaque jour j'apprends des tas de choses qui me seront certainement fort utiles pour la continuation de mon voyage. Je distingue le trou du pakira, j'apprends à le fourrager avec une palme, à lire les traces fraîches ou anciennes, savoir s'il est habité ou non. Je distingue maintenant de trois roches, dans un creux de sable, celle qu'il ne faut pas toucher et le lézard se confondant avec la branche sur laquelle il s'accroche au-dessus de l'eau, se laissant tomber, lorsqu'il est surpris, de 10 à 15 mètres. Et, comme eux, je m'essaie à les attraper vivants, à la tête, au cou ou à la queue, ou à les tirer où il faut, c'est-à-dire encore au cou ou à la naissance de la queue. Car je me suis évertué à tirer 5 balles sur un iguane, la dernière ayant touché la tête étant la bonne, les quatre autres ayant traversé les flancs de part en part sans que le lézard daigne se remuer. Et puis, il y a aussi les bois utiles, les graines et les fruits, les cris d'oiseaux et de bêtes. J'apprends à siffler l'appel du macaque, celui de la femelle. Je suis fatigué mais en pleine forme. J'ai repris le moral des beaux jours ; il y aura des chutes certainement, mais le bon moral reviendra sans cesse et si je n'en étais pas sûr, eh bien ! j'aurais renoncé.

Allons garçon, supporte les mauvais moments dans l'attente des bons. Tout passe. Tu vis là la plus belle aventure de ta vie, celle que tu pourras raconter à tes petits-enfants, si un jour tu en as, en guise de conte de fées. Marche pieds nus, vêtu du simple calimbé, tanne ta peau au chaud soleil, durcis tes mains, tes pieds, allume ta pipe à la braise. Empiffre-toi quand tu le peux. Couche-toi quand tu as faim et tâche de dormir. Écoute le cri du crapaud-buffle, l'appel des singes rouges ; songe que tu es en brousse et que tu cours les bois pour vivre librement et t'instruire encore.

C'est le soir. Les canots sont amenés tout contre une plagette cernée de troncs couchés. Andelma, la femme[25], sort la vaisselle déposée dans une large batée de bois, sculptée. Plats et calebasses sont lavés au sable soigneusement cependant que Adimin, le patron[26], gnome édenté à la tunique rouge, souriant et vieux garçon, coupe le bois mort et allume un grand feu. Comini, le mari[27], et Midaî, son père, sont partis couper les jeunes arbres qui, ébranchés, feront des piquets solides pour, réunis par des lianes, former le bâti du carbet rudimentaire qui sera couvert de feuilles de palou[28] ou bananier sauvage et de palmes de caumou[29] et, s'il n'y en a pas, de l'épineux Bachichimaca. Le poisson séché est mis sur un boucan alimenté de braises, car les nuits humides menacent de le pourrir.

Les carbets montés, le feu flambe, la marmite noire bout, le camp a l'allure d'un petit village. Camisi aiguise avec une lime son sabre édenté des coups de la journée. Andelma goûte le poisson bouilli et prépare le piment qui l'assaisonnera. Adimin tresse une corde. Il a passé la natte de chanvre entre ses doigts de pied et, à deux mains, il tresse, roulant la corde se formant sur sa cuisse étendue et la passant ensuite au « Mani[30] » pour la rendre souple et résistante. Midaî forge une pointe de flèche, la sienne s'étant brisée en voulant tirer un aïmara qui dormait dans un saut. Dans mon hamac, je repose. Tout est tranquille, Boby tourne autour du boucan avec les chiens des Boschs : Nègre, nerveux, noir comme du charbon, dansant sur ses pattes fines ; Toti, bâtard aux longue oreilles, aux pattes énormes et au ventre gonflé, pleurard et déjà méchant, le chouchou de Andelma, la bête noire de nous tous.

– Cognon (manger).

– Mi é goué (j'y vais).

Nous sommes assis en rond autour de deux plats, l'un de couac, l'autre de poisson. Chacun a sa cuillère en main. – Les Boschs sur de petits bancs aux dessins géométriques qu'ils traînent partout avec eux, moi sur un rondin. Et on y va de bon cœur. Chacun creuse son tas, marquant un temps entre chaque cuillerée, l'une de poisson, l'autre de couac et la troisième de sauce. Parfois, l'un de nous trouve un bon morceau : le foie, les œufs, les yeux, la cervelle. Il en mord délicatement un morceau, offrant l'autre à son voisin immédiat du bout de sa cuillère. Le plat de couac se creuse en étoile à cinq branches, le plat de poisson se vide. Dernières cuillerées ! Andelma, qui nous tournait le dos, mangeant à part, sert l'eau dans un « couï » qui passe de main en main. On boit, on se rince la bouche avec bruit, on crache au loin avec force et on boit encore un peu (seulement à la fin du repas, d'ailleurs).

Entre les genoux ouverts de chacun il y a le petit tas d'arêtes et d'os recrachés directement au sol et que les chiens reniflent à distance. On éructe fort, avec satisfaction. Les ventres sont gonflés. Le pot à tabac circule et chacun prise un peu de jus formé de la macération de tabac et de cendre. On écrase les feuilles, on recueille le liquide noir dans la paume, on le hume en connaisseur, on y plonge le nez, on respire un bon coup : on attend... Le nez coule, on le pince, on s'essuie les mains aux jambes, on reste la tête un peu penchée, le nez toujours dégouttant, clignant les yeux de plaisir.

La vaisselle est placée dans la batée. On reste un peu autour du feu... ma pipe est froide.

– Si ibouié !
– Si ibouié !

Les crapauds-buffles demandent la pluie. Il pleut ; les gouttes larges dégoulinent des feuilles, résonnent sur la bâche tendue. Boby grogne, se gratte ; je fais de même ; quelques fourmis prises à la couverture me chatouillent les cuisses. Ça pue aussitôt l'acide phénique. – Une dernière pipe ; il fait frais, je ferme la moustiquaire, je rêve... puis le sommeil me prend ; alors, je pars pour de très longs voyages où les êtres qui me sont chers défilent et vivent, moi avec eux, comme une ombre. Et ce, jusqu'au matin. Lorsque, ouvrant les yeux à l'aube, je retrouve la forêt, la rivière, au travers de la moustiquaire kaki et puis les Boschs transis en rond autour du feu, parfois, ça me fait drôle. J'essaie de me raccrocher au rêve... mais déjà, les Boschs roulent le hamac, la cime des arbres rosit, allons, en route !

Dimanche 27 novembre

La rivière est de plus en plus encombrée ; nous arrivons à un « fourca » et prenons la crique rive sud. – Les Boschs arrêtent aussitôt. Dans les broussailles qui encombrent la petite crique ils ont vu un nid de mouches[a, 31]. Il faut y aller tout de même. On fonce ; évidemment on paie son tribut de passage. Ça brûle atrocement et, du coup, j'ai perdu ma pagaie. Fort heureusement, j'en avais une autre obtenue à Vitallo en échange d'un pantalon de cheval. La crique me déconcerte ; les eaux sont tellement basses qu'il faut traîner la pirogue sur le sable du fond. On voit à peine, de-ci de-là, quelques coupes[b, 32].

L'avance est pénible, exaspérante ; lianes et arbustes en paquets serrés ébrèchent les sabres. Les arbres immergés nous freinent, ce ne sont que marécages sur marécages.

Un anaconda gigantesque nous glace. On voit longtemps sa queue se glisser dans une vieille souche creuse, puis disparaître. Il faisait bien douze mètres[33]. La croûte stagnante de détritus retenus par les racines ondule encore de son passage et se reforme à peine.

Puis la crique semble s'élargir, c'est le bois qui l'écrase et l'on s'y sent mieux à l'aise que dans les marécages qu'un œil non averti pourrait prendre d'ailleurs pour d'agrestes prairies ou d'abattis d'ancien village.

Midaî escalade une série de troncs énormes, à la recherche d'un passage. Soudain il s'arrête, appelle les autres et les voilà penchés sur le sable de la berge, discutant avec un sérieux inhabituel. Intrigué évidemment, je les rejoins.

– Gadez là !

Je regarde sur le sable l'empreinte de pieds humains, de pieds nus ! Deux paires : l'une large, longue, d'adulte, l'autre minuscule d'enfant de sept à huit ans.

---

a. *Guêpes.*
b. *Pratiquées dans les bois tombés, par les devanciers.*

Je reste interdit. Aucun doute n'est possible, les traces sont toutes récentes. L'eau s'infiltrant dans le sable commence à peine à les remplir.

– Ça qua être Indiens sauvages, dit Adimin. Li ka chassé par là. Entendu bruit, coupé bois, traversé rivière et parti forêt !

Instinctivement nous regardons le bois. Les Boschs hésitent un peu avant de continuer[34].

– Indiens là, mauvais[35] !

Joie chez moi ! Attente anxieuse de l'événement imprévu auquel je rêve si souvent et qui confirmerait ma thèse de la présence, en Guyane française, d'Indiens réfractaires aux Blancs et vivant ignorés et solitaires dans les grands bois du centre de la Guyane.

Nous reprenons la rivière qui s'élargit sensiblement. Découvrons sur rive Sud emplacement vieux village du temps du balata. À cette époque, l'Ouaqui était très fréquentée, jalonnée de villages prospères. Aujourd'hui c'est un désert et rien n'est plus triste que de constater cet abandon.

Je tire un iguane et un nélo, gros échassier au long cou emmanché d'un long bec fort joli et comestible quoique un peu coriace.

Nous avons couvert aujourd'hui deux à trois kilomètres. Seul, j'en aurais fait à peine la moitié !

La pêche ne rend pas, les eaux sont trop claires et trop basses ; par contre, on voit du gibier. Des pakiras, par exemple, des hoccos ; on entend au loin quelque troupe de pécaris et, sur tous les arbres, des iguanes parfois monstrueux.

À couper une grosse liane, je sens une forte odeur d'ail. Les Boschs la coupent sur une bonne longueur et la mettent de côté. C'est la liane « ayuntoti » qui, mise à macérer trois jours, procure un bain tonique.

Le moral est bon – légère fatigue – douleurs à l'estomac, provenant sans doute de la nourriture essentiellement composée de couac, de l'aigre jingi et de poisson fumé fortement pimenté.

J'ai eu du mal à m'habituer au jingi. Ce sont des boulettes de manioc pétries longuement avec les doigts et mises dans l'eau bouillante. Ça donne des grumeaux gélatineux d'une aigreur assez prononcée qu'il faut du courage pour ingurgiter.

Les Boschs ont cru voir des ombres dans les taillis, cette histoire de pieds sur le sable les laissant mal à l'aise.

Moi je n'ai rien vu, mais, quoi qu'il en soit, il est certain qu'une mission avec des canots à moteur et un personnel nombreux pénétrant en territoire à peu près inconnu fait le vide sur son passage – tant animaux qu'humains qui pourraient s'y trouver.

La véritable exploration est un travail d'ethnographe autant que de géographe[36] mais elle doit être réalisée avec des moyens lui permettant de pénétrer l'intimité du pays sans la choquer. Contacts intimes avec la nature et les naturels mis en confiance. Observations plus faciles aussi, les indigènes se sentant plus à l'aise et ignorant la présence des intrus.

L'exploration solitaire est évidemment maigre en résultats scientifiques mais elle est riche en observations. Et c'est la préparation indispensable au travail sérieux d'une mission géographique par exemple.

Lundi 28 novembre

Quoique élargie, crique toujours encombrée avec de nombreuses éclaircies sur les berges révélant la présence de marécages. – Affleurements schisteux – berges vaseuses.

Cette nuit je rêvais d'eau, d'inondation ; au réveil, je constate un désastre : le canot, ayant glissé du sable où il était presque à sec, a coulé. Les bagages sont noyés, sauf appareil et pellicules gardés heureusement avec moi. Les balles, dans une boîte étanche, ont tenu le coup. La carabine est à graisser. Les allumettes sécheront au soleil, le sac étanche n'ayant pas résisté, les médicaments aussi. Le sel est fondu, le sac de rechange moisi. La journée s'annonce mal ! Au fait, elle est pénible. – Arbres tombés, sans cesse, puis, l'après-midi, coupes puis éclaircies. – Passage plus sympa ! Passons nouveau camp Hurault. La pêche est bonne, le moral aussi, l'appétit excellent. – Nombreuses écorchures aux jambes qui suppurent. Les sauts baissent de jour en jour davantage malgré de petites pluies quotidiennes. Tous les arbres tombés sont pour nous. Quel travail ! Sans les Boschs, j'aurais mis un mois au moins. Pas de fièvre pour l'instant. Je prends deux Nivaquine[37] tous les deux jours. Je constate un certain amaigrissement Car si le couac a l'avantage de gonfler moins, il ne nourrit guère. Les Boschs, pour cette raison, malgré leur carrure d'athlètes, ont un ventre de propriétaire. Les jambes, par ailleurs, sont fines, parfois difformes, elles choquent avec la musculature du buste. Sans doute parce qu'ils forcent toujours dans leur canot à l'aviron ou au takari et marchent rarement dans les bois. L'atrophie est visible et générale.

Nous mangeons le matin vers dix heures et le soir, à la tombée de la nuit, avec parfois une poignée de couac dans l'après-midi. On se sent gonflé et mal à l'aise au sortir de ces repas, et, deux heures plus tard, l'estomac crie famine. On se lève avec le soleil, on se couche avec lui et les nuits sont pleines de rêves dantesques. Je vois des tas de gens connus plus ou moins intimement autrefois et le cadre de ceux-ci est en général le faubourg varois où je suis né[38], avec des maisons démantibulées par les bombardements[39] et puis une atmosphère guerrière, des poursuites, une vie clandestine traquée, craintive de gens en uniforme, la peur, les courses éperdues[40]. De nombreux épisodes de guerre remontent ainsi. Et pourtant, ici, la guerre est tellement loin de nos pensées. Quoique parfois je songe à ce qui pourrait arriver durant mon voyage, craignant un retour dans un monde en guerre[41], sans nouvelles. Ce soir, nous avons fait halte sur une berge à la pente assez raide, hâtivement déboisée. Déjà les Boschs ont installé un boucan et mettent poissons et lézards sur la claie[42] de rondins. Je crois que quitter mes nouveaux amis sera pénible. Déjà, nous avons nos habitudes, nous formons une famille perdue dans la grande nature et cet isolement nous rapproche tellement que parfois j'en arrive à trouver étrange la couleur de ma peau.

Voilà six mois que j'ai quitté Paris ! Comme le temps passe vite ! Je n'ai pas encore réalisé le dixième de mes projets et la crainte me vient surtout que les pellicules photographiques seront périmées en août 1950. Et puis, l'appareil, quoique dorloté comme l'objet le plus précieux de mes bagages, a du mal à tenir le coup. Je sens ses rouages réticents et les films gonflés se bloquent plus d'une fois. Au prochain voyage, j'emporterai deux appareils, ce sera plus sûr. Les photos couleur, inutilisables ! – elles se bloquent définitivement à la troisième vue. – De toute manière, périmées en avril 1950. Enfin, je pense que tout va bien question photo. Le reste, ma foi, on le fera aller. J'emporte un kilo de sel en fait de vivres ; c'est suffisant. Avec trente kilos de bagages, je ne puis me permettre de trimbaler riz, couac ou café. Trente kilos, ça pèse un peu plus en forêt et je pense que ce ne sera pas du plaisir.

J'écris, de manière décousue, ce qui me passe par la tête. C'est ainsi tous les soirs, comme une discipline que je m'impose[43] mais *qui est en fait un plaisir. J'ai l'impression* de causer avec quelqu'un. Ça me délasse... pourtant, parfois ma fatigue est telle que je voudrais dormir.

Près du feu Boby se gratte avec fureur... C'est une habitude chez lui ! Puis il bâille et tourne en rond, cherchant sa place dans les cendres chaudes. Il n'aime guère la rivière, baignant à longueur de journée dans l'eau qu'embarque la pirogue.

Derrière moi les lianes dessinent des arabesques au-dessus du plan d'eau de la rivière qu'elles surplombent. Ma tête est vide... c'est bien ainsi !

Bientôt vingt-quatre ans, et je n'ai pas connu ce que l'on appelle « l'inconsciente jeunesse ». Je me suis toujours créé d'étranges motifs de soucis.

Je voudrais bien, au retour, m'accorder quelques mois de détente véritable. Je pense à la détente et déjà à un autre départ, à de nouveaux paysages. Je voudrais voir des terres glacées, des steppes, la toundra, le grand Nord, les chasseurs de fourrures... J'ai déjà élaboré un plan de raid.

Mardi 29 novembre

Pluie, bois tombés beaucoup plus épais, mais aussi les éclaircies plus nombreuses et l'avance plus rapide. L'après-midi c'est à nouveau les marécages. On avance sur un lacis de lianes et d'herbes et d'arbustes qu'il faut hacher, en même temps que l'on glisse difficilement, au takari, sur un hérissement de branches immergées. On heurte des nids de mouches (guêpes) qui s'acharnent cruellement. On pense ne jamais sortir de cette mélasse de végétation, on se déchire aux épines acérées du kijun-doumaka dont les feuilles ressemblent assez aux feuilles de mimosa.

D'autres fois, le paysage a des éclaircies superbes et on en profite pour pêcher. Les aïmaras se débattent en vains soubresauts dans le fond des embarcations et on entend l'éclaboussement de l'eau suivi du bruit sourd du gourdin s'abattant sur le crâne et qui annonce chaque prise. Un gymnote de forte taille se prendra à une ligne jetée dans un fouillis de racines. – Fort laid, avec une tête plate où l'on ne voit pas les yeux, un long corps souple de reptile souligné d'une crête continue molle et ondulante.

Les Boschs en ont une peur bleue ! Ils le halent avec d'infinies précautions, tranchent la tête d'un coup de sabre, abandonnant le corps aux convulsions molles et ouvrant la tête à la hache pour en retirer, avec encore plus d'attention, l'hameçon fiché au fond de la gueule.

– Ça fait « schtt, schtt... » et ils imitent le frisson convulsif causé par une décharge électrique.

La chaleur est humide, malsaine ; on a l'impression de manquer d'air ; le soleil, quoique caché, darde. Puis il pleut quelques instants avec violence et c'est à nouveau le temps trouble et incertain dont la grisaille est pleine de vapeur.

Midaî arrête le canot pour cueillir au passage quelques feuilles d'une plante aromatique qui servira à préparer « Loba », le bain de force. Je suis las, un peu fatigué, cafardeux. J'ai hâte d'en finir avec l'Ouaqui. Mes jambes se couvrent de petits boutons et d'ulcères qui s'étendent chaque jour davantage. On vit perpétuellement dans l'eau pour pousser le canot, écoper, on taille les obstacles. – Impossible, dans ces conditions, de se soigner.

Le canot est en piteux état, les bordages qui foutaient le camp ont été rafistolés avec de la liane « franche ». Les fissures, agrandies à la suite de chocs répétés, bouchées avec des fibres de feuilles de bananier, et je ne fais qu'écoper à longueur de journée, à gestes devenus mécaniques, toutes les dix minutes environ. J'en ai marre de ce canot (les cinq mille francs qui me manquaient pour avoir une pirogue convenable m'ont fait passer une vie de galérien et je vais arriver fourbu pour entreprendre la jonction Ouaqui-Tamouri à travers la forêt vierge).

Halte à la nuit tombée. Il pleut. Ça crépite et ça traverse la bâche rafistolée tant bien que mal.

Des fourmis couvrent les lianes et les branches qui envahissent le camp, il en tombe de partout, leur morsure brûle atrocement. Ce n'est pas drôle car elles se fourrent partout. – Quelques douleurs d'estomac, un peu de fièvre.

J'ai trouvé pour le hamac un système d'éclairage épatant : je mets une bougie dans une calebasse installée entre les genoux. C'est stable et ça me permet d'écrire. Le sommeil est long à me prendre et le cafard, indécis jusqu'alors, marque des points avec la pluie qui m'éclabousse régulièrement et l'éternelle musique des crapauds-buffles.

Mercredi 30 novembre

Journée de repos. – On est tous plus ou moins mal fichus et je soigne tout le monde d'ulcérations qui affectent les jambes et surtout les doigts de pied. Entre chaque doigt, à la suite de permanence dans l'eau, le sable, jouant comme une lime, a sapé la chair et provoqué de larges et profondes lésions très vite suppurantes et fort douloureuses. Les pieds enflent et les glandes bourrellent l'aine. J'en profite pour étaler mes affaires au soleil. L'humidité moisit et ronge. À ce train, mon équipement n'en a pas pour longtemps. Les Boschs vaquent au camp sommairement installé. L'un aiguise son sabre, l'autre taille un manche de hache, le troisième ferraille un petit coffre en bois au fouillis sympathique de vieux chiffons, de fil de fer et de mille bricoles rapinées de-ci de-là. Je le regarde contempler ses richesses. Il lève les yeux et dit pensivement :

– Ou ka gagné beaucoup sous marqués pour faire travail là dans bois, gagner tellement que coffre là, pas pouvé porter !

J'ai doucement rigolé. S'il savait, le bonhomme !

Toilette. – On se lave les dents avec le sable fin d'une plage car le dentifrice est écrasé depuis longtemps. Sur le boucan, aïmaras et lézards se patinent doucement et prennent au soleil des tons de vieux cuivre.

De belles vues de chasse ou de pêche enregistrées au cours du voyage sont perdues. Le film s'était à nouveau enrayé. Je suis furieux : il y avait là des scènes que je n'aurai plus l'occasion de saisir ainsi que des vues de Gros Saut. J'ai une frousse atroce de perdre l'appareil en le brisant ou le noyant. Je le dorlote comme une porcelaine précieuse, mais tout de même il en voit de dures. La prochaine fois j'en amènerai deux, ça sera plus sûr.

À la nuit, sur l'autre rive, une troupe de cochons sauvages se met à glapir. On franchit rapidement la crique, glissant dans le sous-bois comme des Sioux, sans souci des épineux pourtant fort abondants. La troupe passe à vingt mètres de nous, brisant tout sur son passage. On tire : en voici un qui chancelle, tombe, se relève et fonce dans un fouillis de broussailles. On cherche en vain à la lueur des torches. Les traces mènent fort loin. On reviendra demain. Les Boschs ont de vieilles pétoires rafistolées avec du fil de fer, datant de je ne sais quand. Le canon est crevé, la crosse est fendue. Un chien sur deux ne marche pas, mais tout de même ils chassent et c'est miracle de les voir tuer. Chaque détonation me fait sursauter, craignant de voir exploser l'engin. La nuit est passable. – Un peu cafardeux, mais la lassitude se fait sentir après l'inaction d'aujourd'hui.

Jeudi 1er décembre

On cherche le cochon tiré hier soir, mais sans succès. Les animaux ont la vie dure et il a dû crever au diable. Dépités, nous embarquons ; la rivière ne change pas d'allure sinon que les eaux ont monté légèrement. Le temps est orageux avec des éclaircies brûlantes.

Mes jambes me font souffrir là où les branches immergées les flagellent. Impossible de se soigner, étant constamment dans l'eau. Les coupes Hurault[44] sont davantage à notre portée et favorisent notre avance. – Vent, soleil à plein. Les branches frottant, certains arbres produisent le grincement des portes qui s'ouvrent et se ferment sur des gonds mal huilés. Nous dépassons un nouveau camp Hurault. La chaleur est atroce. Chaque branche qui nous gifle au passage est chargée de grosses fourmis et chaque fois de se gratter et de gémir. Face à une île, nous découvrons encore un camp Hurault. – Tout près et sur la même rive qu'un vieux village…

La rivière ressemble parfois à un tunnel. Les lianes blanches et fines remontent dans la pénombre comme les fils d'une harpe géante ; les marécages s'étendent ensuite à l'infini ou alors, c'est le grand bois avec de superbes éclaircies.

Le canot glisse sur les troncs, restant en équilibre instable. – Tire, pousse, hache, sabre, on avance lentement, mais on avance.

En quelques heures les eaux ont à nouveau baissé et les coupes Hurault, au-dessus de nos têtes, ne nous servent plus à rien. Encore des marécages, ou plutôt ce que les Boschs appellent des marécages. La rivière est littéralement étranglée par une végétation rampante et désordonnée soutenue par des arbustes aux branches à l'horizontale. – La rivière, avec des lianes dégringolant ou se glissant partout. Quelques grands arbres de-ci delà dressent quelquefois leur squelette chargé de nids et de plantes grimpantes. On ne voit ni oiseau, ni gibier, sinon quelquefois un iguane et un vol de perroquets et d'aras au plumage éclatant volant très haut par-dessus nos têtes. Le grand silence s'accompagne du grondement sourd des mouches qui volettent par milliards en nuages compacts. Quelquefois on se sent écrasé par ce silence.

La crique est de plus en plus encombrée, l'avance de plus en plus lente. Le cafard s'annonce avec la fatigue.

Ne verrai-je donc jamais la fin de l'Ouaqui ?

C'est la nuit. Nous sommes surpris par son arrivée brutale devant un amas monstrueux d'arbres tombés qu'il ne nous est pas possible de franchir maintenant. On arrête. Vite on débrousse un coin de la berge. Le feu [est] à peine allumé, l'orage qui grondait depuis ce matin éclate. Il pleut à torrent, la forêt mugissante ruisselle. Je n'ai que le temps de débarquer mon sac ; car régulièrement, chaque nuit, le canot coule et régulièrement, chaque matin, je le vide. Le hamac est tendu sous l'averse, la bâche dessus, et l'eau s'écoule avec le bruit d'une gouttière. En calimbé, je tiens compagnie aux Boschs qui, stoïquement, ruissellent autour du feu, n'ayant pas d'abri, étant trop tard pour en construire un. Nos peaux luisent, brûlées d'un côté, glacées de l'autre. Près d'eux, fumant ma pipe, les écoutant chanter, je rêve et je suis heureux. Il a plu toute la nuit. Finalement, je suis allé dormir, eux aussi, dans leur hamac trempé. – Bercé par le coassement des crapauds-buffles, l'orage lointain des singes rouges.

Les moustiques, par extraordinaire, n'ont pas fait leur apparition depuis longtemps mais leur absence est largement compensée par les mouches et les fourmis qui foisonnent et piquent avec la même voracité.

Vendredi 2 décembre

Triste réveil. – Tout est humide et une dysenterie carabinée due à l'absorption continue de poisson boucané fait son apparition. La fièvre est persistante mais légère sous forme d'accès larvés que je combats avec deux Nivaquine[45] par jour. Le moral est bon. Une sorte de fatalisme tout oriental m'envahit. Par contre, mes pieds vont mal, mais cela n'a aucune importance. J'irai jusqu'au bout car l'expérience est extraordinaire. Le plus terrible c'est que j'ai l'impression de piétiner. Avançant à cette allure, j'en aurai pour dix ans avant d'arriver à l'Amazone.

La journée pluvieuse est triste. Quelques éclaircies sur la rivière, mais surtout, toujours et encore, des marécages. Je tue un iguane d'une seule balle, ayant visé la tête et, par extraordinaire, ayant touché l'œil. Le cafard arrive tout doucement. Un coup de hache malheureux m'a meurtri la main gauche qui a du mal à étreindre la pagaie lorsque le courant dérive la pirogue.

On ne voit plus guère de coupes. J'ai l'impression d'avoir dépassé le dernier camp de la mission Hurault. Je pense alors que nous allons arriver bientôt au Saut Verdun, mais la carte est incomplète et terriblement fausse. Toutes les distances sont à réviser et on marche à l'aveuglette.

Déjà le 2 décembre ! Je ne puis m'empêcher de songer à la Noël toute proche. Ça y est… voici le cafard qui s'amène en écrivant. J'ai une envie furieuse de quitter le canot et de foncer à pied ; j'en ai marre de la rivière ! Il est vrai qu'avant c'étaient les rapides, maintenant ce sont les arbres tombés. Je ne sais pas ce que je veux ou plutôt, si… arriver vite. Mais hélas, si les journées sont brèves et harassantes, je n'avance que très lentement. Ce n'est pas juste ! Voici dix jours que j'ai quitté le fourca et que je navigue sur la Petite Ouaqui à une moyenne de trois kilomètres par jour – de l'aube à la nuit – dix-huit jours que j'ai quitté Maripasoula. Moi qui pensais joindre les sources de l'Ouaqui en dix jours au maximum !

L'après-midi tire déjà à sa fin. Les Boschs abattent quelques palmiers caumou dont les palmes serviront à couvrir le toit de leur abri pour la nuit. Nous campons dans un sous-bois marécageux infesté de moustiques. Le hamac tendu, je me couche aussitôt cependant que les Boschs préparent la queue de hocco car le tonnerre gronde et l'orage menace. La pluie tombe d'ailleurs de manière intermittente toute la journée, sans que les eaux en soient pour cela affectées. Bien au contraire, elles baissent de plus en plus. Je marche avec peine. Les pieds me font souffrir terriblement. Je me demande combien de jours seront nécessaires pour que, enfin guéri, je puisse prendre la piste du Tamouri.

Fatigué, fiévreux, peu d'appétit.

Samedi 3 décembre

Au réveil, promenant aux alentours du camp, je découvre une piste peu ancienne qui suit la crique. Serait-ce là une piste qui, partant du camp Hurault, joindrait le camp Cottin[46] ?

Il me semble bien ne pas me tromper car les coupes biseautées[47] sont fraîches d'environ trois mois.

Tout proches, les « paracua[48] » font un concert assommant mais impossible de les découvrir. Je tire une « maraille[49] » à l'allure faisane somnolant sur une haute branche et la manque. Le temps est maussade. Les pieds enflés davantage. Grande lassitude.

Chaque matin à l'aube, dans l'eau glacée de la crique jusqu'au nombril, je vide le canot complètement coulé et recharge les bagages. Je pense à Maman qui me disait au départ :

— Ne reste pas trop dans l'eau, tu risques d'attraper une congestion ou des rhumatismes !

Sur le tableau noir, les écoliers écrivent : « 2 décembre[50] », songeant aux vacances proches et au lendemain dimanche. Ils iront au cinéma, s'ils ont été sages, applaudir les prouesses de l'homme-singe et rêver d'aventures. Les compositions trimestrielles sont en train. On prépare les numéros spéciaux des hebdomadaires, on prépare les vitrines, on songe aux cadeaux de fin d'année.

Ici, les dates, les fêtes n'ont aucun sens car la forêt est immuable.

La journée s'annonce pénible. On ne voit plus les coupes Hurault. Pluie, énervement, malchance, je tire un macaque et le perds, tire deux hoccos et les manque. La rivière s'élargit et présente de belles étendues découvertes... mais à sec.

Elle serpente entre des collines assez élevées, aux roches rouges bizarres fichées sur les pentes, et des schistes feuilletés et arrondis par l'érosion. Des trous énormes fichés un peu partout nous obligent à faire des arrêts fort longs. — Pluie incessante, froid, un peu de fièvre. On carbette auprès d'un arbre énorme qui barre complètement la rivière. Les Boschs éprouvent, malgré leur habileté, de la difficulté à allumer le feu, même avec du pétrole. Reconnu à nouveau piste supposée Cottin[51]. Le hamac trempé égoutte de la glace par toutes les coutures. Mal aux pieds, aux mains. Mange fruits Couba-Couba.

Pense, si tout va bien, arriver Saut Verdun demain. Bon moral, mais hâte furieuse d'arriver et d'en finir avec l'Ouaqui. En écopant sous la pluie, je pensais que la randonnée d'exploration ainsi comprise est un beau mais rude métier. C'est l'apprentissage rêvé du futur chef de mission.

Les Boschs n'ont presque plus de couac ; moi, je n'ai plus rien, leur ayant tout donné. – Depuis dix jours, je mange poisson bouilli ou boucané et lézards. On voit de nombreuses traces de cochons mais impossible d'en découvrir une seule meute.

Dimanche 4 décembre

Il a plu sans arrêt toute la nuit. Les mains sont constamment humides, le tabac moisit. Impossible de rouler une cigarette : le papier se déchire ; et pour fumer une pipe, il faut une boîte d'allumettes. Les Boschs astiquent les fusils rouillés en les passant dans le sable puis à la graisse d'aïmara.

Je soigne mes pieds, dans un piteux état. La journée s'annonce mal, il pleut sans arrêt, tout est trempé. On a l'impression de naviguer dans un bain de vapeur. La bâche américaine elle-même ne résiste pas. Sous la pluie on sabre, on taille des bûches dans le mur dense de la végétation aquatique et on avance mètre par mètre. J'ai du mal à diriger la pirogue qui, en trois minutes, s'emplit d'eau car, à la suite du frottement sur les troncs couchés, les fissures agrandies, énormes, laissent passer des trombes d'eau qui menacent de me couler. J'écope sans arrêt. Le calfatage est inutile, il ne tient pas.

Au cours d'une halte à un fourca, je retrouve la piste supposée Cottin. On monte le camp sur l'emplacement d'un vieux village du temps du balata envahi par la forêt.

Il pleut, on se couche avec la faim, sans couac ; la chère est maigre et on mastique, en guise de repas du soir, un bout de carne boucané.

Lundi 5 décembre

Mes pieds coupés et enflés suppurent. Les jambes sont couvertes d'ulcères ouverts à chaque frottement sur les branches. C'est douloureux.

La rivière semble s'élargir et son encombrement est moindre. Nous sommes attaqués par les mouches avides de venger leur nid suspendu à une branche et saccagé d'un coup de sabre malheureux.

Pour se laver les dents, les Boschs prennent du sable fin ou de la cendre et aussi des boulettes de limon desséché accrochées aux lianes mises au jour par la baisse des eaux. Nous rencontrons un gros rocher et ils s'arrêtent car c'est là leur dieu.

Avec la terre servant aux rites de la guitare, ils tracent des signes cabalistiques puis prononcent des invocations, buvant puis crachant l'eau de pluie déposée dans les fissures de la roche.

Le temps est incertain. On entend un avion voler au loin mais on ne le distingue pas. Tué un iguane, fatigue, ennui, énervement avec les pellicules qui se bloquent sans cesse dans l'appareil. Rivière considérablement éclaircie. Quelques gros obstacles rapidement franchis, puis succession de petits rapides dont un, assez important, précédé et suivi d'une sorte de canal dans les marécages aux herbes rases. Rencontrons un lieu de camp où peu de personnes ont dû carbetter et enfin, à la nuit, nous arrivons à un gros saut qui, sans nul doute, est Saut Verdun.

C'est d'abord une grosse plate-forme rocheuse à sec où nous tirons les canots après les avoir déchargés.

Je trouve une fourche fichée entre deux roches avec un message adressé au préfet et roulé dans une feuille d'arbre desséchée (daté du 16 août[52]).

Après cette plate-forme, un saut, puis un autre et, tout proche, une table de pierre très large, sortant en cap de la forêt... et à un îlot qui divise la crique et le saut, lequel se continue en chutes plus ou moins importantes. C'est là que nous installons le camp.

Joie d'être enfin arrivé. Je pense au grand départ tout proche maintenant et suis dans l'impossibilité absolue de fermer l'œil de la nuit.

Mardi 6 décembre

Journée de repos et de préparation à la liaison Ouaqui-Tamouri. Je répare le sac dont les bretelles pourries tiennent par miracle, les souliers sont moisis et rétrécis. Je mets les notes à jour. Les Boschs partent à la pêche dans l'après-midi et ne rentrent que fort tard, les canots chargés d'aïmaras énormes.

Cette nuit, la femme Bosch a été visitée par la guitare. Elle a braillé des incantations sans arrêt, le corps passé à la terre blanche – fantaisie que je voyais au travers de la moustiquaire – tournoyant, se découper sur les braises des boucans cependant que les hommes, accroupis, écoutaient la voix de l'au-delà et approuvaient avec des grognements et des formules rituelles. La lune[53] donnant à plein sur les roches et le fond sonore de la forêt endormie se mêlant au bruit des chutes, fit de cette nuit une nuit de cauchemar et de demi-sommeil.

Mercredi 7 décembre

Je décide de pousser plus haut que le Saut Verdun et de visiter la crique pour voir son orientation. Mes pieds vont un peu mieux, mais le poisson m'occasionne des poussées d'urticaire et une sérieuse dysenterie qui me laisse anéanti. En haut du saut je trouve deux billets de Cabane[54]. L'un sur une planche, l'autre dans une boîte de corned-beef. Dans l'après-midi, un hocco ayant eu l'excellente idée de se poser à dix mètres de mon hamac, je le tue. Je consolide le sac, mets les notes à jour.

Le temps est au beau instable. Les Boschs invoquent à nouveau les dieux de la rivière. Assis en rond autour de petits drapeaux fichés en terre, ils écoutent le chef du clan prononcer les formules d'appel au dieu et ses demandes de grâces. À chaque invocation, il boit une gorgée d'eau teintée de terre blanche contenue dans un couis et asperge le sol avec bruit. Les uns après les autres, ils ont fait leur prière, la femme la dernière et à voix basse.

Ce sont de superbes athlètes au point de vue torse, mais ils ont du ventre et ceci est dû à l'absorption de quantités impressionnantes de couac. Ils n'ont pas de mollets. Souvent même les jambes sont déformées car les Boschs sont d'excellents navigateurs mais répugnent à la marche et l'harmonie de leur corps s'en ressent énormément.

Jeudi 8 décembre

Dysenterie. – Je suis angoissé, fébrile. – Impossible de travailler. – Je somnole dans le hamac, la chaleur est écrasante. Bientôt la Noël ! Qu'est-ce que cela va représenter pour moi ? Mais tout de même, l'aventure est belle et vaut la peine d'être vécue lorsque le moral est bon.

Soudain, ce qui était hostile devient accueillant, la forêt est pleine de trésors que l'on aime à rechercher. Graine de panakoko, bois précieux, à profusion, que l'on apprend à reconnaître à l'odeur et à l'écorce. Une écharde d'ébène piquante à la chair vert-bronze-vieux que l'on s'amuse à tailler maladroitement, une liane franche que l'on tresse en corde solide, un oiseau-mouche à la gorge vert opale et au ventre violet – minuscule et curieux, tout surpris de vous[55] voir – qui se pose sous votre nez, en l'air, comme suspendu à un fil, cependant que ses ailes, agitées à une allure vertigineuse, le maintiennent ainsi en équilibre. On tend la main pour le caresser tellement on le sent à sa portée… Hop là, le voici parti comme une flèche, recommençant son jeu quelques mètres plus loin avec son bourdonnement de grosse mouche.

La course en forêt donne faim… Pas de couac ! Qu'importe ! Une lanière de poisson boucané que l'on grille à la flamme. C'est rêche, ça sent le brûlé et justement pour cela et parce qu'on le mange avec les doigts, assis sur une bûche devant un boucan, c'est bon ! Au torrent tout proche, on boit un couis d'eau fraîche et puis, dans le hamac qui balance, on fume une pipe, harassé, content, sans penser à rien sinon à ce que l'on va manger demain.

Vendredi 9 décembre

Les pieds vont mal, la dysenterie s'aggrave. Je me soigne de mon mieux, me couvrant de bandes et de sparadrap et forçant le Stovarsol[56]. Dans cet état, inutile de songer à prendre la piste. Je ne tiendrais pas trois kilomètres. Mieux vaut attendre et aller plus vite ensuite. Vivement le Tamouri ! Mon sac est prêt, c'est moi qui ne le suis pas et je me morfonds. Midaî me dit :

– Moi beaucoup de peine ou partir.

Je souris :

– Moi aussi !

J'aurais aimé avoir un compagnon comme lui.

– Mi ti baka é ba.

– Si bon Dieu veut.

La femme Bosch a perdu son petit chien. Elle se lamente, pleure, trépigne et présente un aspect peu engageant. Elle est restée longtemps sur les roches, où Toti a été vu pour la dernière fois, à sangloter et invoquer les dieux, appelant avec des cris déchirants.

Finalement, on entend Toti répondre et clamer sa frousse quelque part dans le bois. Avec des torches on le retrouve ; tout le monde est content sauf le mari qui flanque une sérieuse volée de coups de poing à sa femme. Le père s'interpose pour le calmer, l'autre l'engueule, lui faisant remarquer ma présence. La femme pleure puis rit aux éclats, plaisante et, pour terminer, fait la toilette de son mari, tressant artistiquement ses cheveux et les peignant.

Demain, chasse. Les Boschs font ingurgiter au chien une pincée de poudre noire mêlée à du tafia, prétextant que ça excite l'animal. Les chiens des nègres marron du Maroni ont d'ailleurs en permanence, en guise de collier, des sachets de cuir emplis de viande de tel ou tel gibier pétrie avec du roucou. En général, les procédés varient avec chaque individu et tous ont leur secret de préparation jalousement gardé. C'est ainsi qu'ils arrivent à rendre un chien méchant, à lui faire chasser l'agouti, le cochon ou la biche ou bien l'animal qu'ils désirent chasser ce jour-là.

Si leur fusil au canon troué est un poème, le remplissage des cartouches en est un autre non moindre. Les vieilles sont précieusement gardées, l'amorce est retirée au couteau, remplacée par une neuve. – Un peu de poudre (sans poids ni mesure), un peu de bourre, du plomb, une petite plaquette d'écorce, on tasse, on plie le carton de la cartouche avec les doigts, et voilà ! On jauge à l'œil et, ma foi, ça rend bien comme ça !

Midaî sérieusement mordu au talon par un aïmara qu'il venait de jeter dans le canot – matraqué. Les dents de ce poisson sont de véritables rasoirs ; la peau est littéralement découpée en lanières espacées de quelques millimètres et longues de quatre à cinq centimètres. Je crois que l'aïmara est aussi dangereux que le piraï, sinon qu'il mord et lâche aussitôt sans s'acharner. Il est vrai que je n'ai pas encore vu un seul piraï sur l'Ouaqui, à croire qu'il n'y en a pas, car, pêchant à la chair fraîche, ils auraient dû venir en nombre se prendre à nos lignes. Les rivières de Guyane sont cependant réputées comme très dangereuses... Où sont les bandes de piraï du Brésil, tellement pressées que l'eau bouillonnait ?

Un avion passe, très haut, dans l'après-midi.

Samedi 10 décembre

Purge – diète – la dysenterie s'aggrave – 4 comprimés à 0,25 de Stovarsol par jour.

Dimanche 11 décembre

Nous sommes tous malades. Les Boschs se hâtent de rentrer. Dans mon état, je préfère redescendre la crique et tâcher de trouver la piste Cottin. « Anohé[57] » est abandonné sans regret au Saut Verdun.

Dès le départ, sérieuses difficultés pour passer le saut complètement à sec. On décharge et on tire les canots sur la roche nue que l'on passe sur des rondins. L'avance, quoique allant avec le courant, est très lente car les coupes de l'aller ne servent plus, les eaux ayant continué à baisser. Je suis malade comme un chien, à chaque instant je vais à la selle. – Crachats rédal[58], légers filets sanguinolents, fatigue extrême, impossible d'aider les Boschs. Je me laisse traîner comme un automate. – Aggravation dans l'après-midi, sortes de coliques sèches, envies impossibles à satisfaire, brûlure du rectum, douleurs lombaires, abdomen gonflé, frissons, moral passable. Hâte surtout d'être allongé dans le hamac et de reposer.

Les Boschs me proposent de descendre avec eux au Maroni.

– Ou malade... mauvais... ou ka mourir.

Je pense un instant, tellement je suis faible, abandonner et les suivre. Non, je tiendrai ! Dieu ne m'abandonnera pas !

Les Boschs me donnent leur remède ; une macération d'écorce rouge carapa[59]. C'est amer et n'a guère plus d'effet que le Stovarsol.

Avançant à la même vitesse qu'à l'aller, nous carbettons le soir au dernier camp atteint avant le Saut Verdun. Je repose enfin. Les douleurs se sont calmées. Je ressens une étrange sérénité en même temps qu'un grand besoin de reposer. Mes jambes sont en flanelle et j'ai du mal à me porter. Je trébuche à chaque pas.

J'ai tué un iguane ; je vais essayer d'en manger car j'arrête le poisson salé ou boucané... et cependant, rien d'autre à manger !

Les Boschs se hâtent maintenant car ils ont un dépôt de vivres à cinq jours d'ici et veulent l'atteindre rapidement.

– Mais où, quoi manger dans bois ?
– Gibier.
– Ça qu'a pas être mangé !

Jeudi[60] *12 décembre*

Continue Stovarsol 4 × 0,25. Amélioration légère mais faiblesse extrême. Départ tôt du camp – mal dormi, froid, insomnie. Journée pénible. Pirogues ensablées à traîner sur des centaines de mètres. À seize heures, arrive fourca[61] où, pour la dernière fois, vu la piste Cottin. Nous arrêtons là.

Nos adieux sont tristes.

– Meilleur ou ka vini Maroni...

Je suis seul. Boby, inquiet, rôde dans les bois.

Première nuit du raid Ouaqui-Tamouri. Installe le hamac. En fait de vivres, un poisson boucané et une raie harponnée tout à l'heure. Je fais bouillir la raie. Je suis un peu groggy, faible, mais impatient de prendre le départ. La dysenterie reprend du poil de la bête. Je trouve un carapa, retire l'écorce et bois force infusions. Rangé bagages. Vu faiblesse, fais deux paquets, pensant faire deux voyages. Avançant plus faiblement peut-être mais, vu ma faiblesse, impossible faire autrement. Je pense arriver au Tamouri dans dix jours, si Dieu veut !

Mes dix premiers jours de grande forêt, seul, sans vivres. L'expérience morale et physique me passionne. Tiendrai-je le coup ? Je suis avide de noter mes sensations journalières.

Voici la nuit. Je m'étends sans pouvoir dormir – grand silence dans la futaie assombrie – puis un vent d'orage – un crépitement continu – il pleut !

Mardi 13 décembre

Dès l'aube, impatient, je plie le hamac et me prépare à partir. Une bande de macaques envahit la rivière. Je tire, sans résultat, car ces animaux sont sans cesse en voltige mais un canard, effrayé par leur tintamarre, se pose sur une branche basse à bonne portée. Tiré, tué, plumé, je le charge sur le sac à dos et en route. Je laisse au camp un sac GI avec le sel et les munitions et le rechange ainsi qu'une musette. La piste est passable et, dès les premiers coups de sabre, j'ébrèche un nid de mouches maçonnes et suis mis à mal par ses habitants. Le sac à dos pèse et les bretelles ont des craquements sinistres, quoique réparées et doublées de fraîche date. Trente kilos sont un poids qu'elles ne supporteront pas jusqu'à la fin du raid. Sel et munitions dans le sac GI pèsent à peu près dix kilos. Je n'ai que le strict nécessaire pour huit mois : pharmacie, munitions, allumettes, pacotilles indiennes et, cependant, c'est beaucoup. J'ai aussi une hache et deux sabres de réserve.

La pacotille indienne se compose essentiellement d'hameçons, fil à pêche et fil à coudre, choses nécessaires si l'on désire être bien accueilli par les tribus indiennes que l'on est appelé à rencontrer. Enfin ! j'irai lentement, mais j'irai.

Je compte deux mille quatre cents pas, dépose le sac à dos et reviens au camp n° 1 – ou « tourca[62] du départ » – chercher le sac GI, armé de la carabine et du sabre. Fatigué j'arrête, fume une pipe, repars.

L'excitation passée, la faiblesse due à la dysenterie se fait rudement sentir et, arrivé au lieu où j'ai déposé le sac à dos, n'en pouvant plus, j'arrête et monte le camp n° 2 Camp du Marigot.

C'est une sorte de crique vaseuse et sale avec des « pinots[63] » et des épineux. Le canard plumé est mis à bouillir sur un feu rapidement allumé. Pour la première journée, je suis exténué et mes jambes, qui allaient à la guérison, butant et rebutant sur les souches, les lianes et les racines, se sont ouvertes à nouveau et enflammées.

Je fais bouillir l'eau du marigot pour la boire car mes comprimés de Tochlorine[64] sont rongés par l'humidité.

Pour mesurer les distances je procède de la manière suivante : tous les cent mètres, c'est-à-dire tous les cent quarante pas, je prends une feuille et la mets dans ma poche. Lorsque j'arrête, je compte les feuilles et j'ai ainsi la distance parcourue approximative.

Aujourd'hui environ 2 kilomètres, soit un de moins que la moyenne escomptée. Marchant à ce train, j'en ai pour vingt jours avant d'arriver au Tamouri.

Fatigué, mais bon moral. Boby aussi qui allège ma solitude et me fait souvenir de nombreux épisodes de nos voyages.

Le sol, en forêt, est mamelonné, plein de trous profonds garnis d'humus et recouvert d'un mince lacis de lianes qui font trébucher et s'étaler, écrasé par le sac.

À part quelques chants d'oiseaux, le grand bois est étrangement silencieux. Sur les bords des criques, le soir, ce sont les perruches les dernières à dormir. Elles jacassent jusqu'à la nuit, se disputent sans arrêt. Le matin, ce sont les paranas[65] dont le cri rauque éveille le campeur ; ils se répondent d'un bord à l'autre de la rivière sans que jamais on puisse les voir. Ensuite, ce sont les perroquets qui passent en vol serré, puis les perruches plus tardives et alors, le « zozo-mon-père[66] » avec sa chanson de lame cristalline allant et venant sur une pièce de bois dur. Le macaque appelant sa femelle, l'appel rauque d'un couata, un « agami[67] » mal réveillé et puis tout un concert d'oiseaux, d'insectes...

Ce soir, il pleut fort : je n'ai que le temps de couvrir mes sacs. Quelle violence... Le hamac, pour ne pas changer, fait eau de tous les bords – signes avant coureurs de la saison des pluies, ces orages nocturnes risquent de me retarder car les terrains devenus marécageux et glissants seront plus pénibles à franchir. Sur la rivière, l'orage passé, on est tranquille. En forêt, c'est continu, incessant, car, les feuilles se recouvrant, n'en finissent jamais de s'égoutter.

En ce premier jour de raid, je me demande bien à quoi servent les cuillères et les fourchettes : une casserole pour faire bouillir, les doigts et les dents pour décortiquer, c'est bien plus simple. Après ça, un chien lui-même ne trouverait pas grand-chose à rogner sur la carcasse. Quant aux matières grasses, le bouillon du canard est huileux à souhait. Un peu de sel, un petit goût de fumée, ça fait un potage délicieux.

J'ai abattu, pour me servir de hors-d'œuvre, un palmier pinot. J'ai retiré le cœur et l'ai mangé au sel. C'est fade, peu appétissant mais enfin, dans l'ensemble, on tient le coup et on se passe de pain et de couac.

Les moustiques sont nombreux au camp du Marigot. L'insomnie me tient réveillé toute la nuit.

Le souvenir des empreintes de pieds nus relevées par les Boschs sur le sable d'une plage me hante et me laisse rêveur. Si c'étaient des empreintes d'Indiens, j'en suis heureux et je peux dormir[68] tranquille : ils ne m'attaqueront pas, car l'Indien n'attaque pas un homme seul, sans défense, à moins d'être menacé. Aussi, je me garderai bien, quel que soit le bruit que j'entende, de me mettre sur la défensive car alors je risquerais de recevoir une flèche.

L'Indien est patient... Si j'ai vraiment affaire à des Indiens, ils me suivront et m'épieront pendant des jours puis, si je me dirige vers un endroit où il ne leur plaît pas que j'aille, ils se manifesteront par quelques flèches dirigées autour de moi et attendront ma réaction. Alors je déposerai ma carabine à terre, attacherai Boby près de moi et, si j'ai encore du tabac, je fumerai une pipe en attendant leur approche...

Mais ces empreintes étaient-elles celles d'Indiens[69] ?... Enfin, qui vivra, verra !

Mercredi 14 décembre

Je perds deux fois la piste qui, dans les marécages, est à peu près invisible[70] et ne la retrouve que par miracle après de longues recherches exténuantes. Le soir, j'arrête à nouveau près d'un marigot. Lassitude – un peu de fièvre – ampoules énormes aux pieds. Impossible de continuer avec des brodequins (peu pratiques d'ailleurs car ils s'accrochent à toutes les lianes et pèsent lourd). Je les abandonne, décidant de continuer en espadrilles (qui, elles, amènent de nombreuses glissades).

Aujourd'hui, à nouveau parcouru environ deux kilomètres.

Le menu est maigre. Je termine le poisson boucané qui commence à sentir et fais bouillir un cœur de palmier.

Suivant la piste, je suis allé à la chasse. On entend des vols lourds, on se précipite, on guette… on ne voit rien ! Car le sous-bois est trop dense. Au retour, sans m'en apercevoir, je retrouve la piste empruntée le matin et qui fait une bande suivant le criquot au bord duquel je campe pour repartir ensuite S.E. Je me demande quelle est la raison de ce circuit. En tout cas, j'y ai perdu deux heures !

Demain matin, j'irai chercher le sac GI (ou américain) que je laisserai ici pour repartir plus loin installer le camp n° 3 – celui-ci étant le camp Pinot.

Ce n'est pas la forêt qui cerne le camp ce soir, c'est un filet de lianes gigantesques et enchevêtrées s'agrippant à la pourriture vaseuse du sol, aux racines tourmentées mises à nu par les eaux qui creusent des canaux où s'écoulent les eaux de pluie. Pinots, épineux à profusion, de-ci de-là un grand arbre mort dont le tronc blanc est chargé de lianes. Peu de gibier, même pas du tout. On entend à peine quelques petits oiseaux. J'abats un arbre mort et moussu pour allumer un feu, je le débite en quartiers puis, avec les copeaux et un bout d'encens, fais le foyer ; de chaque côté, parallèlement, deux bûches de bois vert entaillées par leur milieu. Ça prend doucement, mais ça prend et mon feu estompe le cafard qu'amène la nuit.

Boby a, ce soir, mangé du pinot avec moi. Pauvre chien ! Il a le ventre creux et les côtes saillantes, la rivière ni la forêt ne l'engraissent et il me regarde en se léchant les babines pour exprimer sa faim. Même pas un petit oiseau à lui donner à manger, rien, la forêt est sinistrement vide. Peut-être demain aurai-je plus de chance ?

L'insomnie me tient toujours. Je me réveille la nuit vers trois heures sans pouvoir fermer l'œil jusqu'à l'aube. Il fait froid, c'est triste. Je fume sans arrêt. – Dysenterie à nouveau – bouche pâteuse, amère, je somnole, rêvant que je suis dans un transatlantique où il y a beaucoup de monde et des gens qui servent à manger. Mais moi, je n'arrive pas à apaiser ma fringale ; tantôt mon plat est renversé par le roulis, tantôt je suis appelé d'urgence et, au retour, un autre a mangé ma part ou bien je suis devant une assiette vide et l'on ne me sert pas. Il y a une assiette de pain à côté, mais je ne peux y toucher. Oh ! ces rêves…

L'aube, avec le chant horrifiant des « zozos mon père » me fait penser parfois être prisonnier dans une grande scierie et puis cet autre, avec sa voix enrouée de speaker radiophonique qui débite les dernières nouvelles cependant qu'une sirène d'alerte mugit quelque part.

Un peu de cafard, causé sans doute par la faim et pourtant, ce n'est que le commencement.

Il est impossible de prendre la piste à l'aube ; la forêt trop sombre tarde à laisser pénétrer le jour radieux ailleurs. Pelotonné dans le hamac, frissonnant, j'attends la lumière.

Toute la nuit, les singes rouges ont glapi et, en réponse, le cri strident et ininterrompu d'un oiseau, J'étais tellement las que je me bouchais les oreilles.

Jeudi 15 décembre

Je pense parfois : « Mais quel intérêt aurait ce raid s'il devait s'accomplir sans ennuis, comme un voyage quelconque ? » Volontairement je me suis imposé cette préparation à ma rencontre avec les Indiens afin de mériter celle-ci et d'en avoir davantage la joie. Il aurait été trop facile d'aborder les Tumuc-Humac soit des sources de l'Itany, soit de celles de l'Oyapok. J'avais décidé depuis longtemps de suivre ce chemin, je le suivrai quoi qu'il en coûte, car on doit toujours marcher de l'avant, ne pas céder au découragement.

Lorsqu'on veut vraiment quelque chose, on peut l'avoir ou le réaliser. Aucun prétexte n'est valable car rien n'est impossible et, que ce soit tôt ou tard, ce que l'on a décidé se réalise. Il faut savoir oser. Je me souviens du classique et combien exact « à vaincre sans péril, on triomphe sans gloire » ; pour moi, ce serait plutôt sans joie.

Au départ, je m'aperçois que la piste se recoupait.

Suivant le chemin de la chasse d'hier, j'arrive à un lieu de camp. Je reviens sur mes pas et retrouve le mien, mais pas trace du n° 2. Mètre par mètre, j'explore la piste et enfin, aidé par la Providence, je retrouve le camp du Marigot et y charge le sac GI. Je mange les derniers morceaux du poisson salé. C'est maigre encore et pas très indiqué pour ma dysenterie.

Assis sur un tertre, je rumine et repose ; soudain, je vois un reflet jaune, puis les broussailles s'entrouvrir et un superbe hocco apparaître. – En joue, le cœur battant, j'appuie sur la gâchette... Il tombe... Oh ! joie, ce n'est pas encore aujourd'hui que je mourrai de faim. Dieu soit loué !

Je pars, dépasse le camp n° 3 pour arriver au camp Cottin. Celui-ci est situé sur un tertre à un coude de rivière et se compose de deux carbets.

La piste a été pénible, mes jambes me portent à peine. À peine arrivé, je m'affale. La faim me donne de sérieuses crampes d'estomac. Un peu remis, j'allume du feu en vitesse, fais rôtir une cuisse de hocco, la dévore incontinent, puis l'autre, puis une aile, puis la deuxième... Je ne peux plus m'arrêter. Si, tout de même, car il faut penser à ce soir. Boby a eu sa part et est tout ragaillardi.

Alors, retirant le foie, la tête, le cou que je mets à bouillir pour faire la soupe, j'installe la carcasse sur un boucan et, jusqu'à la nuit, m'affaire à surveiller ma cuisine.

Enfin je repose, repu mais toujours las et accablé par une paresse invincible. Je dois retourner au camp n° 3 chercher le sac à dos et le hamac – deux kilomètres de marécages aller, autant retour. Oh ! Dieu, quelle flemme !

Enfin debout, en route ; on est bien pourtant, à l'étape, à reposer sans penser à rien.

Je suis allé chercher le sac, je suis revenu, j'ai mangé la soupe.

Malgré notre faim, Boby et moi n'arrivons pas à bout du reste car le hocco, du volume d'une grosse dinde, aurait satisfait six personnes au moins. En le dépeçant tant bien que mal au sabre d'abattis, j'ai pensé au repas du dimanche lorsque j'étais gosse, chez ma marraine, à la campagne. Il y avait là, en général, toute la famille. On tuait une poule et chacun avait son morceau préféré. Chaque morceau du hocco me rappelait quelqu'un de cher, mort ou vivant, et nos soirées intimes à écouter la radio cependant que les châtaignes rôtissaient sur la cuisinière.

Ce soir, j'ai tendu le hamac sous le carbet. Le boucan fume. Je l'ai couvert de palmes de pinot car il pleut et la pluie ruisselle, traversant le toit fragile.

Le criquot écoule doucement ses eaux vertes entre les racines des arbres tombés. Devant, derrière, partout, la forêt, mais l'on n'y voit pas le ciel.

J'ai bien mangé, je suis content. Je ne sais si demain il en sera de même. Je m'en remets à la Providence.

Ma solitude me pèse surtout le soir, parce que je pense aux joies du feu de camp routier, à nos chansons, à nos veillées. Boby est un bon compagnon, affectueux, mais ses yeux, quoique expressifs, ne me disent pas grand-chose.

Quatrième soir du raid. J'ai à peine couvert cinq kilomètres[71], mais enfin, ils sont faits. La dysenterie a l'air de se calmer, ne revenant que par à-coups intermittents. Pas de fièvre. Fatigué, mais chaque jour je m'aguerris davantage, j'avance peu, mais j'avance.

Vendredi 16 décembre

L'insomnie me fait dormir tard et lever fort tôt. Impossible de reposer. Je ranime le boucan. Le hocco (ce qu'il en reste) a pris une belle teinte brune roussâtre et paraît vouloir se conserver longtemps. J'ai déjeuné de fort bon appétit, ce qui ne m'était pas arrivé depuis longtemps. La dysenterie est calmée, mais les échauffements aux pieds suppurent et je marche en claudiquant. La matinée est employée à ranger les sacs, affûter le sabre, la hache, graisser le fusil et mettre les notes à jour.

Cet après-midi, je partirai avec le sac GI, j'irai le plus loin possible en avant, puis je reviendrai dormir ici.

La diversité des chants d'oiseaux est fantastique : tantôt c'est l'appel d'une femme, une génisse, un cheval allant au pas, puis au galop, le clairon d'une troupe en marche, l'aboiement d'une meute à la chasse à courre, le sifflet de l'amoureux pour appeler sa belle, des cris d'étonnement, des cris moqueurs, des hurlements de terreur, et puis de véritables trilles, des vocalises harmonieuses qui mettent quelque chose de frais et de vivant dans ce concert incessant où se mêlent la voix rauque du couata, l'appel triste d'un oiseau de nuit, celui du macaque éploré et enfin les grands singes rouges ténorisant à perdre haleine. Ceci est mon concert de chaque soir avec les « plouf ! » mystérieux dans la crique et le frissonnement des palmes et des larges feuilles sèches de « palou ». – Parfois l'appel du hocco, le coassement barbare du crapaud-buffle... Puis, dès que le soleil paraît, perruches, perroquets, aras gros bec, zozos-mon-père, mêlent leurs voix et dominent de leurs notes variées, chantant la joie du petit jour comme j'ai envie de chanter la mienne car les nuits sont tristes, longues et froides, avec le vol aveugle des chauves-souris qui rasent la moustiquaire, le crissement de milliers d'insectes, le froissement des eaux, lesquelles cascadent sur un tronc couché.

Le soleil tarde à venir me réchauffer. Paresseux, je me laisse bercer dans le hamac, goûtant quelques instants encore la tiédeur de la couverture, abandonnant à regret mes rêves. Quelques minutes encore, quelques minutes seulement puis, en route ! Je replie le hamac, boucle le sac à dos... et vlan ! voici les bretelles qui lâchent et le barda à terre. Alors que vous étiez bien en train, ça vous flanque un sacré coup et voilà le cafard qui s'amène ; ça vous prend comme ça, d'un seul coup. Rangeant ses affaires, par exemple, on découvre un instantané de France, il y a quelques mois ; on se souvient... que font-ils maintenant ? Neuf heures ici, treize heures au soleil de France... D'habitude, penser à eux me donne du courage, aujourd'hui, ça me fait penser à des tas de choses et soudain une folle envie de les étreindre, de les embrasser, d'avoir de leurs nouvelles au moins, me saisit. Sont-ils en bonne santé ? Ne se font-ils pas trop de soucis ? Que se passe-t-il là-bas ? Peut-être la guerre, un cataclysme... Oh ! savoir... Et je suis là, loin de tout, de tous et comme cela, encore des mois et des mois.

Le soleil qui dorait les cimes a disparu. C'est la grisaille des jours de pluie, la chaleur écrasante comme l'orage imminent et, le sentant venir, une bande de macaques envahit la rive du criquot et file à toute allure vers les bois. Oh ! petits êtres agiles, combien j'envie votre vélocité ; que ne puis-je faire comme vous ! Quelques-uns s'attardent. Je tire sans résultat car à balle il est difficile de les atteindre ainsi en voltige et ils ne s'arrêtent jamais ; toujours d'une branche à l'autre, d'un arbre à l'autre, lorsqu'ils vous aperçoivent, ils fuient, reviennent, cherchant un perchoir caché, disparaissent, regardent d'un côté, de l'autre, nerveux, curieux, irrités, disparaissent, reparaissent jusqu'à ce que, impatient, vous tiriez et qu'alors ils bondissent et disparaissent pour de bon avec de grands cris.

Hélas ! pour faire ce voyage et le goûter pleinement, il ne faudrait avoir personne à chérir. Aventure et sentiment sont deux mots qui ne riment guère. Sa propre souffrance n'est rien, on la vainc, mais penser à celle des êtres que l'on aime vous laisse sans force, souffrant doublement de leur peine. Je me fustige moralement, essayant de retrouver le ressort. Au plus vite j'avancerai, au plus vite je les retrouverai !

Non... aujourd'hui, ça va mal ; je cherche vainement l'excuse de mes pieds en mauvais état, de ma fatigue ou bien encore la nécessité de m'accorder un jour de repos et partir ensuite en pleine forme. Ce n'est pas la fatigue, ni le mal aux pieds, ni le besoin de repos, ni les bretelles du sac qui me laissent allongé dans le hamac à rêver et à écrire. C'est le cafard tout simplement, qui s'installe et ne me lâche plus, cependant que le boucan fume, auprès duquel Boby repu sommeille, entouré des reliefs de notre festin dont le hocco fut l'atout. Ah ! qu'il est dur, lorsqu'on est seul, de vaincre le cafard. Je sens cependant que la cause ne provient pas de ma peine personnelle, ni du raid, ni de la solitude en forêt. C'est d'abord penser à eux deux, seuls dans la salle à manger, les imaginer tristes, malades peut-être ; c'est l'envie de respirer l'odeur du tabac de papa, de la cuisine de maman, frotter ma joue à sa barbe, lui dire que je l'aime et puis... elle... la cajoler, l'embrasser comme je ne savais pas le faire auparavant ; je les vois, je les sens tout près de moi par la pensée, mais je sais aussi que ma piste est terriblement longue et que bien des fois le soleil se lèvera haut sur la forêt avant que je ne puisse, débarquant à la coupée, les serrer dans mes bras.

J'ai un peu honte de ma faiblesse, je me sens lâche, geignard et, pourtant, je suis un homme, j'ai un cœur qui peut et sait aimer. Je ne suis pas la bête courant le bois rechercher sa pâture. Qu'ai-je à attendre ici en fait d'amour ?

En moi se disputent ce besoin constant d'affection, de solitude et en même temps du risque de l'aventure. Personne pour me tendre la main, m'encourager ou me sourire ; je monologue, je m'injurie, il faut sortir de ces rêves et de cette inertie... foncer. Lorsque je ne pense pas, je suis heureux, vivant pleinement de la vie pure, libre et primitive que tout homme désire goûter, ne serait-ce que quelque temps.

...L'exploration, pour moi, c'est une aventure de pureté et d'humilité[72]...

Heureusement j'ai mon carnet de route, j'y note tout ce qui me passe par la tête à tous les instants. Parfois, la nuit, à la lueur d'une bougie collée sur une boîte que j'installe sur mes genoux, couché dans le hamac ou bien à la flamme ranimée du boucan, j'écris beaucoup, petit carnet à la couverture sale, aux pages tachées qui me font revivre au jour le jour les aventures passées, me donnant le courage d'affronter celles à venir.

Le vent souffle en rafales sur les cimes, les feuilles mortes s'écrasent lourdement, des graines aussi, avec un bruit de détonation, des branches mortes et puis de grands arbres, les palmes bruissent, les feuilles de palou se choquent, les ramures grincent, un arbre achève de tomber, entraînant dans sa chute d'autres arbres et le tonnerre de ces écroulements se confond avec celui du ciel. C'est la pluie en forêt qui commence par le vent, puis écrase aussitôt de son crépitement continu les feuilles formant plafond qui, elles, s'égouttent peu à peu ou bien en cataracte lorsque la brise les agite. Lavés, les verts prennent des teintes fortes et leur brillant semble artificiel.

Il pleut, nouveau prétexte pour ne pas partir aujourd'hui. La paresse m'a tenu au camp toute la journée à vaquer d'un côté et de l'autre ; j'avais une faim de loup. J'ai dévoré le hocco boucané, maintenant il ne me reste plus rien. J'ai encore faim et la forêt est vide de tout gibier. Je suis allé chasser, reconnaissant la piste que je prendrai demain. J'entends des oiseaux sans les voir, des fuites dans les broussailles, je cherche, j'épie... Rien à tirer, alors, je suis rentré au camp, songeant que demain j'aurai faim.

Et n'est-ce pas la vie du primitif que ce perpétuel aléa, cette course éperdue à la faim, lui qui, pour manger, ne peut compter que sur son habileté, sa force et sa chance ? Il est vrai que n'étant pas nomade il peut, lorsque la chasse est bonne, constituer une réserve pour les jours de disette, il est vrai encore que son abattis lui assure des fruits et des légumes. Quant à moi, impossible de faire une réserve : je dois tuer pour me repaître sur place et mon appétit est grand, et la viande seule, sans légumes, sans pain ni couac, ne nourrit guère et puis, si la chasse était abondante, comment faire pour transporter quatre ou cinq kilos en plus de mes bagages ?

Quoique en pleine force, cette sacrée faiblesse causée par la dysenterie m'occasionne du souci ; je sens mes jambes molles et une lassitude formidable. Cependant, grâce à Dieu, pour l'instant je ne suis pas malade.

Alors ? le climat... il n'est pas terrible ! La fatigue ? peut-être celle de ce long voyage sur l'Ouaqui, peut-être et surtout la nourriture peu substantielle qui ne satisfait jamais tout à fait. Question d'habitude... l'estomac s'y fera ! En attendant, ce soir, c'est à nouveau un cœur de palmier pinot bouilli. Ah ! l'énervement des soirées de famine : Boby tourne, désespéré, autour du boucan qui fume encore, mais les traverses sont vides, à peine luisantes encore de la graisse du hocco... il était si bien garni hier au soir !

Le vent souffle fort là-haut, mais ici on ne le sent pas. La forêt trop dense, le sous-bois trop encombré servent de paravent. Ce n'est d'ailleurs pas encore le grand bois, plutôt une suite de marécages, de pinotières avec l'arabesque torturée de lianes grosses comme le bras, couvertes de mousses vertes et veloutées, parfois piquées d'une fleur blanche ou rouge et puis les fils de harpe des lianes minces qui accrochent le fusil ou le sac, celles rampantes qui font trébucher et s'étaler, et puis des trous et des lits de criques à sec où l'on sent le sol mouvant[73] céder et vous happer. Parfois une montagne, les arbres plus espacés, colonnades immenses et droites, annihilent le sous-bois, désordonné, lui [en]levant sa lumière ; jaunes, vertes, rouges, noires, colonnades grosses comme des piliers de cathédrale, tout d'une pièce, et l'œil cherche, sans trouver, les premières branches qui s'étalent à cinquante mètres du sol. On se sent infiniment petit, écrasé par l'infinie grandeur de ces perspectives silencieuses où, seul, le bruit de vos pas écrasant l'humus, éveille quelque bruit.

Mais après la montée, il y a la pente, puis le marécage avec ses bouquets de palous et ses épineux qui accrochent et piquent avec hargne. Le silence, à la fin, vous serre le cœur; haletant, vous arrêtez la marche, on écoute... un faible chant du minuscule zozo-monpère, et puis votre respiration. Boby, aboyant, me fait sursauter.

Voici la nuit et le sommeil qui, comme à l'ordinaire, me fuit, laissant venir les rêves dangereux quoi que l'on fasse pour les éviter. Ils arrivent en foule, défilent, il n'y a plus de forêt, de carbet, de boucan... on est là-bas, on s'endort vivant là-bas... puis il y a le réveil, et c'est le plus pénible. Il est nuit encore, mais l'on sait où l'on est. On attend que le ciel s'éclaircisse, impatient de bouger, de fatiguer, d'oublier ses rêves.

Une sorte de découragement et aussi une mollesse vous envahissent contre lesquels[74] il est difficile de lutter. Mais combien de fois dans une vie se sent-on découragé ! Et combien de fois a-t-on repris du poil de la bête ? Eh bien ! demain, je suis sûr que je serai en pleine forme. Il faut qu'il en soit ainsi... Aller de l'avant, toujours plus de l'avant ! Telle doit être ma préoccupation constante. Dieu m'accompagne dans ce périple. C'est une conviction profonde et ma foi me permet de supporter cette affreuse solitude. Celle-ci, hélas, ne va pas sans maints débats de conscience... mais je crois en Dieu car, lorsque je l'en ai prié avec ferveur, sa sollicitude s'est manifestée. Il ne fait pas de miracle, il aide à les réaliser, il inspire et la bonne volonté de l'homme, inspirée de la force divine, réalise des prodiges. Telle est du moins ma conviction profonde.

On ne doit pas entièrement s'en remettre à la Providence, ce serait bien trop facile, mais on doit aider celle-ci à se manifester. L'inertie, l'abandon, l'accablement doivent être passagers, car alors la Providence ne peut intervenir, et la foi la plus profonde ne réalisera pas le miracle espéré. C'est confiant seulement en elle que l'on doit repartir sans attendre le don inespéré tombant du ciel ou l'allégement du sac, ou le chemin plus court, débarrassé d'obstacles et, dans l'immense forêt, seul, perdu, s'il n'avait pas la foi, l'homme deviendrait fou.

Samedi 17 décembre

J'aillais partir, je fais deux mètres. Cette fois, ce sont les bretelles de fermeture du sac qui lâchent et tout le dessus du barda se retrouve à terre ! Je consolide avec des lianes. Les bretelles de portage ont été remplacées par un bon morceau de la corde de mon hamac qui est d'une solidité à toute épreuve. Ça scie un peu les épaules mais en mettant la bâche roulée autour, ça peut aller. Le seul inconvénient est que l'on a chaud.

Sur le moment, ce nouvel ennui m'a rempli de désespoir et puis, tout de même, j'ai pensé qu'il ne servait à rien de se lamenter, qu'il fallait repartir. Je m'y suis mis, ça n'a pas duré longtemps. Ce sera plus pénible à porter car le sac est un peu déséquilibré, mais je vais partir et je suis heureux d'avoir surmonté cette défaillance.

Rien à manger pour aujourd'hui ; peut-être la piste m'apportera-t-elle le pain quotidien, ne serait-ce qu'un minuscule « cul jaune[75] » ou un cancan coriace ; quelque chose enfin qui permette de tenir le coup et dire : « J'ai mangé ! »

Dès le 420e pas, en fait de gibier, je trouve, étalé de toute sa remarquable longueur, un superbe serpent tout noir dont la petite tête dodeline cependant que, rapide, la langue entre, sort et s'agite. Je m'arrête pile, interdit, pas très rassuré. Il s'arrête un instant puis, comme s'il ne m'avait pas vu, se met en branle à nouveau, se lève tout droit, glisse sur une branche tombée, se lève encore, se casse en deux avec souplesse, se hisse sur une branche haute et ainsi, de branche en branche, grimpant toujours plus haut, il atteint le sommet de l'arbre où je le perds de vue.

Lorsqu'il m'eut ainsi livré passage, je continuai mon chemin mais, malgré moi, je ne peux plus que penser aux trous dans lesquels je fourre mes pieds, aux arbres morts que j'enjambe, aux racines dans lesquelles je m'empêtre et j'ai eu un petit frisson en me rappelant soudain, alors que je n'y pensais plus, le danger des serpents venimeux aux espèces innombrables.

Halte, pipe, notes... départ à nouveau. Les cordes me blessent malgré la bâche et, à part les zozos-mon-père et quelques colibris, je ne vois rien à tirer. – Toujours rien à manger. Ma foi tant pis ! L'homme choisit sa destinée, guidé, aidé par Dieu ; il ne tient qu'à lui de persévérer, de subir les conséquences de ses entreprises, mais de les réaliser. Boby a levé un pécari ; le temps de décharger le sac et foncer à sa poursuite... il est trop tard !

Ma fatigue provient surtout des jambes, le sac déséquilibré reposant trop sur les reins. Quel sac ! Rafistolé, couturé, pansé comme un vétéran de la grande guerre, l'étoffe tient le coup, mais cuir et ficelle pourrissent rapidement.

Plus d'une fois je m'affale, ayant glissé sur une branche moussue, m'empêtrant dans une liane raide et tendue à hauteur des chevilles. Je n'ai pas toujours la volonté de me relever aussitôt. Je fume, j'écris, je contemple le merveilleux coloris d'un morpho, le vol gracieux d'un colibri ; je suis, entre deux cimes, l'éclair rouge d'un couple d'aras. Je repose. Du moins, je pense reposer car je suis encore davantage mal assuré sur mes jambes lorsque je me relève après la pause.

Je voudrais foncer... impossible ! À chaque pas une embûche, un obstacle ; je marche comme un homme ivre, tout de guingois, suant et pestant, poursuivi, harcelé, par les mouches ; le sac s'accroche, le fusil aussi. La piste, plein S.E., aborde une série de collines peu élevées, mais les pentes sont un tantinet abruptes. Je suis parti à sept heures au lever du soleil. Il est près de dix heures, je dois avoir couvert six cents mètres. Si je fais un kilomètre dans la journée, je serais content ; un autre peut-être cet après-midi, c'est la moyenne maxima que je puis me permettre.

Je commence à sentir des crampes d'estomac. Ce n'est que le commencement : 5e jour du raid. 1er jour : 2 kilomètres ; 2e jour : 1 kilomètre ; 3e jour : 1 kilomètre ; 4e jour : repos ; 5e jour : 2 kilomètres sans doute. Quelle avance de tortue. Voici les marécages, ils n'en finissent plus ; quel fouillis ! Les herbes coupantes me lacèrent les jambes... comme si, dans mon état, j'avais besoin d'une saignée ! L'air est lourd, on n'entend même pas un chant d'oiseau. Deux fois des arbres tombés, gigantesques, barrent la piste ; je taille au sabre pour la retrouver de l'autre côté, m'enlisant jusqu'aux genoux dans les détritus végétaux tout plein de bulles et d'insectes.

Au retour, alors que j'allais chercher le sac GI, je tombe dans l'eau de la crique cernant le camp n° 3 et ma lassitude est telle que, anéanti, incapable de me relever, je demeure quelques instants baignant dans l'eau fangeuse. Tout, évidemment, est trempé, le sel est fondu, car les boîtes de fer mal ajustées ont laissé pénétrer l'eau. Le linge de rechange trempé pèse terriblement ; le savon, puis finalement le sac, bref, j'abandonne tout cela, casant le reste, c'est-à-dire les munitions, dans la musette. Ayant sauvé une petite boîte de sel que je conserve à titre de médicament, ma foi, tant pis pour la nourriture ! La journée s'avance, je suis toujours à me dépêtrer dans les marécages. À chaque halte j'écris : c'est tellement réconfortant ! La faim se faisant sentir avec une insistance déplacée, j'abats un pinot et le consomme sur place. Ça se calme un peu mais pour combien de temps ?

Et la série des marécages continue ; bien souvent, ils sont presque secs, mais toujours très encombrés.

Je m'assois sur un tronc couché... pourri, il cède et me voici au milieu d'une colonie de fourmis rouges. Oh ! souffrance ; du coup, je trouve des ailes et fonce comme un bolide. Mes deux chevilles balafrées saignent abondamment et les mouches s'y précipitent, s'y agglutinent par paquets. Nouvelle balafre à la main, décidément les herbes coupantes de ces régions sont de véritables rasoirs. J'ai avancé de plus d'un kilomètre dans ces bourbiers. Maintenant, c'est une série interminable de mornes. Une soif dévorante me fait hâter le pas sans résultat. Pas de criques à l'horizon, lequel est restreint à une dizaine de mètres. Pas de marigot, même pas une flaque. C'est désespérant. J'espère la pluie qui, comme d'habitude, ne doit guère tarder et je l'attends avec une rare impatience. Il fait sombre ici ; c'est d'une tristesse désolante. Il y a une floraison bruissante de bananiers sauvages, une sorte de cactus aux lames souples et longues hérissées de piquants, des palmiers avoara[76], caumou, pinot ; quelques troncs lisses jaillissent çà et là, ruisselant de lianes tendues dans tous les sens, lovées comme de gros cordages. J'ai fait la pause auprès d'un tronc couché à mi-pente d'une colline. Des fourmis flamandes y courent, noires, longues de trois centimètres, les mandibules menaçantes, prêtes à défendre leur repaire.

Je suis trempé de sueur et un peu cafardeux. Je n'aime pas les marécages, on a l'impression d'être prisonnier d'une serre vivante prête à vous absorber. Il semble que jamais l'on ne pourra s'en dépêtrer et le temps semble durer, durer. L'après-midi s'avance, je suis rompu. Je rêve de l'instant où la piste me découvrira le Tamouri.

Mouches et moustiques arrivent en grand nombre. Dans le silence on ne perçoit que leur bourdonnement et puis la pluie qui, à grosses gouttes, écrase les feuilles. J'ai tendu la bâche pour recueillir l'eau du ciel, j'ai allumé un feu puis j'ai tendu le hamac, cependant qu'un pinot bout pour le repas du soir. C'est fade, écœurant, inconsistant et cependant je l'avale car ainsi j'ai l'impression d'avoir mangé.

Il y a une rumeur étrange ce soir dans la forêt, une rumeur qui vient avec la pluie et ressemble au grondement d'une foule enthousiaste, délirante. Cette foule avance, brisant la forêt, se livrant un passage, scandant un mot d'ordre. Mais le cri du meneur est celui d'un oiseau de nuit, et le grondement de la foule, le crépitement continu de la pluie mêlée au vent soufflant sur les hautes cimes.

J'ai vomi le pinot. Un peu de fièvre et je n'ai plus d'eau pour prendre la quinine. Il est nuit. La pluie a cessé et l'humidité qui stagne me glace. Enfin ! ça va mal ce soir ! Ça ira mieux demain.

Dimanche 18 décembre

Une soif ardente me dévore car j'ai la fièvre et la pluie de la nuit recueillie dans le quart passe vite dans mon gosier desséché. J'ai rêvé de manger toute la nuit mais je ne sens pas la faim, sinon de la faiblesse et celle-ci est telle que je n'ai pas la force de faire du feu ; je m'essouffle pour replier le hamac et, pour charger le sac, je passe les bretelles assis, puis je me roule, me mets à genoux et je m'y prends à quatre ou cinq fois pour me relever, m'accrochant à un arbuste des deux mains.

Je chemine très lentement, la piste est mauvaise. Bouche amère, langue pâteuse, lèvres sèches, quelques étourdissements. Le camp n° 5 a été le camp de la faim et celui de la soif. Harassé, incapable de faire un pas de plus, je me laisse choir étendant avec peine le hamac.

Pas un seul criquot depuis ce matin, des lits à sec, des cailloux roulés, des pripis[77] à sec… impossible de fumer, ça excite ma soif. Je mange un pinot amer comme le fiel. La forêt est toujours aussi étrangement vide, je me sens envahi par une sorte de fatalisme contre lequel je ne puis lutter. Boby, le ventre creux, les côtes saillantes, tire la langue et gémit. Pauvre chien, quelle fringale ! mais plus d'une fois il m'a fait rater un beau coup de fusil, il lève le gibier mais ne sait pas le rabattre, le poursuivant fort loin avec force aboiements et hors de ma portée.

Je ne sens pas tellement la faim mais surtout la faiblesse et puis la soif. Ça c'est atroce et inouï en même temps : avoir soif en forêt !

Lundi 19 décembre

Je me suis encore un peu traîné et, oh ! joie, je trouve une crique et un carbet de la mission Cottin. Je bois goulûment, tends le hamac et me couche, incapable même d'allumer le feu.

Je maigris à vue d'œil, je sens mon cœur battre, je m'essouffle, je flageole sur mes jambes, le fusil lui-même est lourd à mon bras et j'ai du mal à ajuster la mire car je tremble. Je décide tout de même d'essayer de chasser. Je vais rester ici, reprendre quelques forces, ensuite seulement j'irai de l'avant. Mauvais signe ; je n'ai plus envie d'écrire. Je m'y efforce tout de même, c'est nécessaire à mon équilibre moral. Je ne songe à rien, je repose. J'ai mangé trois cœurs de pinot et la faim m'agrippe toujours. Incapable d'avancer. Le repos ne sert à rien, je me sens partir. Voulant abattre un palmier caumou, je n'en ai pas eu la force et j'ai perdu connaissance. Il est possible sans doute de tenir sans manger, mais impossible en même temps de fournir un effort.

Si ce soir je n'ai rien mangé, quoi qu'il m'en coûte, je sacrifierai Boby qui souffre et devient sauvage. C'est ça ou la mort pour moi. Je tire un oiseau et, providentiellement, le tue. Je dois le disputer à Boby qui commence à le dévorer, courant le chercher en même temps que moi, mais le trouvant plus vite. Je ne prends que la peine de le plumer sommairement et de le vider, je le mange cru, avec les os, ne laissant que le bec et les pattes. C'est peu, mais, quoique écœurante, cette chair fraîche, je le sens, me ranime. J'ai envie de boire du sang. C'est un besoin constant qui me hante car, sentant que je perds des forces, je voudrais voler celles des autres.

Mardi 20 décembre[78]

Toujours rien, la forêt est vide... même pas un petit oiseau. Ma faiblesse est extrême. Les arbres morts s'écroulent un peu partout autour du camp. Le tonnerre gronde. Les mouches que la pluie attire en nombre s'acharnent autour du hamac comme si déjà je sentais le cadavre. Je n'ai pas le courage de tuer Boby.

Mercredi 21 décembre

Il faut manger tout de même. J'ai marché longtemps dans la forêt comme un somnambule, sondant chaque mètre de terrain, chaque arbre, chaque branche. Le fusil est terriblement lourd. Ce matin, toutes les lianes, toutes les branches agrippent et me jettent à terre. Pas un oiseau, rien, rien... c'est désespérant. Je prends tristement le chemin du retour. Oh ! joie, une tortue sur la piste... je me précipite, la saisis, l'étreins avec passion. Je me hâte, je cours vers le camp. Deux cents mètres plus loin, une tortue encore plus grosse, je crois rêver. J'arrive au camp épuisé mais, sentant que je vais manger, je me mets aussitôt à l'ouvrage. En forêt plus qu'ailleurs, il est dit : tu n'auras rien sans peine...

Posément je coupe du bois, le débite, installe les bûches, allume le « mani », le dépose dans le foyer. Ça prend doucement car le bois est humide. Je souffle, j'attise ; enfin, ça flambe. Alors, attendant les braises, je me repose enfin... je fume, je suis heureux.

Je prends la petite tortue et, à la hache, l'ouvre. Ce n'est pas très appétissant et il y a surtout des tripes. Je rogne le moindre morceau de chair attaché à la carapace et mets le tout à bouillir dans ma petite casserole. Les intestins flottent sur le criquot, couverts de mouches et tiraillés en tous sens par de minuscules poissons. Je repose, j'écris. Ça cuit doucement... Je ne peux plus attendre, je dévore les pattes coriaces, le cœur, le foie, déchire les os à belles dents, bois le bouillon. Oh ! que ça fait du bien. C'est bon ! Alors je m'étends dans le hamac, savourant cet instant précieux où j'ai le ventre plein. Boby, toujours affamé, après avoir dévoré les os, rogne les carapaces, les disputant aux fourmis. Je m'endors.

L'après-midi, tard, ne pouvant plus tenir, je tue et mange la seconde tortue, conservant les pattes de derrière rôties pour demain. Toujours aussi fatigué. Vive douleur au genou, ayant buté sur une racine. Un toucan passe très haut, trop haut pour que je puisse le tirer. Puis c'est la nuit, il pleut. Tout proches, des singes rouges hurlent.

Jeudi 22 décembre

Je pars avec le sac au dos. Faiblesse, lassitude, dysenterie. Je marche autant que je peux, j'ai gardé l'arrière-train rôti de la tortue pour ce soir mais j'ai une envie folle de le dévorer et je me contiens avec peine.

Cette faiblesse dans les jambes m'inquiète. Pourvu que ça tienne jusqu'au Tamouri. De toute manière, le repos n'y fait rien, ce n'est donc pas de la fatigue, peut-être la conséquence de la sous-alimentation et de l'effort physique constant sous un climat pénible.

Pour m'entraîner à marcher, je parle tout seul, j'essaie de chanter, je siffle... Ça m'essouffle ; alors j'essaie de penser à la belle aventure des Tumuc-Humac, aux Indiens, à l'inconnu que je vais découvrir... pour tromper l'envie de m'étendre et de ne plus bouger !

À la nuit, je campe en pleine forêt et soudain toutes les voix du bois se mettent à hurler, en même temps que gronde l'orage et que s'abattent les arbres morts. Je dors, je rêve et puis je m'éveille en sursaut et alors je sens la peur, l'angoisse. Je me sens si loin de tout, perdu, seul, sans forces pour continuer mon chemin, livré à la maladie. La terreur s'empare de moi ; le hamac est noyé sous le déluge, la bâche, ployant comme une poche sous la cataracte, s'égoutte sur ma couverture. J'ai envie de pleurer et, tout bas, je dis : « Maman. »

Les crapauds-buffles coassant mettent mes nerfs à vif, un jaguar gronde et Boby inquiet gratte la moustiquaire. Je le prends avec moi dans le hamac. Sa présence me réconforte. Et puis, il y a le grondement terrifiant d'une troupe de singes rouges, un cri de terreur, un appel angoissé de l'oiseau de nuit dérangé. Tout ça est un cauchemar ? Je vais m'éveiller chez moi, mangeant à ma faim, sauvé ?

Je pense que je vais mourir ainsi, je sens la panique me gagner sans raison. Oh ! nuit interminable, la peur me transforme en loque. J'essaie de réagir, j'allume une bougie, je fume, je m'occupe. Je voudrais écrire longtemps pour me calmer les nerfs mis à vif par l'insomnie. Ah ! ces réveils ! Toutes les nuits, c'est la même chose ; le petit jour ne filtre pas encore ; je me réveille au milieu d'un repas parmi les miens, je mangeais si bien et ils étaient si gentils avec moi.

Seul, seul, seul, avec cette sacrée faiblesse. Tout à l'heure il va falloir replier le hamac. Charger le sac dont les bretelles de corde creusent les épaules, trébucher à nouveau, interminablement, sur la piste. Il faudrait aller de l'avant, déchiré par les épines, harcelé par les mouches et je ne sais pas encore si aujourd'hui je pourrai manger !

Je me suis levé au milieu de la nuit et j'ai mangé le râble de la tortue, incapable de résister à la faim.

Combien me reste-t-il encore pour arriver au Tamouri ? 15 kilomètres ? 20 kilomètres ? Je ne sais pas car je n'ai plus le courage de compter mes pas et la carte jaune ne mentionne que des distances approximatives et celles que je couvre quotidiennement sont infimes[79]. Oh ! Dieu, ce calvaire ne prendra-t-il donc jamais fin ? Oh ! si j'étais chez les Indiens, combien cette route aurait été belle, sachant qu'à sa fin il y a un village et des hommes dont j'aime à partager la vie. Je rêve de leurs feux de camp, de leurs danses, du train-train quotidien, de l'odeur du «roucou[80]», celle du «génipapo[81]».

Ah ! ces Tumuc-Humac, combien la route que j'ai choisie pour te joindre est pénible ! Aujourd'hui, montagnes sur montagnes, chaque dix mètres j'arrête, le cœur battant, je n'en puis plus. Oh ! joie, je tue un petit oiseau... puis une perdrix[82]... Allons courage, ce soir nous mangerons. Alors je me sens fort et j'avance, songeant à trouver un lieu propice pour installer le camp.

Soudain, j'entends les hautes branches s'agiter, se froisser, craquer... c'est l'avance d'une troupe de couatas. En hâte je dépose le sac et, armé du fusil et du sabre, m'enfonce dans le sous-bois avec une prudence de sioux, sans bruit, tantôt courbé, tantôt rampant, les voici... à cinquante mètres environ. Un énorme tronc couché me sert de cachette. Je m'embusque, j'attends. S'ils continuent dans cette direction bientôt ils seront au-dessus de ma tête. Eux, s'attardant, jouant, mangent. Ils sont de la taille d'enfants de dix ans, noirs et silencieux, à peine un grognement de-ci de-là, un petit cri... Un, puis deux, puis trois passent en voltige... j'attends. Des fourmis, insidieusement, m'envahissent, ça démange, ça brûle... Tant pis, je ne bouge pas. En voici un... trente à quarante mètres... il reste suspendu cinq secondes à une branche, offrant sa large poitrine. J'ai tiré, il tombe d'une seule masse et reste suspendu par la queue quelques mètres plus bas, à quarante mètres environ au-dessus du sol. Fou de rage, je tire sur la queue, puis je me précipite à l'arbre, remue de toutes mes forces les lianes qui le ceignent dans le vain espoir de déranger la cime et de faire choir le singe. De là-haut, mort, hors de ma portée, il me nargue et son sang rouge s'étale en larges gouttes sur les feuilles de cactus épineux.

Grimper à l'arbre?... Inutile d'y songer! L'abattre?... la seule solution! mes deux bras l'enlacent à peine et ma hachette est fragile, mais par bonheur il a poussé légèrement incliné et l'angle du tronc favorisera une chute plus rapide. Torse nu, je peine, travaillant avec ardeur à décrocher mon beef-steack, je m'acharne et, morceau par morceau, je creuse le tronc qui sent la résine. Deux heures se passent, j'arrête, je fume, je repose, je sais qu'il va tomber bientôt. Je me remets au travail... quelques craquements, l'écorce se fendille, la base s'entrouvre. À grands coups redoublés je frappe la brèche, coupant les derniers bois filandreux et, d'un seul coup, l'arbre géant s'abat, entraînant dans sa chute des tas de petits arbres, broyant la forêt, ouvrant une brèche dans un vacarme formidable.

Suivant le tronc enfin couché, j'arrive à l'amas imposant de la cime et, sans souci des fourmis rouges en révolution qui se fourrent partout et brûlent comme la braise, je fouille les branchages, émondant au sabre, explorant l'arbre centimètre par centimètre. Des mouches, affolées de voir leur nid brisé, avides de vengeance, se ruent, me harcèlent atrocement, me forçant presque à la retraite.

Et je taille, et je coupe, et j'arrache ; Boby, de son côté, furète, renifle, s'excite ; je l'encourage, il s'arrête, aboie... je me précipite, je vois un long bras noir... victoire ! le singe est là... mais il est pris sous une branche énorme que j'essaie, sans résultat, de pousser. Je tire le bras, ça craque, mais ça résiste. Allons, il faut couper tout cela, et de nouveau, à la hache. C'est long, je m'impatiente... enfin, ça y est, j'ai mon singe. Oh ! cette impression de victoire, cette joie qui m'envahit et me fait installer l'animal à cheval sur mes épaules, par dessus le sac.

Il pèse au moins quinze kilos. Qu'importe, je ne sens ni poids ni fatigue ; je marche, je force, car la nuit est proche et je dois trouver une crique, de l'eau. Je sens la faim me presser... pour un peu, j'arrêterais et ferais en vitesse rôtir une patte... Non ! il faut trouver l'eau.

Le sang du couata a trempé la chemise, le sac, il coule dans mon dos, ça poisse, les mouches suivent en procession. La balle 22 long rifle a touché entre les deux yeux ; un coup de hasard providentiel car je visais la poitrine !

Enfin, voici de l'eau, un ruisselet étroit, tranquille, dont le fond de sable roux, sympathique, se colore des dernières lueurs d'un ciel crépusculaire.

Je tends le hamac après avoir débroussé un joli coin entre deux arbres. Je sors mes ustensiles de cuisine, les allumettes, l'encens. Ceci fait, je vais chercher à quelque distance de là de beaux rondins de bois mort, je prépare un bon brasier. Il a tôt fait de flamber. Alors, couvert de bois vert, je le fais couver. Quatre fourches sont vite taillées, plantées et couvertes de traverses. Je coupe une bonne provision de feuilles de bananiers sauvages en prévision de la pluie qui ne saurait tarder et de manière à couvrir le boucan. Et maintenant, au dépeçage !

J'amarre le singe à une branche et lui retire la peau, ce qui est fort délicat. Les mouches, arrivées en nombre, m'agacent, disputant le cadavre comme s'il leur appartenait, enfin, elles tiennent bon et moi aussi.

Finalement, le couata ayant perdu sa fourrure, qui est fort belle, avec, il est vrai, quelques bribes de chair rouge, je le vide et le découpe.

Ça sent fort, le singe ! les abats sont mis dans la casserole pour faire la soupe et la queue à rôtir pour ce soir. Le reste est mis à boucaner. Il y en a bien pour deux jours.

Je couvre le boucan, je prends un bain, n'ayant pas une seconde casserole pour prendre une douche. Après avoir préparé tout un tas de quartiers de bois sec et de bois vert afin d'entretenir le boucan cette nuit. Je me sens en pleine forme, trouvant merveilleuse l'aventure. Mais, lorsque après avoir merveilleusement soupé de cette viande exquise, au fumet délicat, mais plutôt coriace, je me couche, je sens alors une fatigue telle que j'ai la paresse de bourrer ma pipe, de tirer la couverture et de boucler la moustiquaire. Il me semble être groggy. Près du boucan, Boby est repu et dort. C'est déjà la nuit, je ne veux ni penser, ni rêver, je suis repu, content, je veux dormir.

Et voici la pluie, vieille compagne de mes nuits qui, aujourd'hui, se manifeste avec une violence inouïe.

C'est le bruit de manifestation habituelle aux soirs d'orages qui remplit la forêt : la foule en marche plane sur la forêt et le vent siffle fort tout là-haut sur les cimes. Le boucan, bien couvert par les feuilles de palou, ranimé par la tempête, luit joyeusement dans l'obscurité, éclairant de brefs reflets les feuilles humides alentour.

Le hamac fait eau de toutes les coutures, davantage qu'à l'ordinaire, mais un doux optimisme m'envahit.

Point noir au tableau, voulant faire quelques photos du couata, je me suis aperçu du mauvais fonctionnement du rideau de mon appareil qui se montre capricieux et n'obéit pas aux vitesses. Quelle tuile ! Les pellicules, gonflées comme à l'ordinaire, ne se déroulent que par à-coups ou s'enrayent, le tambour les déchire, la bobine sort de son logement. Il me sera impossible de faire de bonnes photos avant d'avoir fait réviser l'appareil qui a durement souffert de ses pérégrinations en rivière et en forêt.

Donc, joindre l'Oyapok et, de là, Saint-Georges d'où, par avion, je pourrai faire le nécessaire ; je continuerai ensuite vers les Tumuc-Humac, retard qui, je l'espère, ne sera pas long mais qui, en tout cas, me contrarie fort.

J'ai eu faim dans la nuit, je me suis levé sous la pluie pour rapiner une patte au boucan. Boby accouru aussitôt, partage le festin[83]. Tous les deux près du feu, dévorant notre part, le bruit de nos mâchoires, la pluie, tout cela était délicieux. J'ai cru ne plus pouvoir cesser de manger ; la fringale s'est ainsi manifestée soudainement et je suis encore venu à bout de la moitié du bras, déchirant la viande coriace mais grasse et chaude, quoique encombrée de muscles. En me relevant, je suis allé boire. J'étais lourd, vaseux, mais tellement heureux d'avoir pu satisfaire ma faim.

Mon estomac capricieux, finalement, vers le matin, peu habitué à la bombance et estimant avoir suffisamment travaillé, rejette le reste : conséquence aussi de ma gloutonnerie pourtant justifiée.

J'ai très mal dormi, m'éveillant au milieu d'atroces cauchemars me rappelant la guerre, la peur, les bombardements et puis de longues et froides salles avec des alignements de cadavres recouverts de papier blanc. Papa était triste et, lorsque je lui parlais, il ne répondait pas. Pourtant, il aurait dû être heureux car je lui disais que désormais, tous les dimanches, nous irions à la pêche avec maman et nous mangerions sur les rochers. Il a hoché tristement la tête et puis je ne l'ai plus vu.

Réveil cafardeux. Au loin, vers le soleil levant, la rumeur confuse des oiseaux me fait supposer la proche présence d'une grande crique. La forêt ruisselante me semble hostile. Décidément, j'ai le cafard... Les indigestions de couata ne me réussissent guère.

Vendredi 23 décembre

J'ai laissé la musette à munitions au dernier camp, je vais de l'avant car aujourd'hui je veux atteindre le prochain camp et ne revenir qu'ensuite la prendre. Mes forces reviennent et puis la forêt a l'air de se peupler. Je déjeunais (pour une fois) lorsqu'à dix mètres du camp, de l'autre côté du criquot, je vois apparaître un couple de hoccos. Superbe promesse ! Ils ne m'ont pas vu. Je rampe jusqu'au hamac, saisis la carabine et tire, le mâle reste sur le carreau. Il est gras à souhait. C'est trop pour un seul jour, mais avec notre appétit !

C'est ainsi qu'est la forêt : tantôt prodigue, tantôt avare. Je pars, chargé du sac à dos, du hocco, du singe boucané. Je trotte presque comme un lapin et, vers midi, je joins le nouveau camp, comme d'habitude installé sur les bords d'un criquot et composé de deux carbets démantibulés.

J'allume le boucan. Après l'avoir installé, quoique je n'en aie guère envie, je plume, vide et dépèce le hocco. Malgré tout, la fatigue des jours précédents marque. J'essaie à nouveau de faire quelques photos ; la rage au cœur, je dois abandonner, le film se bloquant à chaque instant. L'humidité est telle que le viseur et l'objectif sont embués de manière permanente... Et dire qu'il y a de beaux clichés de forêt à faire par ici ! Ce que je redoutais est arrivé : malgré les soins constants dont il est l'objet, l'appareil est à peu près inutilisable.

Je connais maintenant tous les bruits de la forêt, tous les chants qui me sont devenus tellement familiers qu'à les entendre, ma pensée leur ajuste une image.

Je guette, toujours prêt à saisir la carabine et à suivre à la trace le pécari qui, grognant et aboyant, ouvrant sa coulée dans les broussailles, va patauger dans la boue d'un pripi, ou bien épier l'arrivée d'une troupe de singes écimant[84] les arbres, surprendre le hocco. La « maraille » affamée grappillant le caumou ou se promenant par bandes toujours en alerte dans le sous-bois.

Je souris à l'oiseau-charpentier[85] frappant de son bec un tronc[86] sonore, comme s'il demandait la permission de venir dans mon carbet.

Les dernières heures du jour donnent à tous ces bruits une ouateur mélancolique. La fumée du boucan, traînant dans les taillis, se mêle aux vapeurs fusant de l'humus.

Aras et perroquets regagnent l'arbre lointain qui leur sert de perchoir ; les perruches, à vol pressé et bruyant, les suivent. Les feuilles des épineux prennent des reflets métalliques. C'est l'heure où, l'action éteinte, reposant et rêvant, le feu chargé pour la nuit, la nostalgie m'envahit doucement, s'emparant de moi pour ne plus me lâcher, me transportant bien loin, vers eux deux, auxquels je songe constamment. Sans doute dorment-ils déjà ? Je vois ma petite chambre, notre salle à manger nette et intime où chaque jour nous prenions nos repas ensemble. La salle à manger tellement briquée amoureusement par maman désolée de m'y voir éparpiller la cendre de cigarette ou la poussière de mes chaussures. À chacun de mes retours à la maison, c'était le même lustre, le même accueil, la même tendresse voilée de mélancolie à la pensée du nouveau départ, proche déjà :

– Maman j'ai faim !
– Patience, ça mijote, mon petit !

Ah ! la bonne soupe, les bons petits plats...

Le soir, je sortais parfois et, entrant tard, je trouvais un plateau tout prêt, bien couvert, tiède.

– Si tu as faim en arrivant... disait maman prévoyante.

Je songe à leur amour, je songe à eux deux, ne pouvant les dissocier l'un de l'autre et soudain, quelle folle envie m'étreint de pouvoir les embrasser, leur dire :

– Bonne nuit, à demain...

Demain ! veille de Noël... Pour moi : quelques kilomètres de plus.

Ah ! l'envie de les revoir est telle que je suis avec eux et la forêt n'existe plus, plus rien n'existe, je suis à la maison.

Comme l'on sait chérir lorsqu'on est loin et comme l'on sait apprécier la quiète tendresse du foyer. Je ne peux pas me défendre de ces rêves, ce sont des rêves d'homme et puis, je sais que, malgré eux, je suivrai la voie que je me suis tracée. Je songe combien ils seraient fiers de me voir revenir avec la réussite, je songe à la vie nouvelle que je pourrais alors leur donner, et tout cela me donne le courage d'affronter la nuit. Leur amour me soutient autant que ma foi et souvent je relis leurs lettres, ma seule lecture ; lettres d'une maman, simples et émouvantes, celles d'un papa, chargées de conseils, de sagesse, d'affection bourrue pour mieux cacher sa peine d'homme.

J'écoutais les bruits de la forêt, tout à l'heure. Soudain, un froissement léger m'annonce l'arrivée d'une bande de singes. Je les vois, minuscules, allant d'une branche à l'autre... Ils sont gros comme de petits chats mais, mieux vaut tenir qu'attendre et ça ferait toujours une bonne soupe ! Je tire, double ; heureux hasard, en voici un qui dégringole, reste suspendu un instant, puis s'écroule à mes pieds. C'est un « ouistiti-mains-dorées ». J'ai un peu de peine sur le moment d'avoir tué une aussi jolie petite bête et puis, je songe aux jours passés, à la faim des jours à venir et, sans plus de regrets, je le dépèce pour le joindre aux quartiers de hocco sur le boucan.

Décidément, ce camp est celui de la ripaille ! Je venais à peine de terminer mes préparatifs lorsqu'une rumeur coutumière annonçant la pluie passe en rafale sur les cimes – la foule immense scandant son mot d'ordre – le crépitement de fusillade de la première ondée et puis les feuilles soudain vernissées qui luisent aux dernières lueurs du jour.

Je suis bien dans mon hamac à voir la pluie tomber ; encore un peu de mélancolie peut-être, mais je goûte le charme de cette soirée en brousse. Et puis, mon hamac, c'est mon chez-moi ! Les murs sont transparents et le plafond fragile, mais au travers de la moustiquaire je vois la forêt ; je m'y suis installé de mon mieux : tabac, allumettes, carnets de notes, bougie dans une minuscule calebasse. Tout ceci sur les bords pendants de la moustiquaire qui se tend sous le poids. Je tire la fermeture éclair, j'installe sous ma tête la couverture pliée et je fume. Le plafond se creuse, je le soulève et l'eau cascade sur les côtés. Boby, dessous, s'agite, couché en rond sur mon chapeau de feutre. Le sac et le fusil sont recouverts de la bâche verte, à ma portée. Rien ne traîne, tout est en ordre. Je suis prêt au départ de demain. Je suis bien chez moi ; je voudrais le rendre encore plus intime et mettre quelques dessins au mur et au plafond, mais ce n'est pas possible et j'en suis désolé. Je me sens tellement à l'abri des marches harassantes, des vampires qui volettent autour sans pouvoir y pénétrer, des mouches, des moustiques, de la forêt même... C'est un peu ma boîte à cafard puisque j'y rêve... Bah ! Tout passe...

Parfois, un tendeur de mon hamac craque, je me retrouve par terre, les côtes endolories. Je le remplace bien vite, impatient de retrouver la quiétude à un mètre du sol, balançant doucement. Je colle du sparadrap sur les brèches du toit, je recouds le voile de la moustiquaire. Le feu de camp, avec son parapluie de feuillage, brille. Ça sent bon la fumée, ma peau s'en imprègne et je la renifle. Au fond, mes souvenirs sont faits de sens et d'odeurs encore plus que d'images, parce que chaque chose, chaque être a son parfum bien en propre. C'est l'odeur de la maison, de ma maison, celle du voisin, celle du parent, de la rédaction, du journal encore humide, de la pluie sur le bitume, du vent sur les platanes, du tramway grinçant sur ses rails, du métro... Et le rappel d'une odeur me fait souvenir de tas de choses ou de gens.

La pluie a cessé, mais il pleut toujours à gouttes larges et lourdes qui cascadent sans arrêt de feuilles en feuilles et n'en finissent plus.

Demain il faudra reprendre la route du camp de la Tortue, chercher la musette à munitions... cinq kilomètres aller, autant retour, de bois, de marécages. Je voudrais être à demain déjà ! Mes jambes se couvrent d'ulcères qui ne veulent plus guérir, chaque jour envenimées davantage par la flagellation constante des lianes au ras de terre, des arbustes et des herbes coupantes. Quoique solide, mon pantalon de parachutiste est en loques et c'est, à part un short, le seul que je possède.

Il est pénible, lorsqu'on arrive de telles randonnées, de se mettre à tailler du bois, allumer du feu, plumer, vider, dépecer le gibier alors qu'il serait si bon de reposer aussitôt.

Même ayant très faim, l'épuisement parfois est tel que l'on reste indécis de longues minutes à ne savoir par quoi commencer. Il est vrai qu'il est encore plus pénible d'arriver affamé et de rester sur sa faim.

Mais je pense justement que cet effort constant est nécessaire pour former un caractère. La mollesse, le laisser-aller ne peuvent et ne doivent être que passagers car l'on est obligé, si l'on veut vivre, de se ressaisir, dominer sa paresse, même excusable par l'épuisement. Si on ne le fait pas, personne ne viendra le faire à votre place… Alors debout et au travail ! Quel merveilleux stimulant et qu'il est bon de ne reposer qu'ensuite, davantage fatigué, mais ayant fait ce qu'il y avait à faire.

La vie de brousse est nécessaire au jeune garçon car c'est le plus bel apprentissage à la vie de nos cités, étant une école d'énergie, d'action, d'initiative et de débrouillardise – vie dure, parfois pénible – mais qui apprend à ne jamais compter sur personne sinon sur soi-même pour arriver.

Il serait à souhaiter que chaque année, pour les vacances, des troupes de jeunes gens s'en aillent en randonnée dans nos colonies, apprenant en même temps à les mieux connaître. Mais la vraie vie des bois, celle du trappeur, celle du primitif avec de très larges concessions au confort procuré par le camping moderne. Rallyes de brousse où chacun, partant d'un point et se dirigeant à la boussole, marcherait quelques jours seul vers un lieu de grand camp.

Il est dur aussi, lorsqu'on est au tiède dans le hamac, de se lever sous la pluie glacée pour ranimer le boucan. Mais il risque de s'éteindre, la viande va pourrir, alors, on se lève, on va sous la pluie, on se trempe et, vite, on replonge dans le hamac content d'avoir vaincu la voix qui vous disait « laisse courir »… « il fait si bon ici »…

Samedi 24 décembre

Ce matin je suis parti tôt chercher la musette[87]. Le chemin m'a semblé long, ma faim n'est jamais tout à fait apaisée, mais la fatigue provient sans doute de l'effort constant auquel je me suis astreint. Tôt ou tard, je m'habituerai.

Je suis arrivé au camp de la Famine, je suis reparti aussitôt, de plus en plus las.

Marcher en forêt, c'est ployer sous le sac, à chaque pas trébucher, glisser, tomber, on se raccroche à un arbre, et c'est un épineux ! On le lâche pour un autre, il cède car il est pourri et vous voilà couvert de fourmis ; on évite une liane pour tomber dans une autre ; on met le pied sur un tronc qui cède et vous voilà enlisé jusqu'aux genoux ; sur un autre, on dérape ; on reprend l'équilibre, mais le pantalon accroché au passage se déchire et le fusil prisonnier d'une liane vous repousse en arrière, vous fait perdre de nouveau l'équilibre alors que, nerveusement, vous cherchez à tirer au lieu de trancher, et vous voici par terre, sur des feuilles et, au-dessous de ces feuilles, un tapis de piquants d'avoara ; les mains zébrées par les herbes coupantes, l'œil rouge d'avoir été éborgné, on avance pas à pas, le sabre à la main dont le fil, déjà, est retourné d'avoir tant et tant taillé. Marcher en forêt, c'est aussi se glisser, ramper, marcher à genoux, à quatre pattes pour franchir un obstacle. C'est se barbouiller de toiles d'araignées gluantes, se couvrir de fourmis, défoncer un nid de mouches méchantes et se retrouver enflé, meurtri, harassé, épuisé, saignant, prêt à mettre le pied à l'endroit précis où une seconde auparavant un petit serpent noir et terriblement venimeux se tortillait dans une tache de soleil et le voir filer prestement, mais avec la crainte de le retrouver sans pouvoir l'éviter, dans ce tas de branches, dans ce trou herbeux, accroché à cette liane froide et fine et humide qui glisse dans le cou et menace de vous étrangler, cependant que vous frissonnez, prêt à hurler de terreur, croyant déjà sentir l'étreinte de l'anaconda ou les crocs du grage[88]. Alors, instinctivement, on porte la main à sa poche pour s'assurer de la présence du garrot, de la seringue et du sérum dans leur trousse. Alors seulement, on est un peu rassuré... mais c'est alors, comme cela vient de m'arriver, que l'on met le pied sur une fourche élastique qui se referme comme un piège, serrant la cheville à faire crier et l'enserrant si fort qu'il faut longtemps pour se dégager, meurtri, mal en point, et repartir boitant bas. On rage, on jure, on serre les dents, on avance tout de même, de plus en plus flagellé, déchiré, saignant – pas précautionneux qui ne servent à rien pour éviter ce que l'on redoute. On affecte la démarche de l'homme ivre courbé sous le poids d'un sac.

En arrivant enfin au camp de la Ripaille, je me suis écroulé. La cheville prise par la fourche est difforme, l'enflure est violacée... Manque de chance, c'est justement celle qui s'était amochée lors de mes sauts de parachutiste[89]. J'ai repris des forces, un bon bain, massage, bandage. Bah ! la journée a été pénible, mais il y en aura encore d'autres et de plus belles, car marcher en forêt ce n'est pas seulement un calvaire, c'est aussi parfois et souvent un plaisir enchanteur.

L'eau du criquot versée à pleines casseroles sur ma tête me met en forme. Le corps refroidi, vivifié, je reste longtemps assis près du boucan à fumer la pipe.

Il fait un temps de grisaille, un temps d'hiver en France et je me suis souvenu que ce soir l'on fête la Noël. J'ai pensé à mes parents comme ils ont dû penser à moi et je les ai sentis très proches, puis j'ai réveillonné avec le hocco (en compagnie de Boby) restant d'hier et du ouistiti-mains-dorées. J'ai encore faim ! Malgré tout, la fringale n'est jamais tout à fait apaisée, il manque au gibier quelque chose que je ne possède pas : du couac pour l'accompagner,

Il me reste, en guise de provisions, la tête et les deux bras du macaque. J'ai mis du Mercurochrome sur mes blessures et, allongé dans le hamac, j'ai attendu que la nuit arrive. Elle vient tôt d'ailleurs, vers six heures, et, comme je dois économiser mes bougies, à sept heures je dors pour me réveiller à deux heures trente du matin.

Un oiseau-mouche est venu tout près, posé sur une branchette, tirant sa langue longue et fine, happant une fleur en quelques secondes et, à chaque aspiration, son gosier merveilleux, teinté de vert et de violet, frissonnait avec de brefs reflets cependant que sa queue frétillait d'aise.

Deux papillons plus grands que mes deux mains et bleus comme un ciel de nuit d'été ont voleté un instant.

Un couple d'aras tout proche s'égosille.

J'ai entendu le miaulement d'un jaguar tout proche.

J'écris sans trop en avoir envie mais surtout pour ne pas songer que c'est Noël, aujourd'hui. J'écoute les gouttes s'écraser sur le toit du carbet et les chauves-souris affolées par la bougie tournoient et buttent les palmes pendantes.

Dimanche 25 décembre

Réveil pénible – paresse de se lever – mal aux chevilles. Je déjeune de la dernière patte du couata, l'autre et la tête ayant été dévorées cette nuit avec Boby. Si je ne tue rien aujourd'hui, nous ne mangerons rien ce soir. Le sous-bois, d'abord assez clair, devient vite brouillé, marécageux au creux de chaque colline. Dans l'après-midi, ayant forcé la marche, j'arrive à un nouveau camp Cottin. Je pensais bien arriver aujourd'hui au Tamouri. Las ! il faut déchanter. Rien à manger ; j'allais tirer un couple de « marailles », Boby se précipitant les fait fuir. Je suis furieux. Une hâte furieuse d'arriver au Tamouri me presse maintenant. Il pleut encore ce soir et la faim me tient éveillé, me faisant songer aux festins passés, à ceux à venir... un jour.

On a beau essayer de ne pas penser, quand ça commence, ça n'en finit plus et de se promettre au retour de ces repas gargantuesques soignés, et d'imaginer des plats, des menus... résultat : on a l'eau à la bouche et on trouve le temps long.

Lundi 26 décembre

Faim, fatigue, marécages, mouches. Trouvé rivière que je suppose être un affluent du Tamouri[90]. Je tue un serpent lové dans un creux d'arbre mort et le fais rôtir. Ce n'est pas mauvais, après tout...

Mardi 27 décembre

Lassitude extrême – chaussures de tennis crevées – épines plein les pieds, tendon cheville droite foulé, extrêmement douloureux, je boite ; plus ni faim ni soif, je suis vidé ; trouve un grand camp Cottin[91], une dizaine de carbets et de queues de hocco. Nombreuses boîtes de conserve rouillées. Bouteilles de vin cachetées un peu partout (vides), papiers de chocolat... Ah ! les veinards.

Deux pistes, une franc sud, autre S.E. Prends celle-ci car je suppose que l'autre conduit au Grand Tamouri.

Malgré la fatigue, je suis tellement énervé que je recharge le sac et fonce, décidant de marcher jusqu'à la nuit tombée. Miraculeusement, Dieu me donne des forces : collines, marécages, arbres tombés, j'avance, je cours comme jamais depuis le départ. À la nuit, halte auprès d'un criquot.

J'ai bien marché, je suis content. Je tire un hocco, le blesse et malgré Boby, ne peux le retrouver. Désolé, mais fataliste, je tends le hamac. Un bruit de feuilles remuées, une avance lente et précautionneuse, je regarde… une superbe tortue. Je me précipite, la saisis, l'ouvre à la hache, la vide, mets le foie, le cœur et les tripes vidées à la casserole, conserve le reste dans la carapace, débite une souche énorme, coupe les piquets du boucan. Le feu flambe, la soupe cuit ; dans sa carapace la tortue mijote. Couvert de son sang, je prends un bain glacé de nuit, puis, le ventre plein, repose satisfait.

Mercredi 28 décembre

Je termine la tortue avec Boby et en route ! C'est dur. Je sens une fatigue inhabituelle due sans doute à l'effort fourni la veille. J'avance peu mais enfin, j'avance tout de même. – Haltes nombreuses sur troncs d'arbres couchés, le sac me servant de dossier.

Colonnes de fourmis ressemblant à de petits papillons verts transportant de larges morceaux de feuilles tendres en une interminable procession, qui mettent la terre à nu, la nettoyant comme une coulée de lave.

Colibris et papillons nullement effarouchés viennent tout près, silence du bois. Chaque fois, on se demande si l'on pourra repartir et l'on sait que l'on va repartir...

En avant !... montagnes, marécages. Le soir, crevé, j'arrête. Je couche en pleins bois, là où il y a deux arbres pour tendre le hamac.

Jeudi 29 décembre

Dépassé trois carbets Cottin, puis grand crique[92]; trois nouveaux petits carbets auprès d'un ruisseau marécageux. Avance tant que je puis et comme je peux. – Faim, épuisement.

Découvrant des graines rouges grignotées par les singes, je les grignote à mon tour... Las ! il y a surtout les noyaux. Faim atroce... rien tué. Rien à tuer, couche au bas d'une haute montagne. Soif... il n'y a pas d'eau, mais pas la force d'aller plus loin.

Vendredi 30 décembre

Oh ! Tamouri... Quand arriverai-je sur tes rives ? Maintenant je marche pieds nus... plus d'espadrilles. Oh ! douleur... cheville très enflée.

Un lézard vert, à la tête jaune et rouge, se trouvant somnolant sur mon passage, d'un coup de sabre je le coupe en deux. C'est toujours ça pour ce soir.

En arrivant, à la nuit, je n'ai que la force de tendre le hamac et faire griller le lézard... deux bouchées ! Oh ! quelle faim...

Samedi 31 décembre

Dans la nuit j'ai cru entendre la sourde rumeur d'une chute... Le matin, une sorte de pressentiment me fait forcer l'allure et, vers midi, enfin le Tamouri ! La jonction est faite. Ouf ! quelle joie. Il y a quatre carbets démantibulés sur le bord de la rivière et tout près de la chute dont j'entendais cette nuit la rumeur. Je m'installe[93], me délasse. Maintenant, il faut manger avant tout pour avoir la force de construire le radeau.

LE CAMP ROBINSON
Chapitre IV

J'ai couru le bois sans résultat. Tout est désert. La tête me tourne à regarder les cimes des arbres. La crique, dont les eaux basses montrent le fond, ne semble pas riche en poisson ; mais de toute manière, pour pêcher il faut des appâts, de la chair ; j'essaie vainement avec des graines, des vers, des insectes.

Dimanche 1er janvier 1950

Lèvres sèches, langue enflée, violentes douleurs d'estomac, besoin immense de mastiquer quelque chose. Le pinot me calme quelques secondes, palpitations, essoufflements.

Me levant du hamac, j'ai des vertiges. J'essaie tout de même de commencer le radeau et d'abattre un arbre canon. Pas la force. Si demain je ne mange pas, ce sera la fin car je ne pourrai même plus chasser.

Lundi 2 janvier

J'ai tué un petit lézard terrier. Je pêche sans résultat, de nouveau. La crique n'est infestée que de « yayas », poissons minuscules que j'essaie d'attraper durant des heures au bout du fil, sans y parvenir. Nausée, vertiges.

Mardi 3 janvier

Réunissant toutes mes forces, parti à la chasse. Une bande de « marailles » s'envole à quinze mètres, je les poursuis vainement. La carabine tremble dans ma main et je ne peux regarder les hautes branches, Boby devient méchant, il souffre. Ma cheville est enflée. J'ai mal.

Le soir, j'ai tué Boby. J'ai eu la force de le dépecer, de faire du feu. J'ai mangé et puis j'ai été malade, car mon estomac resserré me cause une digestion douloureuse. Soudain, je me suis senti si seul que j'ai réalisé ce que je venais de faire et je me suis mis à pleurer, plein de rage et de dégoût.

Mercredi 4 janvier

Je me suis attelé à la construction du radeau. J'ai réussi à abattre un gros bois canon[1]. Hélas, malgré l'orientation de ma coupe en champ découvert, il s'est abattu en plein bois et la cime, prisonnière d'autres cimes et de lianes, me nargue.

Il me faudrait abattre dix arbres pour le coucher. J'ai mis deux heures pour abattre celui-ci, avec peine... et je le perds. J'essaie de récupérer. Quoique ma faim soit calmée, la fatigue persiste, je me sens vidé. L'après-midi, j'ai abattu un autre bois canon ; la sève jaune jaillissait comme une fontaine avec force, m'aspergeant tout entier.

J'ai dégagé le tronc tombé dans les broussailles au sabre[2], puis j'ai commencé à le débiter en morceaux de trois mètres. Ma hachette de camp, minuscule, est insuffisante pour un tel travail. Je n'ai pas su le prévoir et c'est bien là ma faute.

Le travail est harassant, j'ai l'impression de ne jamais pouvoir le mener à bien. Je hache de mon mieux mais ce sont mes forces qui me trahissent. Je n'en puis plus, je ne peux plus.

J'ai coupé deux rondins. Les faisant glisser jusqu'à la rivière sur un lit de branchages, je les ai conduits sur les roches du saut où je vais entreprendre la construction. Ça flotte, mais je pense qu'il en faudra beaucoup pour me supporter avec le sac. La cheville toujours enflée me manque parfois et je tombe, demeurant longtemps avant de pouvoir me relever. Je crois avoir des nerfs démis, ils forment une véritable boule dure et violacée.

Jeudi 5 janvier

Me suis mis à terminer l'abattage du premier bois canon puis j'ai commencé à en abattre un autre. Je dois abandonner le tronc creusé de moitié, n'en pouvant plus. Je supplie Dieu de m'accorder la grâce d'un miracle, de faire souffler un vent violent qui, balançant le tronc, le mette à bas... Enfin, le vent s'est levé avec force, j'ai entendu un bruit immense, puis le bois canon est tombé d'une seule masse en terrain découvert. J'ai remercié Dieu de sa clémence et, fort soudain de ce miracle, me suis mis à ébrancher, émonder, tailler, hacher. J'ai trois beaux morceaux de trois mètres et quarante centimètres de diamètre ; le reste est débité en traverses. Impossible de le faire plus large, la crique étant étroite et encombrée. Le radeau, à peine ébauché, s'annonce déjà très lourd et ne me porte pas encore...

En débitant le tronc et voyant qu'il était retenu par un jeune arbre qu'il avait écrasé, je me suis mis en devoir de trancher cet arbre et mettre le bois canon complètement à terre. À coups de hache, je commence à l'entamer ; soudain, sous le poids du gros tronc, il cède et, comme un ressort, se relevant à la verticale, me cueille au côté droit de l'estomac, me projetant au milieu de broussailles, tordu de douleur, à moitié sans connaissance. Je crois avoir quelques côtes abîmées. Impossible de lever le bras droit ou de respirer profondément. J'ai mis longtemps à récupérer. J'ai davantage de difficulté à continuer le travail et transporter les lourdes traverses du lieu d'abattage à la rivière.

J'ai réuni toutes les cordes que je possède puis j'ai cherché des lianes et j'ai amarré solidement les traverses. Je pense qu'il va me porter... non... oh ! rage, je me sens prisonnier du Tamouri...

Je vais essayer d'agrandir le radeau, il faudra bien qu'il passe tout de même. J'abats un nouvel arbre, le débite, rajoute un tronçon de trois mètres, couvre le châssis entièrement. J'espère que cette fois, ça ira. Il ne reste plus qu'à égaliser les rondins rajoutés et les lier.

Depuis hier matin je n'ai rien mangé sinon trois petits oiseaux et trois minuscules « yayas » pêchés par miracle et dévorés crus avec tripes et arêtes pour faire plus de poids à mon estomac. Ce soir, je suis allé chasser à nouveau sans résultat. J'ai trouvé des capsules d'« awara » que j'ai mises à rôtir. C'est une véritable bourre et ça a le goût du foin. Je pense à Boby, je sens maintenant combien sa muette présence m'était nécessaire. Plus personne au camp, le soir, pour m'accueillir, plus d'aboiements, plus de caresses... je suis seul. Pauvre Boby !

Vendredi 6 janvier

Je n'en puis plus. J'ai chassé à nouveau toute la matinée sans résultat... rien, rien, rien. Bois et rivière sont morts, atrocement vides, j'ai l'impression d'évoluer dans un désert immense prêt à m'écraser. Mes forces déclinent de jour en jour. Je me demande parfois comment il se fait que je tienne.

Je m'y prends à dix fois pour lier une traverse... Ah ! comme je me sens las aujourd'hui ; vais-je mourir de faim ici ?

Je fonce à nouveau comme un désespéré, à la chasse, m'enfonçant profondément dans le bois, fouillant les vieilles souches, les troncs creux, explorant les trous, les feuilles, recherchant une tortue, un serpent, un lézard, quelque chose enfin de rampant, car je rampe, je me fourre partout, nu, barbouillé de toiles d'araignées. Évidemment, quand on cherche un serpent pour le manger, impossible de le trouver. Il est là où on s'attend le moins du monde à le découvrir et justement à l'instant précis où on préférerait l'éviter. Pas l'ombre, pas la trace d'un seul. Et les tortues... elles qui se sont toujours providentiellement présentées les jours de famine. J'explore chaque mètre de terrain, dans les creux de montagne...

Je m'arrête épuisé dans une clairière ouverte par un orage et encombrée de troncs abattus dans un fouillis gigantesque. Seul, tout droit, décapité, blanc comme neige et centenaire, un arbre mort se dresse et son sommet s'auréole d'or en même temps que je perçois un bourdonnement actif.

Une ruche... donc, du miel ! Au travail ! J'ai ma hachette, mon sabre, des allumettes, quelques bouts d'encens. Je me fraie un passage jusqu'au géant foudroyé, l'attaque, le vieux bois m'éclabousse, cède, se fend, craque et le tronc s'abat... Je fuis, j'épie... l'essaim, tranquillement, a suivi la chute et auréole toujours le nœud creux dont l'antre noir révèle la ruche.

Malheureusement, le tronc est tombé de telle manière que la ruche, bien que située à un mètre au moins du sol, est à demi enfouie dans un lacis très dense de lianes, de feuillages et de branches mortes.

Pour approcher sans être vu, je taille un tunnel dans lequel je me glisse en rampant. J'arrive ainsi juste au-dessous de la ruche. Alors je prépare mon petit feu de bois et, lorsqu'il a[3] bien pris, je le couvre de feuilles vertes et humides. Une fumée épaisse monte, se glisse sous le tronc, varie suivant le courant d'air puis enfin envahit la ruche.

Gros émoi, bourdonnement redoublé, une partie de l'essaim demeure fidèle au poste, les abeilles agglutinées les unes aux autres, formant une véritable barrière d'or scintillant, et l'autre partie part en patrouille dans les broussailles, pique, virevolte, volant au-dessus de moi et ne me rassurant guère.

Enfin, au bout d'une demi-heure, j'estime que l'ardeur belliqueuse de ces dames est diminuée et, mettant des braises dans un grand fruit sec formant coupe, hâtivement je me redresse ; taille à droite, à gauche, émerge du fouillis le nez sur l'essaim agglutiné et subitement cerné par la patrouille, je tiens la coupe devant la ruche, m'en servant comme d'un bouclier ; mais je les sens prêtes à braver le feu et pas du tout endormies. Je n'ose bouger. L'une d'entre elles passe sur mon front... frisson... non... l'autre sur la main, aïe ! elle a piqué... je tiens bon et, décidé à risquer le tout pour le tout, enfourne la machette dans le nœud à miel et commence à décoller la ruche. Soudain, la coupe que je tenais dans la main gauche s'enflamme et me brûle atrocement. Je lâche tout et c'est le désastre, sans défense au milieu de l'ennemi qui, délivré, se rue, m'assaille. Je hurle, piqué à vif de partout, essaie de courir, m'empêtre dans les lianes, tombe, me gifle, rage, peste... enfin, elles m'abandonnent.

Essoufflé, geignard, adossé à un tronc d'arbre, brûlé partout, je sens la migraine envahissante et pas de miel !... Après ça ? Ah ! non alors !

Je reprends le chemin de la ruche, allume un brasier capable d'incendier toute une forêt, m'asphyxie à moitié, me brûle, mais réussis à décoller la ruche et l'emporte précieusement au camp.

Ça m'a donné un quart d'eau tiède et sucrée, un sirop de miel que j'ai payé au prix fort.

Je suis boursouflé et semble être sur un gril.

Enfin, un peu réconforté, je me mets au radeau et l'eau glacée de la chute cicatrise, calme brûlures et piqûres. Hélas ! même consolidé, le plateau ne me porte que difficilement et, assis dessus, j'ai de l'eau jusqu'au ventre. Il est terriblement lourd et, même à vide, accroche le fond. Soixante-quinze kilomètres de criques encombrées à parcourir avec cet engin !...

C'est à désespérer. Soixante-quinze kilomètres de bois à tailler, de rapides à passer, dont quelques-uns redoutables !...

Au fond, ce ne serait rien si j'étais fort, si je mangeais ne serait-ce qu'une fois par jour... Hélas, mes forces tiennent surtout dans mes nerfs. Malgré le chaud soleil qui brûle la roche, j'ai froid, j'ai toujours froid depuis quelque temps, je frissonne sans arrêt... sous l'Équateur.

Manger ! ah ! manger... Impossible de pêcher, j'ai exploré la crique dans tous les azimuts, les eaux sont trop basses et pourtant, chaque jour, le soir surtout, il pleut ; mais nous ne sommes qu'à la petite saison des grandes pluies de décembre à janvier... Je ne vais tout de même pas attendre le déluge de mai !...

Oh ! que je suis las aujourd'hui. Je pense à la maison, à vous deux ! Maman, maman ! combien j'aurais besoin de ton amour aujourd'hui !

Je suis retourné à la chasse... rien ! mais pourtant, je veux vivre, être fort, m'en sortir, manger. Je veux revoir mes parents, les embrasser, les rendre heureux ; je puis tellement les chérir ; pauvres ou riches, qu'importe, si nous sommes tous les trois. Oh ! mon Dieu, faites-moi vivre, accordez-moi la grâce de les revoir.

Combien, crique tant espérée, tu me parais désolée ! que tes rives sauvages sont désertes comme tes eaux, glacées et indifférentes. Et puis, il y a le bruit incessant et régulier de la chute qui m'obsède, m'abrutit.

J'entretiens toujours du feu, dans l'espoir de tuer quelque chose, afin de pouvoir le rôtir aussitôt... et puis, le feu, au moins, ça fait vivant ! mais hélas, le boucan est vide... Oh ! combien j'ai faim, mon Dieu. J'ai trouvé un pinot, je l'ai abattu, décortiqué, mangé ;

c'est toujours ça... Puis, songeant à vous deux, ô mes parents chéris ! songeant à vous qui voulez me revoir, je me suis remis au radeau. J'ai encore lié des traverses, abattu un bois canon, commencé à le débiter. Non, Dieu ne m'abandonnera pas ! Je dois souffrir pour réussir mais je reviendrai et ceci est ma pénitence pour n'avoir pas assez prié ces dernières années.

Il n'est pas si simple qu'on l'imagine de construire un radeau, sans clous ni cordages, ni scie, ni poutre, ni planches. Une hache, un sabre, des lianes qu'il faut aller chercher parfois bien loin dans le bois pour trouver celles qu'il faut et qui, malgré tout, n'ont pas tellement de souplesse. Mais enfin, on y arrive. Ce n'est pas bien beau, ni très bien ajusté mais ça tient, ça flotte tant bien que mal et ça vous porte, vous, les bagages, un peu mouillés, mais qu'importe. En mer ou sur un fleuve, on peut construire quelque chose de large, de stable... ici, dans ces couloirs aquatiques parfois tellement resserrés qu'ils ne sont pas plus larges qu'un mètre ou deux, il faut de la sveltesse, de la légèreté... demander cela à un radeau, évidemment, ce n'est pas possible !

Demain matin je pars : trente-cinq kilomètres jusqu'au Camopi, quarante environ jusqu'au village de prospecteurs (Bienvenue).

Je pense couvrir cela en vingt jours car, le plus souvent, au lieu de naviguer, je devrai tirer le radeau, le haler sur les fonds caillouteux ou sableux.

Excepté les sauts, le Camopi ne présentera pas, je pense, les mêmes difficultés. En tout cas, avant le départ j'espère bien manger, ne serait-ce qu'un petit poisson, un petit oiseau... En forêt, dans ces conditions, c'est la Providence qui vous sert. On marche des heures, des jours, explorant les coins et recoins de la grande forêt sans rien découvrir et puis, lorsque, fatigué, vous faites une pause affalé au pied d'un grand arbre, ayant perdu tout espoir, vous voyez apparaître un hocco, une tortue, une perdrix – cela dépend de l'endroit – ou alors, une bande gloussante de « marailles ».

Ceci, hélas, n'est pas coutume et il ne suffit pas de faire la pause pour manger, mais il faut bien courir et le plus triste c'est que bien souvent, d'une manière ou de l'autre, on ne voit rien. Je ne sens plus la faim, sinon la lassitude et puis, il est vrai, il y a l'excitation du départ de demain.

Samedi 7 janvier

J'ai chassé encore vainement ; il semble que les dieux de la chasse me soient décidément hostiles. Je charge les bagages sur le radeau et les amarre solidement. Ça flotte ainsi mais, avec moi, c'est le naufrage. Et bien ! je tirerai le radeau tout au long du chemin, tantôt marchant, tantôt nageant. Je dis un adieu sans regrets au camp Robinson, et en route…

Il n'y a pas cinq secondes que j'ai quitté le saut et me voici échoué. Je dois enlever les pierres d'un fond particulièrement haut, les unes après les autres ; enfin, ça passe. Les premiers obstacles sont allègrement franchis. Je hache de mon mieux et livre passage mètre par mètre au radeau que le courant, violent parce que prisonnier de falaises glaiseuses, emballe. Un petit tronc mal placé, situé entre le fond et un arbre immense tombé et retenu par la berge à fleur d'eau, m'empêche d'avancer. Avec la scie ce serait commode ; à la hache c'est impossible. J'essaie vainement de le briser, de le déplacer, il est mince, mais résistant en diable. Je décide alors de le couper au sabre et au couteau, ne pouvant faire de force pour le frapper, étant donné sa position ; je le tranche littéralement, le grignote, le scie bribe par bribe, le taille comme un crayon mais... quel crayon !

De l'eau jusqu'au cou, à plat ventre, sur le fond ou presque, j'en viens à bout en trois heures ; le passage est libre.

Je décharge le radeau, le coule, le fais passer ainsi de justesse sous le gros tronc, recharge et pars.

L'après-midi est bien avancé, j'ai parcouru environ cent mètres !... Et soudain, ce que je redoutais arrive : c'est la catastrophe, le naufrage. Une branche immergée, que je n'ai pas vue, retient le radeau par un côté, le courant violent le pousse sur la berge abrupte où il se plaque, se soulève et, les bagages noyés, luttant avec la force du courant, j'essaie, mais en vain, de le redresser. La rage au cœur, j'abandonne, plonge à la recherche de la hache qui a disparu, la retrouve heureusement, défais les amarres et, sac au dos pesant doublement parce que trempé, je retourne au camp Robinson où un profond découragement s'empare de moi. Quelle fatalité... oh ! Tamouri !...

Je fais rapidement du feu ; fort heureusement, les allumettes dans un sac étanche avec l'appareil photo et les pellicules sont intactes ; le reste ruisselle et, tendant des bambous sur le foyer, j'étale mon barda pour le faire sécher. Oh ! puis, après tout, rien n'est encore perdu. Je réfléchis à la situation.

D'abord manger, donc chasser ; je huile la carabine, prends quelques balles que j'avais graissées pour les protéger de l'humidité et prends le chemin de la forêt.

À la nuit, j'ai tué deux petits oiseaux gros comme des moineaux, maigre repas qui me laisse sur les dents ; je les ai à peine plumés et passés à la braise. Côtes, tripes, os et becs, tout y a passé. Je me demande combien de temps on peut tenir à ce régime. Je crois bien avoir l'occasion unique d'en faire l'expérience. Tenir, ma foi, on tient, mais faire un effort !... Par exemple, vais-je pouvoir construire ma pirogue ? Car c'est la dernière solution ! Abattre l'arbre, le creuser, lui donner la forme...

Cette nuit, je n'ai pas pu dormir pensant à mon étourderie. Il était à prévoir qu'un radeau ne pourrait jamais aller bien loin sur une petite crique comme celle-ci. Il faut une embarcation étroite et légère, capable de se faufiler partout.

Je n'ai pas su le prévoir. Mea culpa ! Ce voyage m'instruit énormément et c'est au fond la préparation vraiment indispensable aux Tumuc-Humac que j'affronterai ainsi, fort de mon expérience et aguerri en toutes choses.

Décidément, Brésil et Guyane, quoique voisins, ne présentent pas les mêmes aspects et mes expéditions au Matto Grosso ne m'ont donné qu'une expérience toute relative de la vie du grand bois. À chaque pays ses caractéristiques, il est bien vrai et, dans chacun, l'homme doit faire un apprentissage.

J'ai pensé partir à pied, mais l'état de mes chevilles enflées m'interdit d'y songer plus longtemps et puis, j'ai décidé d'achever la jonction par le Tamouri et le Camopi ; eh bien ! je l'achèverai ainsi et pas autrement.

Mais à tout prix je dois manger, il ne faut pas me laisser mourir de faim. Il faut manger ; pas de secours à espérer, ni de manne du ciel. Je suis seul, à moi de me débrouiller. Je tuerai, je mangerai, car je veux vivre, revoir ceux qui me sont chers, revoir la foule, la ville, la maison ; vivre, enfin, et pas achever ma carrière sur les bords du Tamouri comme un incapable ou un infirme.

Oh ! mon Dieu, donnez-moi des forces, du courage. Maman, si tu savais comme penser à toi me donne une raison de persévérer et d'espérer... à vous deux, mes parents chéris, car je vous ai promis de revenir, je reviendrai.

Un instant, j'ai pensé que j'allais mourir de la manière la plus atroce qui soit, mourir de faim ; mais mon subconscient veille et je sais que je m'en sortirai, que cette aventure prendra fin, mais demeurera à jamais la plus belle que j'ai vécue jusqu'à maintenant.

Le tonnerre gronde avec force, il souffle un vent d'orage et, lorsque les nuages chassés par lui découvrent la lune quelques instants, je vois, se découpant sur le ciel noir, les silhouettes livides des arbres canons[4] qui oscillent follement dans tous les sens et, de mon hamac, ça me donne le vertige ; alors, je ferme les yeux et j'essaie de dormir, mais sans pouvoir y arriver.

Malgré le feu, j'ai froid ; je suis couvert cependant ! Est-ce un signe de faiblesse ? Pas de fièvre pourtant car, grâce à Dieu, à part la dysenterie du Tamouri et quelques accès de palud larvés, je suis en bonne santé.

La pluie tombe. La nuit est profonde ; nous sommes maintenant en pleine saison des pluies. Mauvais pour la chasse !... quant à la crique, les eaux vont monter.

Ah ! si je pouvais manger, qu'importerait la pluie, mes chevilles et jusqu'au côté droit contusionné, qui se mêle de me tracasser et me fait souvenir de l'arbre ressort.

Dimanche 8 janvier

Le soleil s'est levé, puis il a disparu. Il pleut, ça s'arrête, ça recommence, ça me met les nerfs en boule.

Je viens de tuer un bébé toucan de la grosseur d'un pigeonneau. Un véritable coup de hasard ! Je l'ai mis à la casserole pour faire un bouillon avec de l'huile… d'armes. Avant de quitter Maripasoula, j'avais presque terminé un petit bidon d'huile à carabine. Alors, je l'ai rempli d'huile comestible, brassant le tout comme un cocktail. Ça sent un peu le lubrifiant, ça en a même la couleur. Bah ! ce n'est pas tellement mauvais.

Du tout, je n'ai laissé que le bec et les pattes, réussissant à mastiquer les os. C'est que je veux sentir mon estomac se calmer ! Je veux le sentir plein ! J'ai gardé le bouillon pour ce soir. En fait, il m'occasionne de sérieuses coliques, dysenterie, et me rend ivre.

En plein après-midi – car je n'ai pas attendu le soir – je me suis traîné jusqu'au hamac et m'y suis endormi comme une masse. Je me suis éveillé fort tard et aussitôt je suis allé à la chasse. Triste retour avec un petit régime de « paripou[5] » et l'estomac lesté de deux cœurs de pinot.

J'ai couru les marécages et les collines sans succès. Juste avant la nuit, je suis allé visiter l'arbre choisi pour être abattu et creusé. Ma hachette ébréchée, en une heure de travail, ne l'a pas entamé de plus de cinq centimètres et il mesure plus d'un mètre de diamètre !

Mes pieds garnis d'épines d'awara suppurent ; quoique la plante durcisse, je suis encore sensible et ne peux, comme les Indiens, courir sans grimaces les buissons épineux.

Trois heures du matin... le froid m'éveille comme d'habitude et il m'est absolument impossible de me rendormir. Je ranime les braises, je fume, j'allume la bougie, j'écris... J'attends le jour avec une impatience fébrile, car c'est maintenant que l'on songe à des tas de choses qui vous amollissent.

Ah ! un bon café, un bonjour, une caresse... Rester ainsi me fait songer que jamais je ne reverrai tout cela et les idées noires arrivent en foule.

Alors, j'essaie de penser à l'arbre qu'il va falloir tout de même abattre, creuser, tailler avec ma malheureuse hachette. Là encore : « mea culpa » pour n'avoir pas pensé à emporter une hache. J'ai voulu économiser sur le poids. Je paie cette peur d'efforts supplémentaires.

Je songe à la chasse de tout à l'heure ; j'irai dans les marécages, de l'autre côté de la crique. Peut-être y trouverai-je quelque cochon se vautrant dans la boue ? Un hocco et sa compagne se promenant ?

C'est un pécari qu'il me faudrait abattre, de manière à assurer mon ravitaillement pour une dizaine de jours et travailler au canot, en pleine forme et sans soucis. Je ne puis raisonnablement entreprendre à fond sa construction ; la recherche de ma nourriture accapare presque toute la journée et, arrivant de ces courses, je suis trop las pour me mettre au travail.

Malheureusement avec la pluie, les bandes de pécaris se tiennent dans les hautes terres, bien loin des criques et je doute avoir la chance d'en rencontrer.

Le plus pénible est de marcher pieds nus. Ça m'effraie au départ... puis j'y songe ensuite quand ça fait mal.

Quel froid ! Et dire que nous sommes sous l'Équateur ! J'ai un anorak de chasse, conservé par miracle, en plus de ma chemise et parce qu'étant imperméable : je l'enroulais autour de la caissette de pellicules. J'ai mon short, ma couverture ; la moustiquaire est bouclée, le feu, tout proche, ranimé et je frissonne sans arrêt. De toute manière, l'aube est glaciale en saison de pluies. Pour les Tumuc-Humac, j'aurais dû prévoir un assortiment complet de lainages.

Une semaine de passée sur la nouvelle année... car, au fait, nous sommes en 1950. Le Jour de l'An a été pour moi un jour comme les autres, sans plus. Évidemment, j'ai songé à tout ce qui se passait à la maison, aux petits cousins venant avec l'éternel « Bonne année », aux fleurs, aux petits cadeaux, aux embrassades... J'ai souhaité une bonne année à mes parents et puis, j'ai tout fait pour ne plus y songer... et j'ai réussi ! Allons ! si pénible soit-elle, cette aventure est merveilleuse et le sera encore davantage dans mes souvenirs. Comme disait l'un de mes bons vieux professeurs :

– Ratiotionnons... allons !

Et il détachait les syllabes... Eh bien ! oui, ratiotionnons, on en sortira que diable. Courage, patience, ne pas perdre son sang-froid et, avec l'aide de Dieu, tout cela finira bien. Et puis, s'il n'y avait pas tous ces petits ennuis, quel intérêt aurait eu ce raid ?

Pas de bêtes fauves, pas d'Indiens sauvages, pas de coups de revolver ni de chevauchées héroïques... rien de ce qui faisait le charme du Matto Grosso[6]. Simplement, un petit train-train de broussard solitaire, qui possède un charme aussi prenant mais plus discret parce que noyé par la solitude et le silence des grands bois déserts.

Souvent je me désespère d'être désespéré, mais il n'est pas facile de garder toujours le sourire. Cependant j'essaie de vaincre cette tendance au découragement et j'y réussis fort bien, tout simplement en écrivant et en analysant les raisons de cet état.

Allons... pas de fêtes ni de matinées grasses pour le solitaire; c'est la lutte constante pour manger et vivre.

Voici le petit jour bien avancé et le vacarme des singes rouges faisant place au concert des petits oiseaux. Il est l'heure de partir, de quitter le camp Robinson mais, si comme le héros sur son île je suis bloqué sur le Tamouri, lui au moins avait à sa disposition des outils, du blé, même une chèvre... et du lait et du fromage. Ah! le veinard... Et puis, il y a eu Vendredi, les sauvages, bref, du mouvement.

Carabine en bandoulière, sabre en main, une corde autour de la taille retenant la hache, un garrot, un couteau de poche, des allumettes, de l'encens, du tabac, ma pipe... Je suis paré et, le vieux feutre planté sur la tête, je fonce allègrement et traverse la crique pour joindre le marécage.

Mardi 10 janvier[7]

Ah! parlez-moi des pécaris... Rien dans les marécages hier. En traversant la crique, je prends le chemin de la grande forêt dans l'après-midi et, alors que j'allais retourner au camp, bredouille, je perçois fort loin l'aboiement d'un troupeau. Je fonce aussitôt. La meute, semblant deviner la poursuite, s'éloigne davantage et moi, ne voulant pas la perdre, m'entêtant, je la suis... J'ai suivi longtemps, de plus en plus loin et je me suis aperçu que la nuit venait. Alors j'ai abandonné, prenant le chemin du retour. Mais avec la pénombre du soir ne distinguant plus mes traces, je me suis perdu.

Affolé un instant, j'ai décidé de dormir à la belle étoile et d'attendre le jour. Quelle nuit !... Pipe sur pipe, impossible de fermer l'œil à cause des mouches et des moustiques s'agglutinant sur mes plaies aux jambes, les fourmis se glissant avec dextérité et voracité partout.

Oh ! combien j'ai béni le petit jour ! Hélas ! pour m'orienter, le soleil étant encore couché, j'ai dû attendre son apparition, plein d'impatience. Las ! le temps est couvert... Je réfléchis, je n'ai pas dépassé la piste de plus de deux ou trois kilomètres, donc rayonnant en étoile, partant de ce lieu et parcourant cette distance dans tous les azimuts, je dois la retrouver.

Premier rayon, rien ! second, rien... Le soleil enfin apparaît déjà assez haut. La piste étant S.E. vers la crique, je fonce, prenant la droite du soleil et c'est enfin le concert familier, à peine perceptible mais rassurant de la chute. Coupant à travers bois je me dirige vers elle, l'estomac sur les talons, sachant bien que rien ne m'attend, vers le feu pour me réchauffer après une nuit pareille.

Je cherche vainement... ni tortue, ni lézard, ni oiseau. Le temps orageux écrase la forêt silencieuse et humide ; et c'est alors que, tout près de la crique, levant la tête vers une cime où j'ai perçu un bruit, j'aperçois un gros fruit vert suspendu comme à un rameau... Intrigué, je m'approche, renifle... un oranger[8] ! Le fruit est une superbe orange et j'en découvre six autres de tailles différentes, toutes aussi vertes, mais toutes aussi tentantes. Avec ravissement et sans souci des épines, j'entreprends ma cueillette. Sept oranges, quelle merveille !

Je les dévore incontinent, la première avec l'écorce, épluchant les autres et conservant les pelures pour mettre à macérer et obtenir une infusion. L'estomac bien lesté, arrivé au camp, j'ai allumé un feu et me suis réchauffé, cependant que dans ma casserole à tout faire mijotent les pelures d'oranges. Je bénis les Indiens qui, habitant autrefois ces lieux, y ont planté un oranger... mais peut-être n'est-il pas solitaire ? Tout à l'heure je retournerai sur les lieux de l'abattis[9] maintenant noyé par la forêt...

Des oranges ! Je n'aurais jamais rêvé d'une telle aubaine.

J'écrivais ces notes, lorsqu'une bande de petits macaques envahit un arbre voisin. Je quitte là mon carnet, saisis la carabine et, progressant par bonds et par reptations, réussis à m'approcher assez près. Mais ils m'ont déjà vu et, avec de petits cris et une agilité phénoménale, les voilà lancés de branches en branches, s'arrêtant une seconde derrière un tronc, m'épiant, me faisant la grimace, repartant toujours plus loin, moi à leurs trousses, et sans résultat. Impossible de les saisir dans la mire : c'est tirer une assiette au vol ou une balle de ping-pong lancée de main de maître... et encore ! Le champ étant limité et découvert, on aurait plus de chance ! Il me faudrait un fusil de chasse. Une seule cartouche en abattrait une demi-douzaine même en pleine voltige. J'avais pensé à cela, mais le poids et le nombre des cartouches à emporter pour un voyage de longue durée m'avaient effrayé et puis, l'humidité agissant déjà fortement sur les balles cependant mieux protégées, aurait tôt fait de les périmer.

Je suis retourné à l'oranger qui est, hélas, solitaire, mais après une course harassante dans les bois, à demi endormi, j'aperçois un rapace énorme, volant très haut par-dessus les cimes, qui s'abat soudain sur l'une d'elles. Je le guette, le suis, cherche dans le feuillage dense, l'aperçois, l'ajuste. C'est alors que survient un couple d'aras coléreux qui le chassent et le poursuivent à grands cris, hors de portée. Pestant contre ces importuns, me fiant à leurs cris perçants, je continue, espérant retrouver tout de même le trio.

Je perds les aras mais retrouve le rapace, tout blanc[10], tacheté de beige, posé, se remettant sans doute de ses émotions. Il est sur un arbre situé au flanc d'une colline ; je tire, il chancelle, se reprend, se pose plus loin... nouvelle poursuite. Des feuilles se tachent de son sang qu'il éparpille d'un vol faible ; je suis plein d'espoir et soudain il disparaît dans une cime tellement feuillue que, malgré mes efforts, je ne puis le retrouver. Désespéré, talonné par une faim de loup malgré les oranges de la matinée, je tourne et vire essayant de trouver.

La journée se termine, je ne veux pas recommencer l'aventure du pécari, alors je décide de rentrer.

Je m'assois un instant sur un géant couché et vermoulu... mes yeux suivant sa perspective se posent sur une tache jaune entre deux morceaux de tronc, au ras de terre... je m'approche et n'en crois pas mes yeux... une tortue ! Aussitôt saisie, je la retourne, place deux bâtonnets sous la carapace, l'un devant, l'autre derrière, lie le tout solidement avec des lianes et, passant ma corde sous cet assemblage, l'installe sur mon dos et, tout heureux, arrive au camp. Vite du feu ! Nettoyage de la casserole ; les braises vont bon train... à la tortue !...

La préparation d'une tortue est devenue pour moi un rite sacré et immuable, car c'est un véritable régal et je sens un nouvel afflux de force et d'optimisme à chaque digestion de cet animal providentiel qui, dorénavant, me servira de fétiche.

Avec amour et pitié, j'entreprends à la hache de séparer la carapace. C'est un travail fort délicat et assez long car la carapace est dure, la hache glisse et il s'agit de bien retirer le plateau intérieur sans ouvrir les tripes, ce qui serait un désastre.

Lorsque les quatre attaches de corne sont tranchées et le plateau découvert, je scie avec mon couteau à cran d'arrêt la peau y adhérant encore, puis il faut faire une sacrée force pour arracher cela, mais on y arrive.

Je suis dans l'eau jusqu'aux genoux, les petits poissons attendent leur pâture en mordillant mes jarrets, et la tortue, posée dans un creux de rocher, enfin ouverte, n'a pas perdu une goutte de son sang précieux. Je racle soigneusement le plateau inférieur, des bribes de chair y adhérant, puis retirant les intestins et l'estomac, je les presse, les vide, les ouvre, les tranche, les lave et... à la casserole !

Absolument rien ne doit se perdre ; au tour du foie, du cœur, des rognons, enfin, de la tête et du cou. La casserole est presque pleine ; je verse alors tout le sang recueilli dans la carapace, pour achever de l'emplir, puis je compose le menu.

En y réfléchissant, je tempère l'ardeur du feu afin d'obtenir une bonne braise, sans flamme ni fumée.

Le sang, ce soir, sera bouilli... la prochaine fois, il sera frit ; cela, suivant mon caprice, donne une pâte à boudin au fumet délicat. La carapace me sert de plateau à viande. J'y laisse, avec les poumons, l'arrière-train et les pattes postérieures, plaçant le tout dans le hamac et fermant bien la moustiquaire car mouches et fourmis auraient tôt fait de festoyer, sans l'abri de ce garde-manger improvisé.

Je m'assois alors près du feu et surveille la cuisson de la soupe, une cuillère à la main, un quart d'eau froide à portée. Si ça bout trop fort, je retire la casserole, tempère les braises et remets de l'eau froide, faisant, après le gros bouillon indispensable, mijoter à feu doux. Je goûte, j'attends... c'est cuit, mais j'hésite avant de le retirer, ça pourrait être mieux cuit... Enfin, ne pouvant plus tenir, je me décide, je goûte encore... Oh ! soupe exquise ; je couvre la casserole du plateau inférieur de la carapace et pars fumer une pipe dans le bois, car malgré ma fringale je ne veux pas encore manger... et cependant... je reviens au camp, je vire, je tourne, évitant de regarder la casserole, coupant du bois, écrivant, fumant, reprisant chemise ou short. Alors je n'en peux plus... À table !

Oh ! délice... hélas, c'est vite fini. Je racle le fond de la casserole où sont collés des morceaux de boudin et quand cela est fait, je m'assois, accoté au sac à dos, bourre une bonne pipe et la fume, buvant à petites gorgées le bouillon, le premier bouillon qui est le meilleur. Ma faim s'excite, car ceci, c'est l'entrée, la gourmandise. Tout à l'heure, on va passer au plus consistant. Nouvelle soupe avec les pattes de devant préalablement flambées. Le bouillon est moins riche, mais n'en demeure pas moins pour autant un régal exquis. Quelle saveur !... Aux pattes !... Je n'y laisse que la corne des griffes et lorsque j'ai achevé de ronger les os (ceux que je ne puis mastiquer), les fourmis elles-mêmes, désespérées, ignorent ce que je leur abandonne... Nouvel arrêt – ma faim redouble – même jeu avec l'arrière-train, plus gras, plus savoureux encore... dernier bouillon... puis c'est fini, bien fini ; et cependant, je me sens capable d'en manger encore une demi-douzaine de la même taille car ma faim est inextinguible.

Je crois que, de ma vie, je n'ai goûté chose aussi délicieuse que la tortue. Avant ce voyage, je n'avais jamais eu l'occasion d'en manger. Maintenant j'en raffole. J'ignore ce que cela peut donner, bien préparé avec du curry, du sel, et d'autres condiments, mais, tel que, à la broussarde, dans son sang, dans son jus. Voilà une grande journée de plaisir en perspective dans ma randonnée solitaire. Il est vrai que ma grande préoccupation c'est de manger et faire la cuisine, la bien faire avec les moyens du bord ; une grande joie que l'on s'accorde, une sorte de cinéma du dimanche, reposant des soucis de la semaine.

La préparation est ardue, pénible, mais qu'importe, la faim semble calmée et l'on se donne avec amour à son rôle de maître queue. Pour préparer une tortue, il ne faut pas avoir le cœur sensible, car j'ai rarement vu animal aussi long à mourir. Coupée en deux, vidée complètement, sa tête se démenait, les yeux lucides, la gueule s'ouvrant et se fermant, cependant que le cou ridé se tendait désespérément. Coupant le cœur et le gardant dans la main, il bat longtemps encore et cette chose vivante sortie de ce corps mort est une chose inouïe.

Gardant l'arrière-train pour le soir, le mettant enfin à rôtir puis à la casserole, voici la queue émergeant du bouillon qui s'agite et les pattes qui nagent, menaçant de renverser la casserole en équilibre sur les bûches. C'est un véritable assassinat et si les yeux étaient plus expressifs et si je n'avais eu si faim, je n'aurais pas eu le courage de tuer une tortue.

Ce soir, quoique ma fringale ne soit pas apaisée, je me sens satisfait. Adossé à un tronc d'arbre, fumant la pipe et savourant le dernier bouillon, je goûte pleinement la paix du crépuscule, clair par extraordinaire après les pluies de la journée et le grondement incessant d'un orage lointain. Je vois un ciel coloré, un large pan de ciel, découvert par l'éclaircie de forêt où se niche le camp. Les cigales chantent, quelques oiseaux, prêts à dormir, les accompagnent en sourdine et la note dominante de quelques crapauds-buffles réclame encore la pluie, mais le lézard « engamul[11] » avec son tic-tac de moulin à vent annonce la chaleur, le beau temps pour demain peut-être ?

Comme la jungle est calme, sereine ; il est nuit maintenant, mais la lune inonde le chaume du carbet. J'ai allumé un bout de chandelle et j'écris, reposé, heureux d'avoir eu une bonne journée de chasse, le corps délassé par un dernier bain au torrent qui continue ses chœurs, allègres ce soir parce que mon cœur est à l'aise et qu'il bat librement.

Je songe aux dures journées qui vont suivre, mais je sais que je vaincrai. Je coupe ma corde de tabac pour la nuit, je tends la bâche sur le sac.

Les oiseaux du soir, aux cris tristes, commencent à se faire entendre. Je vais aller dormir et demain, dès l'aube, je prendrai le chemin du bois pour manger comme aujourd'hui, reprendre des forces et être heureux le soir. D'un seul coup, une troupe de singes rouges commence son concert et c'est lui qui va bercer mon sommeil.

Mercredi 11 janvier

La chasse n'a donné aucun résultat ; j'ai trouvé pourtant sur ma piste une bande de marailles et des macaques, mais j'ai tiré en vain. J'ai cru d'ailleurs que la carabine allait éclater. Il y a eu un bruit d'explosion et un nuage de fumée... Une douille s'est ouverte en deux et la déflagration a noirci tout le chargeur.

Je me mets à l'arbre destiné à la construction de la pirogue. Je sens nettement que mes forces diminuent et je m'essouffle vite. Le travail n'avance guère. La hache ébrèche à peine le bois dur et, manquant de force, je manque aussi de précision pour ajuster mes coups.

Attisée par le repas d'hier au soir, une faim ardente m'accable et me fait partir à nouveau en chasse. Oh ! rage, oh ! désespoir, oh ! forêt ennemie !... tout n'est que silence et désert, j'avance dans ce désert sans joie parce que sans soleil et vide de chants, de présence.

Dans un marécage j'aperçois des escargots se prélassant sur un fond de vase et d'humus. Me voici dans l'eau, le chapeau à la main, faisant la récolte. J'en ai bien six douzaines et ils sont de bonne taille. À nous, manger les escargots de Bourgogne ! Je reviens au camp couper de vieilles souches flambant bien et fais mon feu.

Je passe les escargots à l'eau de la crique et, sans plus de façon, les mets à bouillir. Lorsque je pense que c'est cuit, j'essaie de les retirer de la coquille avec une épingle... impossible ! Alors, je me mets en devoir de briser la coquille et bientôt j'ai un plein quart de vers gras et dodus que je dévore avec appétit. Ça sent bien un peu la vase, mais qu'importe ! Quelle cuisine ! Maman si soigneuse serait horrifiée.

Alors que je mangeais, un gros corbeau est venu me rendre visite ; il s'est posé sur une branche toute proche, bien tranquillement, impeccable dans son habit de soirée, me regardant sous toutes les coutures. Je fais le geste de saisir la carabine... hop ! le voilà parti, disparu. Dommage maître corbeau, vous auriez servi de potage et de rôti.

Je suis retourné chercher des escargots, épuisant le marécage avec dix douzaines ; cette fois, gros et petits, tout y a passé ; mais après les avoir fait bouillir, afin de retirer l'odeur de la vase et cette viscosité un peu écœurante, je les ai fait rôtir dans la casserole, à sec, et même un peu brûler. C'est nettement meilleur.

Je repars à nouveau, je veux satisfaire à tout prix ma faim, reprendre des forces. À nous deux, maîtresse jungle, je t'exploiterai à fond comme jamais souteneur ne l'a fait de sa maîtresse.

J'ai couru, j'ai couru, j'ai fouillé, remué de fond en comble les taillis, les vieux arbres, les marécages et, au flanc d'une colline, je tombe sur un gros fruit vert, de forme ovoïde, à peine piqué par les oiseaux et d'un volume tel que je suis tenté, le ramasse, l'ouvre d'un coup de sabre. Qu'est-ce donc ? En tout cas, chose rare en forêt ! car les fruits n'y tombent que lorsqu'ils sont pourris ; et mûrs, ils sont rapinés par les singes et les oiseaux... Vénéneux ou pas ? Je cherche dans ma mémoire la nomenclature des fruits comestibles de la forêt, leur description... Ouvert, un gros noyau se détache, découvrant une pulpe ayant la consistance et l'aspect du beurre, jaune... j'y suis, je me souviens de l'avocat dont je faisais mes délices au Brésil avec du sucre et du citron. À Cayenne, en vinaigrette... Un « taca », l'avocat sauvage des forêts de Guyane, fort prisé des voyageurs. Je le consomme aussitôt sans sucre, ni citron, ni vinaigrette et le trouve délicieusement sucré, mûr à point. Aussitôt, je me mets en quête de l'arbre qui le portait, mais sans succès, les cimes sont trop hautes et on ne voit rien. Alors je cherche sur l'humus... Pas plus de succès, mais de petites graines grignotées par les singes, de peu de saveur et acides. J'en fais ample provision et la recherche continue. Je suis en pleine forme.

Cette fois, ce sont des graines ayant le goût de cœur d'artichaut que je découvre. Nouvelle cueillette... On arrivera bien à calmer cet estomac ! Voici un hors-d'œuvre naturiste qui ne devra rien à personne.

Un vol lourd soudain m'arrête... Une perdrix. Dieu ! qu'elle est belle dans ses plumes mauves, avec son allure de pigeon. Elle est à dix mètres, se présentant de côté, me regardant de son œil rouge. Je vise soigneusement, je tire... Rien ! la balle ne part pas. Rageusement, je recharge. La perdrix s'est tournée et se présente de dos... Feu !... Des plumes volettent et elle s'envole... Je reste marri de ma maladresse, tellement furieux que je m'injurie à haute et intelligible voix, fonçant dans les broussailles à sa recherche, m'égratignant, me blessant, voulant à tout prix avoir cette perdrix dont je perçois encore le vol de temps en temps et de plus en plus loin. Puis je la perds. Coléreux, prêt à me battre, une sorte de furie furieuse s'empare de moi ; je trépigne presque, injuriant la carabine, la perdrix, courant comme un possédé, tirant des colibris, des oiseaux plus petits que mes balles. Et puis enfin, las, l'accès passé, dominé, je me reprends et souris de cet emportement... Du sang-froid, garçon ! du sang-froid !

Mais je me suis endormi le ventre creux malgré mes hors-d'œuvre, songeant au rôti perdu avec une amertume croissante.

Jeudi 12 janvier

Il était nuit noire lorsque je me suis levé. La lune déclinait *à peine* derrière une frange échevelée de nuages noirs. Je distingue à peine la piste à un mètre devant moi. Qu'importe, je la connais par cœur de l'avoir faite tant de fois avec plus ou moins de succès. Je marche sans m'égarer, mais non sans me farcir les pieds d'épines et trébucher à tous les obstacles, mettant à vif mes jambes déjà fort mal en point. J'avance en silence. Tout de même, pieds nus, cela n'est pas facile. Je marche avec l'idée fixe de joindre certain vallon où je pense que se trouvent des tortues, car c'est l'endroit rêvé : humide, prospère, humus et vieilles souches. Or, ces dames sont matinales ; à moi de les surprendre.

J'épie le moindre bruit... las ! une bande de marailles, telles les oies du Capitole, s'envolent avec un vacarme qui résonne étrangement dans la forêt endormie. Je ne puis même pas viser.

Je continue la marche. Voici le vallon. Le petit jour enfin se lève. J'explore tout le terrain sans résultat.

La forêt est fantomatique, pleine de brume dense d'où se détachent de grosses lianes.

C'est beau ! J'entends seulement le bruit aigre de milliers de cigales et le ululement de quelque oiseau de nuit. Je suis écrasé, anéanti par la grandeur de la forêt ainsi surprise à l'aube. Je continue la chasse, me dirigeant vers la crique, espérant y découvrir quelque gibier venant s'abreuver. Rien ! Les premiers vols de perroquets passent... le jour est levé.

Sur la crique je trouve un crabe, je l'embroche : c'est toujours ça... et la chasse continue.

J'entends les oiseaux, mais je sais trop bien qu'ils sont minuscules. Chaque jour je découvre de nouveaux chants. Aujourd'hui, c'est celui-ci avec sa voix de klaxon pour pétrolette 1900, et cet autre qui grince du bec pour se mettre à hurler comme une fillette fouettée à intervalle régulier. Le charpentier au plastron couleur de sang, minuscule sur le tronc géant, donne des « toc... toc » sonores, et puis encore celui-là avec sa voix de standardiste, qui transmet à longueur de journée d'incompréhensibles messages, le hurlement de sirène de cet autre... Je fume, j'écoute, assis sur un tronc couché...

À mes pieds, je[12] trouve la dentelle des bois qui, blanche comme la neige, ressemble aux cristaux que forme celle-ci lorsqu'elle glace sur les vitres d'un appartement, et tellement fragile que j'ose à peine la cueillir, craignant de la briser. Il y a aussi un champignon tout blanc, très droit, curieusement chapeauté de beige, avec une ample résille délicate et blanche que le moindre souffle fait frissonner.

J'oublie ainsi ma faim, goûtant la joliesse de ces petites choses, seulement très ennuyé par un essaim de mouches dorées acharnées sur mes plaies et par les fourmis qui défilent en cohorte, nettoyant leur passage et charriant chacune un gros morceau de feuille verte en guise de drapeau et, de loin, cette procession fait penser à une multitude de papillons verts. Chaque fourmi que l'on écrase a son odeur particulière. Certaines sont très agréables, rappelant des parfums connus et recherchés, d'autres le sont moins, empestant l'acide formique, écœurantes. Je note ainsi, luttant contre elles, contre les mouches... Je songe qu'un jour j'aurai du plaisir à relire ce carnet, me souvenant ainsi, heure par heure, des aléas de mon raid, souriant de mes découragements, heureux de les avoir vaincus.

J'écrivais, lorsqu'un couple de toucans se pose sur la plus haute branche d'un grand arbre dégagé du reste de la forêt par l'écroulement de quelques arbres morts. La distance est grande, le soleil m'aveugle. À tout hasard je tire... à l'instant où, déployant leurs ailes, ils prennent leur essor. L'un disparaît, l'autre tombe en vol plané et s'écrase loin dans la forêt. Je bondis, sabre en main, cours, cherche... enfin, le voici... Il est beau! mais il fuit de toute la vélocité de ses deux pattes, son long cou blanc pointant le gros bec rouge et jaune comme un éperon.

À quatre pattes je le suis, décidé à ne pas le lâcher, escalade des amas de détritus, des troncs; enfin, un sous-bois clair! Je force l'allure, le rejoins; il s'échappe et, lançant mon sabre à la volée, je le cueille, le plaque; il va repartir! Je suis déjà sur lui et, poussant des cris effrayants, tentant de me mordre, il se débat. Alors, je lui tords le cou. Il est de la grosseur d'un poulet et je songe au bon repas en perspective.

Je l'avais touché à l'aile... un miracle, à cette distance, que je n'oserais certifier être capable de renouveler.

Retour au camp. – Je détache le bec, le conservant comme trophée et... à la soupe ! C'est exquis, un peu coriace. Une fois plumé, le volume a sérieusement diminué. Peu importe, c'est fameux ! J'ai gardé quelques morceaux de chair et tente de pêcher... avec un tout petit hameçon et beaucoup de patience, j'attrape dans l'après-midi une dizaine de yayas et de poissons « cocos » gros comme des sardines. Je les mets à la braise et n'en fais qu'une bouchée. J'en attrape à nouveau quatre et les mets à fumer pour la nuit, puis je les mange, car j'ai encore faim, terriblement faim ; rien ne peut m'apaiser. Alors, ayant découvert un régime vert de « paripou », je casse les noix à la hache. La pulpe est dure comme une pierre, ayant l'aspect et la consistance de l'ivoire végétal. Je la coupe en quatre et mets cela à rôtir dans la casserole. Ça bourre un peu mais ça donne des crampes d'estomac. Bien grillées... avec un peu d'imagination, j'ai l'impression de croquer des amandes... l'impression seulement !

J'avais, il y a quelque temps, trouvé un régime de « caumou » pas très mûr et je le gardais... Ce soir, j'ai échaudé les graines ; ça m'a donné une sorte de chocolat sans sucre, couleur lilas, épais et fade... et pourtant, j'ai encore faim car, de tout cela, rien ne satisfait pleinement, rien ne vaut le quart d'une tortue. L'estomac s'emplit passagèrement et, très vite, réclame à nouveau.

J'ai mangé mon crabe. Je réussis à en attraper deux autres que je rôtis et dévore avec la carapace.

Oh ! fringale, t'apaiseras-tu ? À ce régime, courant tout le jour pour manger, jamais je ne pourrai terminer le canot. Je suis désespéré : il faut en sortir ! La faim, c'est un besoin physique dont la non-satisfaction amène une faiblesse, quelques crampes, nausées, vertiges, mais la souffrance est plutôt morale et l'on se plaît à l'exagérer par l'imagination, débordante ces jours-là, qui fait entrevoir des repas gargantuesques.

Là est la véritable souffrance de la faim. Penser à ce que l'on mangera, le cap franchi. Mais, dompter son imagination est aussi dompter sa faim. Le premier jour c'est très dur, le second un peu moins, au troisième, on éprouve seulement le besoin de mastiquer.

Mais il suffit de tirer un gibier et de le manger pour qu'aussitôt ça aille mal, car voici votre imagination en route... et j'aurais fait la soupe, et j'aurais fait rôtir... Oh ! souffrance !

Et puis l'on se dit : il faut tenir, ne pas perdre ses forces, et cette peur de s'affaiblir vous fait davantage souvenir qu'il faut à tout prix manger, et votre faim en augmente d'autant. La plus triste époque du rationnement serait un paradis pour moi. Cependant, puis-je parler de la faim sinon qu'au titre d'une expérience particulière effectuée dans des conditions bien définies ? Je pense à ceux-là qui eurent faim durant quatre ans derrière les barbelés. Je suis libre et, pensant à cela, j'ai honte de me plaindre, j'ai honte de ma faim.

Voici un mois que je vis sur la forêt vierge, vivant exclusivement de ses ressources et fournissant un effort. Or, je n'ai rien d'un athlète et suis à peine le type du Français moyen, de l'Européen qui a eu ses habitudes, ses goûts, son petit train avec les divers aléas de ces vingt dernières années, par conséquent, voici démentis ceux qui affirmaient gravement en sirotant leur punch : « Guyane ! climat meurtrier, l'Européen ne peut y vivre qu'en prenant beaucoup de précautions, mangeant des plats choisis, évitant l'effort : la chasse, par exemple, renouvelée trop souvent, qui déprime et finit par tuer d'épuisement ! »

Oh ! Guyane ! terre méconnue... Ce n'est pas toi, ni l'effort qui tue l'Européen ; c'est lui qui se suicide et, comme il lui faut un prétexte, il te choisit comme bouc émissaire.

J'ai beau ne pas penser à la faim, me voici torturé par le souvenir des confitures de maman... Je me souviens des oranges cueillies, des épluchures bouillies... Oh ! confitures de la maison !

Me voici parti à imaginer ce que je mangerais, de quelle manière... et sur mon sac est pendue la tête boucanée du « ouistiti-mains-dorées » grosse comme une noix. Tant pis pour le souvenir... me voici incontinent en train de retirer la fourrure et sucer les os. Ça sent un peu fort... je crois même qu'il y a quelques vers blancs mais... j'ai si faim !

Et puis, il y a le bruit de la chute qui commence à devenir obsédant. Tout d'abord, j'ai cru à une arrivée de boy-scouts, à un camp installé tout proche du mien... Non ! C'est la chute, travaillant avec mon subconscient, qui fredonne de vieux refrains militaires, scouts, étudiants, un chœur de filles et de garçons que j'orchestre à volonté, car il suffit que je pense un air... voici le chœur en branle et je n'ai plus qu'à le laisser marcher ; j'écris, je cuisine, je rêve, j'arrive de la chasse, je m'éveille, je m'endors : le disque tourne ; lassé, je change d'aiguille, docile, il obéit ; le phénomène auditif tourne à l'obsession quoique parfois j'y prenne un certain plaisir ; je peux enrayer l'aiguille et voici le même air, les mêmes paroles répétées mille fois sans que je songe le moins du monde à cette musique, étant fort occupé à une chose ou à l'autre et parfois, n'ayant pas le cœur de chanter.

Il est nuit et je n'arrive pas à trouver le sommeil. Je songe encore au canot... Partir ! Il faut partir car ce coin de brousse désert est une malédiction. Plus je m'y attarde, plus je m'y affaiblis. Partir à pied... inutile d'y songer : mes pieds nus et en mauvais état, mon sac tenant par miracle...

Je pense partir alors suivant la rivière, mais non suivant les bords par trop marécageux et inextricables, mais par le lit de la rivière, en amphibie, tantôt nageant, tantôt marchant. Il y a soixante-quinze kilomètres à couvrir. À pied, moyenne : 2 kilomètres par jour – ouvrant la piste, il faut quarante jours – ainsi, moyenne : dix kilomètres (il en faut huit, dix au maximum).

Dix jours où je ne mangerai certainement pas, car inutile de songer à emporter la carabine pour cette tentative. Je ne puis compter que sur la Providence qui me donnera l'occasion de sabrer un crocodile endormi sur une plage, un serpent sur une liane, harponner une raie sur un fond bas ou un aïmara dormant entre deux roches... le tout fort aléatoire. Il reste les pinots qu'avec quelque chance je pourrais rencontrer... Même sans manger je pense pouvoir tenir, car je <u>veux</u> arriver.

Je n'ai perdu que trop de temps ; je sais que cela sera dur, mais quel plaisir de risquer si belle tentative ; seul un tel risque vaincu amènera une pleine satisfaction à la terminaison de la jonction Ouaqui-Camopi.

Et soudain, cette idée me séduit tellement que je suis debout, attendant que la brume se dissipe, que le jour se lève, afin de la mettre à exécution.

Tout d'abord, voyons l'équipement : sac étanche de l'appareil photo, dedans un couteau, allumettes, encens, mon anorak, une ligne et hameçons, une seringue, deux ampoules de sérum antivenimeux, pipe, tabac, crayon, carnet de notes, quinine et carte. Bien ficelé sur le dos, ça ira... Le sabre de même, retenu par une corde fixée au cou.

Je plie le hamac, ferme le sac à dos, couvre le tout d'une bâche. Allons ! en route pour la belle aventure ! Le courant m'aidera ; fatigué je me laisserai porter ; sur fond bas, je marcherai. Les routiers m'avaient totémisé « Otarie » et bien, ce sera la première fois qu'une otarie courra les rivières de Guyane. Je suis bon nageur, j'ai confiance en moi. Quant aux périls !... on les verra venir s'il y en a, mais s'ils sont ceux de la forêt, ils sont insignifiants.

Je pars en short tout simplement ; la nuit, je dormirai sur un rocher, allumant un grand feu pour me réchauffer et, lorsque je serai fatigué, je reposerai sur les berges. Ma foi, on a bien traversé le Pas-de-Calais !...

Un peu froid, un peu faim : je n'y penserai guère avec la fatigue et la volonté d'arriver à tout prix.

Arriver ou crever : il n'y a pas d'autre solution... J'arriverai !

Je sens que ça va être une expérience extraordinaire. N'est-ce pas là, en effet, la véritable vie primitive qui me séduit ? L'homme civilisé transformé en amphibie dans les rivières de Guyane ! Sans autre recours pour vivre que son adresse, sa force, sa volonté, sans arme à feu, demi-nu, sans abri... Ça devient passionnant, je m'emballe, je m'enthousiasme... Je ne regrette plus le naufrage du radeau, le canot creusé dans l'arbre... Ces quelques jours de navigation sans histoire ne m'auraient pas appris grand-chose. Mais là vraiment seront réalisés mes rêves et je serai à même de noter toutes mes réactions au cours de cette expérience humaine.

Que le jour tarde à se lever ! qu'il fait froid ! Je pense écrire une lettre pour mes parents et la déposer sur le sac au cas où...

Non, j'arriverai, à quoi bon. Leur amour et ma foi feront ce miracle, car jamais je ne voudrais leur causer la peine atroce de ma disparition. C'est pour cela que j'ai confiance.

Et cependant, un instant, cette idée m'a effrayé, un peu à cause des nuits glaciales. C'est bientôt l'aube et j'imagine que demain, à la même heure, je dormirai sur un rocher, sans abri.

Mais non ! la hâte de pénétrer cet inconnu efface ces pensées moroses et la joie de vivre que je ressens enfin est la plus belle et la plus pure de ma carrière de reporter.

Oh ! vie primitive, si rude et si belle. Attendant le jour, j'ai pêché... deux petits poissons dévorés crus... Goût de crevette, voilà mon appétit en branle. Et si je chassais avant de partir ? Qui sait ?

Vendredi 13 janvier

J'ai chassé – sans résultat – durant deux heures. Tant pis ! J'ai seulement trouvé un « inga » ou « pois sacré[13] », un seul hélas, car la forêt ne prodigue ses fruits qu'avec parcimonie. Celui-ci est délicieux. C'est une longue gousse brune emplie de miel brûlé et de petites amandes amères. Les fourmis déjà y avaient installé une garnison ; j'eus tôt fait de la chasser et ma langue avide, décapant le fruit, ne leur laissera plus rien.

Donc, on va partir affamé !... et pourtant, à conserver l'immobilité absolue durant de longues heures, on peut voir des tas d'oiseaux, mais le moindre geste les effraie et, lorsque j'esquisse celui d'ajuster trop, les voilà prestement disparus. Espérons que la rivière me sera plus favorable !

Allons... en route ! Jusqu'au fourca : cinq kilomètres ; fourca-Camopi[14] : vingt-cinq kilomètres ; Camopi-Bienvenue : quarante-cinq kilomètres... et bon vent !

À bientôt parents chéris ! Confiance, je laisse ici ce cahier pour n'emporter qu'un petit carnet... Ce cahier est à vous, je l'ai écrit pensant à vous et je vous le remettrai bientôt.

Je vous ai juré de revenir, je reviendrai, si Dieu le permet.

Notes

Chapitre Ier

1. Massif montagneux, dont les sommets atteignent rarement 300 mètres. Cet ensemble de collines représente la ligne de partage des eaux entre les Guyanes française et hollandaise (actuel Surinam), d'une part, et le Brésil, d'autre part.

2. Raymond Maufrais a mis une année pour réunir les 250 000 francs (de l'époque) nécessaires au paiement de son voyage et à l'achat de son matériel. Il est probable que cette somme lui a été accordée par la revue *Sciences et voyages* en paiement des articles rédigés au Brésil en 1946, et en avance sur les articles à rédiger sur son expédition Guyane-Brésil, qu'il s'était engagé – forcé ? – à réaliser en solitaire.

3. L'Ortédrine est une amphétamine.

4. Il s'agit des éditions Julliard, chez lesquelles Raymond Maufrais avait proposé son manuscrit *Aventures au Matto Grosso*, refusé en 1949, mais qui sera finalement publié un an après sa disparition, en 1951.

5. Plusieurs articles parurent dans la presse quotidienne française, annonçant le périple de Raymond Maufrais.

6. Il s'agit de son amie Janine, avec laquelle il vécut à Paris les quelques semaines qui ont précédé son départ.

7. Le boulevard Saint-Michel, à Paris au cœur du Quartier latin, est, avec le quartier Saint-Germain, le rendez-vous de la jeunesse de la fin des années quarante.

8. Cinéma au début de la rue des Écoles, proche du boulevard Saint-Michel.

9. Raymond Maufrais habitait, avec son amie Janine, un petit studio entre la rue du Faubourg-Saint-Antoine et la place d'Aligre.

10. Les points se trouvent dans le document dactylographié. Était-ce ainsi dans les carnets originaux ? Cela signifie-t-il une suppression par un tiers de la fin du texte du 17 juin, ou de ce que Raymond avait écrit les 18 et 19 juin ? Nul ne peut le dire à ce jour.

11. À bord du *Gascogne*, qui l'emmena du Havre jusqu'aux Antilles, puis à Cayenne, il fit la connaissance d'un procureur de la République, Bernard Quris, qui le présentera dès son arrivée à son collègue, Pierre Bernard. Bernard Quris signera des articles relatifs à la disparition de Raymond Maufrais sous le nom de Bernard Colombes dans *Paris Match* et *Sciences et voyages*. Il participa à la mission montée par le préfet Robert Vignon qui partit le 19 juillet 1950 à la recherche de Raymond Maufrais, soit moins d'un mois après l'annonce de sa disparition par la gendarmerie.

12. Où il est arrivé le 8 juillet.

13. Petite rivière.

14. Le trajet effectué par Maufrais, en compagnie d'un « vieux Blanc », Mana-Organabo, ne compte en réalité qu'une cinquantaine de kilomètres.

15. Les gendarmes de Sinnamary ont par contre été impressionnés par l'état physique de Raymond Maufrais, arrivant exténué et les pieds « en sang ». Ils le comparent au premier abord à un bagnard évadé…

16. Il en fera une description très émouvante dans le numéro 48 de décembre 1949 de la revue *Sciences et voyages*.

17. Articles parus dans les numéros 49 et 50 (janvier et février 1950) de la revue *Sciences et voyages*.

18. Cette note a été rédigée par un tiers (l'éditeur ?), car elle ne figure pas dans le document dactylographié.

19. Ce mineur, Thiébault (ou Thiébaud, comme Maufrais l'orthographie), représentant de l'Union minière de la Haute-Mana, l'acceptera au sein de sa mission, après intervention de son hôte à Cayenne.

20. Les Indiens Oyampis, aussi appelés « Wayapi », appartiennent au groupe linguistique Tupi-Guarani, et résident essentiellement sur les rives du fleuve Oyapock entre Camopi et les Tumuc-Humac. Ils ont fui l'Amazonie brésilienne, où ils étaient persécutés par les Portugais. Les Indiens Wayanas, appelés jusque dans les années cinquante Roucouyennes (du fait qu'ils s'enduisaient la peau de roucou), appartiennent quant à eux au groupe ethnique Caraïbe, et vivent dans le bassin du Haut-Maroni et de l'Itany, en amont de Maripasoula. Ils sont également originaires du bassin amazonien.

21. Pierre Bernard était substitut du procureur de la République à la cour d'appel de Cayenne. Il résidait dans une maison de maître confortable du centre-ville, dénommée « l'Inspection », qui servait, avant la dernière guerre, de lieu de passage pour l'inspecteur des colonies et sa suite.

22. La saison sèche guyanaise commence à la mi-juillet et se termine à la fin décembre.

23. En 1949, les deux blocs, soviétique et américain, s'affrontent dans une « guerre froide » ; en 1950 commencera la guerre de Corée.

24. Jules Crevaux, médecin de la Marine, parcourut la Guyane de 1869 à 1878 ; Coudreau visita la région en 1883 et attira l'attention du gouvernement français sur l'intérêt de la colonisation de la Guyane.

25. Certains affirment que Raymond Maufrais s'est trouvé dans l'obligation de vendre ses effets personnels pour rembourser ses dettes de jeu, s'étant fait « plumer » au poker par des « vieux blancs », anciens forçats libérés et astreints à

résidence en Guyane. Il aurait joué pour augmenter son faible capital de départ. C'est possible, mais Raymond Maufrais avait annoncé à Paris, quelques semaines avant son départ, qu'il vendrait une de ses deux carabines à Cayenne.

26. Il s'agit de la famille d'André Grenier qui hébergera également Maufrais à Cayenne.

27. Thiebault.

28. Raymond Maufrais reçut un fox-terrier, Boby, de la famille Grenier.

29. En réalité le cochon-bois (*Tayassu albirostris*) appartient à l'ordre des ongulés, alors que l'agouti (*Dasiprocta vulgo*) est un lièvre sauvage, de trois à quatre kilos, appartenant à l'ordre des rongeurs.

30. Il s'agit probablement d'André Grenier.

31. Le tafia est le nom donné en Guyane à l'eau-de-vie obtenue par distillation des mélasses de canne à sucre, alors que le rhum est le produit de la distillation du jus de canne (ou vesou).

32. Trajet effectué le 2 août, voir note 14.

33. Le professeur belge Maurice Sluys, de l'université de Liège, avait exercé au Congo belge.

34. Notamment des renseignements sur le mythique trésor de l'El Dorado, dont il prit de nombreuses notes.

35. Raymond Maufrais ignorait au départ l'origine du professeur Sluys, qui en réalité enseignait à l'université de Liège, en Belgique, et non à la Sorbonne à Paris.

36. Gaston Monnerville, né en 1897 et décédé en 1991, a été député de la Guyane, président du Conseil de la République (1947-1958), puis président du Sénat (1958-1968).

37. Les perles de verre bleues et rouges étaient, à l'époque, les plus prisées par les Indiens.

38. Descendants d'Africains transportés comme esclaves au Surinam, ex-Guyane hollandaise, ils se révoltèrent en

1757, furent reconnus indépendants par les Hollandais et s'installèrent dans le sud-est du Surinam, et, en plus faible partie, sur le Maroni.

Chapitre II

1. Ricatte et Renoux, dans leur livre *La vérité sur la mort de Raymond Maufrais*, signalent qu'il s'agissait du *Saint-Domingue*.

2. Il s'agit de son premier hôte à Cayenne, Pierre Bernard.

3. Edgar Maufrais était revenu en 1942 d'un stalag de prisonniers de guerre affaibli par une tuberculose.

4. Deux itinéraires permettent de relier l'Oyapock et le Kouc ou le Maroni et le Jari à travers les Tumuc-Humac : le « Chemin des Oyampis », relevé en 1729 et utilisé en 1939 par le Docteur Heckenroth, lieutenant des troupes de Marine, qui en fit le relevé topographique en 1941, et le « Chemin des Roucouyennes », suivi par le Docteur Crevaux en 1877 et parcouru par le Capitaine Richard en 1937. Les Indiens empruntent ces chemins pour rendre visite à leurs familles vivant au Brésil. Par contre, personne n'a encore relié les sources de l'Oyapock et du Maroni par la chaîne des Tumuc-Humac.

5. Né le 22 juillet 1900 à Bailleau-l'Évêque, près de Chartres.

6. Comme ce fut le cas pour *Le journal d'Anne Frank*, Raymond Maufrais n'avait bien sûr pas l'intention de faire publier ses carnets personnels. Ils servaient de base et de souvenirs pour la rédaction du livre qu'il comptait rédiger à son retour d'expédition.

7. Sur la rive de Guyane hollandaise, face à Saint-Laurent, que l'on atteint en quelques minutes en pirogue ou en bac.

8. Ethnie d'origine africaine, comme les Boschs et les Saramacas. Leur nom vient du chef Boni, qui se révolta en 1772 contre les colons hollandais et se réfugia sur le Haut-Maroni.

9. Les Saramacas, les plus anciens et les plus nombreux des descendants des esclaves africains révoltés, sont essentiellement agriculteurs, piroguiers ou bûcherons.

10. Voyages effectués en août 1948 ; il se rendit jusqu'au Danemark.

11. Nom donné aux rapides en Guyane.

12. Il était entré dans les routiers, au clan des Genévriers, en septembre 1942, après avoir été éclaireur dans la troupe du Gui, à Toulon.

13. « Povil », dans le texte dactylographié.

14. Initiale de Bernard, qui l'hébergea à son arrivée à Cayenne.

15. Raymond Maufrais rencontrera cette mission, dirigée par le géographe Jean Hurault, en mission astro-géodésique pour l'Institut géographique national, quelques semaines plus tard, à Sophie.

16. Personne située à l'avant du canot, qui a la charge de le diriger à travers les rochers à fleur d'eau, soit à l'aide d'une longue perche, le *takari*, soit en indiquant de la main au motoriste la voie à prendre.

17. Il arriva à Rio de Janeiro en août 1946 et resta au Brésil plus d'un an. Il y était également arrivé sans moyens financiers.

18. Sites d'exploitation d'une mine d'or.

19. Longue perche en bois destinée à guider le canot dans les rapides.

20. Abri en planches ou feuillage au-dessus du canot sous lequel s'asseyent les passagers pour se protéger de la pluie et du soleil.

21. Dialecte utilisé par les différents habitants du fleuve Maroni, mélange d'anglais, de hollandais, de créole et de français. La syntaxe est purement africaine.

22. Nom donné en Guyane au terrain gagné sur la forêt, sur lequel on cultive des arbres fruitiers, des tubercules et des légumes.

23. Les passagers tirent le canot à la corde, lorsqu'il n'est pas possible d'utiliser le moteur.

24. Pierre Bernard avait prêté sa montre à Raymond Maufrais.

25. Nom créole du tapir (*Tapirus terrestrus*), de l'ordre des ongulés, vivant sous bois ou au bord de l'eau, et dont le poids peut atteindre trois cents kilos.

26. Nom du grand fourmilier (*Myrmecophaga tridactyla*), qui peut atteindre, avec sa queue, deux mètres.

27. Journaliste dont Raymond Maufrais avait la photographie sur son bureau, et qui rédigea en 1923 de retentissants articles sur le bagne de Guyane. Il contribua ainsi à sa fermeture, décidée en 1937, mais qui ne devint effective qu'en 1945 ; ses portes ne se fermèrent définitivement qu'en 1954.

28. Il a été dactylographié «audition» dans le texte original : erreur de frappe ?

29. Le fromager (*Ceiba pentendra*) est un arbre aux vastes ramifications, d'une hauteur variant de 15 à 25 mètres.

30. Boisson traditionnelle de Guyane et des Antilles, mélange dosé de rhum, de sucre de canne et de citron vert.

31. Lorsque l'hélice heurte une roche ou une branche cachée, c'est la goupille qui casse, pour éviter d'endommager l'hélice elle-même.

32. Le singe rouge (*Stentor seniculus*) appartient au groupe des singes hurleurs, appelés ainsi parce qu'ils émettent des sons graves et aigus grâce aux proportions énormes de leur os hyoïde. Le singe rouge se remarque par des reflets fauves aux pattes et à la queue.

33. Appelé aussi «mangrove», cet arbre aux racines extérieures très apparentes, se développe sur les berges et

les vases molles. Il prolifère principalement sur le littoral guyanais.

34. Mammifère sauvage, ressemblant à un sanglier, appelé « pakira » en créole. Le pécari (*Dicotyles tajacu*) se confond parfois avec le cochon-bois (*Tayassu albirostris*), tous deux de la famille des suidés.

35. La viande et le poisson, pour être conservés, sont boucanés, c'est-à-dire placés sur une claie de petits rondins (le boucan) au-dessous duquel on allume du bois vert ou mouillé, pour que la fumée sèche les aliments.

36. Le point culminant de la Guyane, le Sommet tabulaire, se situe à 830 mètres, au nord du Chemin des Émérillons.

37. Farine de manioc grumeleuse, que l'on obtient après avoir râpé le manioc (pour lui soustraire son jus toxique), l'avoir tamisé, puis étalé sur une plaque chauffante en le brassant jusqu'à complet dessèchement.

38. L'aïmara ou aymara (*Hoplias macrophtalmus*) peut atteindre un mètre de long et peser quinze kilos. Carnassier, il ressemble à un brochet et chasse la nuit en eau calme, sommeillant le jour sous les souches. Sa denture est très acérée, et, sans pour autant attaquer l'homme, il reste dangereux lors de sa capture.

39. La carte la plus récente datait de mai 1949, mais il est peu probable que Raymond Maufrais ait été en possession de cette dernière édition. Il utilisait une carte au 1/500 000e datant de 1948.

40. Appelé aussi « bleu de Guyane ».

41. Également dans la fabrication des dollars américains et dans les fonds d'écran de cinéma.

42. Température prise au soleil, car en Guyane la température ne dépasse que très rarement 35° à l'ombre ; le maximum absolu, 37,1°, a été enregistré en 1969.

43. Le grand caïman noir et jaune (*Melanosuchus niger*) peut atteindre 4 mètres.

44. Thiébault.

45. Le singe couata, appelé aussi « atèle » ou « singe-araignée », a de longs poils.

46. Appelé aussi « cabiai », il est considéré comme le plus gros rongeur sur terre et ressemble à un énorme cochon d'Inde. Le cabiai terrestre pèse souvent plus de trente kilos, alors que le cabiai aquatique (*Hydrochoerus capybara*), ou cochon d'eau, peut atteindre plus d'un mètre et peser près de 250 kilos. D'une odeur assez forte, il a des attitudes proches du tapir.

47. Il s'agit en fait du Saut Grand Coumarou. Le coumarou est un poisson de la famille des Curimatus, assez plat, pesant de deux à trois kilos ; il vit essentiellement dans les sauts, où il trouve sa nourriture, et le long des berges, où il recherche les graines tombées des arbres. D'une couleur blanc argenté, il est très apprécié pour sa chair tendre et son absence de petites arêtes.

48. L'île de Sainte-Lucie, ex-colonie britannique, est située au sud de la Martinique. Beaucoup de mineurs de Guyane venaient de cette île.

49. En réalité « Saül », bien orthographié dans les éditions Julliard.

50. Raymond Maufrais avait perdu ce qui lui restait, en jouant au poker avec Thiébault.

51. Le territoire de l'Inini dépendait directement du ministère de l'Intérieur et couvrait 72 000 km^2, soit près de 80 % du territoire. Cette division, créée en 1930, modifiée en 1961, ne disparut qu'en 1969 avec la réorganisation du département en cinq communes.

52. Armature tressée de fibres et de feuilles, que l'on charge sur son dos pour transporter vivres et matériel.

53. Le hocco est un dindon sauvage, appartenant à la famille des gallinacés et ressemblant au grand tétras d'Europe. Son poids peut aller jusqu'à cinq kilos.

54. « Baramine », dans le texte dactylographié et les éditions Julliard.

55. La batée, ou « couis » est un récipient en fer, ayant un peu la forme d'un chapeau vietnamien, d'environ quarante centimètres de diamètre.

56. Lit de roche formé par une couche d'argile. Maufrais en donne une définition dans les pages suivantes.

57. Référence à la page 40 de ses carnets. Comme indiqué en avant-propos, un certain nombre de pages manquent, le carnet ne reprenant qu'à la page 41.

58. Dans les éditions Julliard, « d'autres ».

59. « L'or-paillage » dans le texte dactylographié et les éditions Julliard.

60. Raymond Maufrais a rédigé un article sur ce sujet dans la revue *Sciences et voyages* n° 38, publié en février 1949.

61. Pièce de tissu rouge, passée entre les jambes et retenue à la taille par une fine corde.

62. Erreur de frappe, il doit probablement s'agir du mot « docteur ».

63. « Battel Dren » dans le texte dactylographié.

64. Jean Hurault.

65. Le naturaliste Jean-Baptiste Leblond effectua la jonction Grand Tamouri-Tampoc en réalité en 1789, par l'ancien Chemin des Émérillons (Indiens du centre de la Guyane, qui n'étaient plus que 30 en 1950 alors qu'on les estimait à 100 000 au XVIIe siècle). Cette note de Raymond Maufrais (qui souligne « en 1700 ») semble ignorer le relevé du Chemin des Émérillons fait en 1941 par le Docteur Heckenroth ; les exploitants de la gomme

de balata utilisaient ce chemin dans les années vingt et trente.

66. Robert Vignon fut le premier préfet de la Guyane de 1947 à 1955. Il organisa une mission de recherche dès l'annonce de la disparition de Raymond Maufrais, mais il semble qu'elle n'ait pas tout mis en œuvre pour fouiller les abords du Tamouri, en aval du lieu où disparut le jeune explorateur.

67. En réalité, la mission dirigée par le préfet avait accompagné celle du géographe Jean Hurault jusqu'à Saut Verdun, fin août 1949. Elle devait y retrouver les membres d'une autre mission, dirigée par Granger et guidée par Cottin, venant de Camopi par le Chemin des Émérillons. Après avoir attendu vainement six jours au lieu du rendez-vous, la mission préfectorale continua avec celle du géographe Hurault. Celle de Granger, début septembre, réemprunta le Chemin des Émérillons en sens inverse. Raymond Maufrais ignorait probablement les détails de cet échec.

68. Jean Hurault confirmera plus tard que Raymond Maufrais, conscient de sa situation, n'acceptait pas de remettre en question ses engagements et de renoncer à son projet.

69. Le cancan à gorge rouge (*Daptrius americanus*) est un gros rapace vivant en petites troupes à la recherche de nids de guêpes dans les feuillages des arbres.

70. Petite datte orangée et fibreuse à gros noyau, fruit du palmier oléagineux du même nom (*Astrocaryum vulgare*), dont les palmes sont recouvertes de nombreuses épines. On dit en Guyane que celui qui boit du bouillon d'awara, servi traditionnellement à Pâques, est destiné à revenir dans le pays. Également orthographié « avoara » dans le texte dactylographié.

71. Puces (*Sarcopsylla penetrans*) parasites de l'homme et des animaux. La femelle fécondée peut s'enfoncer sous la

peau et y pondre ses œufs, entraînant des infections qui, non soignées, peuvent dégénérer en gangrène.

72. Dans les éditions Julliard, « exposé ».

73. En réalité Malavate, qui créa son propre village sur l'Itany en amont de Maripasoula. Il fut le père adoptif d'André Cognat, Français vivant chez les Indiens depuis 1966.

74. Le tamouchi désigne un homme âgé, que l'on respecte, considéré comme un sage. Il peut également désigner un chef. Dans l'édition Julliard, il est indiqué erronément : « Malapate de Tamouchi ».

75. De son nom indien : Kaitoalé.

76. Mot indien signifiant ouvrier, celui qui fait tout ce qu'on lui demande. Il peut être vassal, comme c'est le cas des personnes étrangères au clan, par exemple le gendre.

77. Hurault remettra à Maufrais la totalité de l'argent en sa possession environ cinq mille francs.

78. Genre de bambou.

79. Il s'agit en réalité du géographe Jean-Jacques Élisée Reclus, né en 1830 et décédé en Belgique en 1905. Poète, théoricien de l'anarchisme, il participa à la Commune de Paris et fut banni en 1871. Il dut s'exiler en Belgique, y devint professeur à l'université libre de Bruxelles et y écrivit plusieurs ouvrages de géographie, dont *L'Homme et la terre* et *La Géographie universelle*.

80. Dans le texte dactylographié, « incel ».

81. L'Institut Butantan, au Brésil, est le centre le plus important du monde consacré à l'étude des serpents venimeux.

82. Émile Bourau (orthographié « Boureau » par Maufrais), quitta la Guyane en mars 1950, avant qu'un Indien ne retrouve les affaires abandonnées par Raymond Maufrais.

83. Dans l'édition Julliard : « qui mourut d'épuisement deux jours plus tard, au poste, malgré… »

84. Dans l'édition Julliard : « il y avait au poste des mineurs créoles, qui… »

85. Des Saint-Luciens.

86. C'est la raison pour laquelle l'annonce de la disparition de Raymond Maufrais passa d'abord par Benzdorp (orthographié par erreur Benzdorf), puis Paramaribo, capitale de la Guyane hollandaise, avant d'arriver en France.

87. Quelques kilomètres de piste séparaient ces deux bourgs. Actuellement, l'agglomération de Maripasoula a englobé les deux entités.

88. Voir note 42, p. 286.

89. La revue *Sciences et voyages*, qui publia entre novembre 1949 et août 1950 les reportages de Maufrais.

90. Le texte dactylographié indique le lundi 6 novembre, erreur corrigée dans les éditions Julliard.

91. C'est en réalité le gendarme Bourau qui le lui a acheté.

92. Ce constat a été rédigé par le gendarme Bourau et Raymond Maufrais, à la demande de ce dernier ; il lui sera finalement remis à Grigel, le 15 novembre. Le texte intégral a été reproduit dans *Raymond Maufrais*, G. Crunelle, éd. Scripta, 2013, p. 51-52.

Chapitre III

1. Anesthésiant local.

2. Dans le texte dactylographié, « septembre ».

Aventures aux Tumuc-Humac
Chapitre III

1. Les journées des 13 et 14 novembre figurent, dans le texte dactylographié, à la fois à la fin du premier carnet et

au début du second. Les éditions Julliard ont supprimé la journée du 14 novembre du premier carnet. Le chapitre III se trouve à la fois avant le 10 novembre, dans le premier carnet, et avant le 13 novembre, dans le second.

2. Ce commerçant créole, Victor, lui offre un peu de ravitaillement : riz, sardines et couac, farine de manioc. L'intervention du gendarme Bourau a dû y être pour quelque chose...

3. Il est indiqué « mercredi 15 novembre » dans les éditions Julliard.

4. Comprimé à base de quinine contre le paludisme. Dans les éditions Julliard, il est indiqué « Novaquinese ».

5. Ou « je m'enferme » ? Dans le texte dactylographié : « je m'engrène ».

6. Dans l'édition Julliard, « gonflent mes paumes ».

7. La gomme de balata était récoltée en Guyane dans les années vingt et trente par les balatistes, dont beaucoup venaient du Brésil. Les arbres à caoutchouc sont particulièrement abondants dans la région de Saut Verdun. Le latex tiré du balata franc (*Mimusopa balata*) était utilisé dans la fabrication des isolants, courroies de transmission, imperméables, jouets, etc.

8. Plus connus sous le nom de piranhas, ces petits poissons carnivores (*Pygocentrus piraya*) ne mesurent que vingt centimètres et sont réputés pour leur voracité.

9. Dans les éditions Julliard, « lorsqu'on ».

10. Passage permettant de passer un saut.

11. Le gendarme Bourau, passé la veille, avait demandé aux habitants de Vitallo de bien accueillir Raymond Maufrais et de le nourrir.

12. Totem de Pierre R., ami de Raymond, avec lequel il avait été éclaireur et collégien à Toulon.

13. Ce piège pour aïmara, dénommé « calmina », lui avait été offert par les orpailleurs de Vitallo.

14. Il s'agit en fait du Saut Inspecteur, que Raymond Maufrais a pris pour le Saut Baille Nom.

15. Jean Hurault.

16. En réalité, « fourca » ou confluent de deux rivières.

17. Il était indiqué « 25-m » dans les éditions Julliard, ce qui semble être une altitude trop basse dans cette région.

18. On appelle souvent « tigre » en Guyane les différents félidés, le jaguar, forme américaine de la panthère, l'ocelot ou le puma.

19. D'après les Boschs, interviewés en 1964 par le gendarme Ricatte, Maufrais leur aurait promis, à son retour d'expédition, un fusil à deux coups en échange de la cuisine et du trajet en commun jusqu'à Saut Verdun.

20. Le terme « béké » s'applique en réalité aux Blancs nés aux Antilles et en Guyane, mais est souvent utilisé, par extension, pour les autres Blancs.

21. Claie en bois, à quelques dizaines de centimètres du sol, sur laquelle on fait fumer viande et poisson pour mieux le conserver.

22. L'orthographe exacte est Midaï.

23. Il semblerait que cette taille soit légèrement exagérée, le diamètre de la raie dite venimeuse (*Dasyatis say*) étant de 30 à 50 cm.

24. Dans les éditions Julliard, le texte en italique est remplacé par « recouverte de piquants », en fin de phrase.

25. En réalité Ahandelina, fille du chef boni Zamalobi.

26. Son nom exact est Galigué, dit Tichen, oncle de Missikaba.

27. Son nom, d'après le gendarme Ricatte, est Missikaba.

28. Le mot indien palou caractérise la banane. Le bananier sauvage, en wayana, se dit *paloulouïmë*.

29. Baie sauvage, de couleur noire, d'un palmier. Sa fine pellicule, enrobant un gros noyau central, est comestible. Le fruit se mange après avoir été macéré pour ramollir la pulpe.

30. Sève qui, savamment préparée, se durcit en prenant une teinte noire. Les Indiens l'utilisent pour assouplir les cordes des arcs et les rendre plus résistantes.

31. Dans les éditions Julliard, « nid de mouches » et la note de bas de page ont été remplacés par « nid de guêpes ».

32. Cette note de bas de page se trouve dans le texte, dans les éditions Julliard.

33. L'anaconda est l'un des plus grands serpents d'Amazonie, il peut mesurer jusqu'à huit à dix mètres.

34. D'après l'interview des Boschs effectuée par Hurault en 1952 et par le gendarme Ricatte en 1964, il s'agirait en réalité de traces de pattes de tamanoir, ou grand fourmilier, dont la marque, dans le sable humidifié, pourrait faire penser à un pied humain. Des rumeurs circulaient à l'époque sur l'existence – confirmée ultérieurement – d'Indiens nomades, appelés « Oyaricoulet » ou « Longues Oreilles », qui auraient les yeux bleus et les cheveux blonds.

35. Dans les éditions Julliard, cette phrase (avec « Indien » au singulier) se trouve en fin de la journée du 27 novembre.

36. « D'ethnographie autant que de géographie », dans les éditions Julliard.

37. « Novaquine » dans les éditions Julliard.

38. Raymond Maufrais est né au n° 81 du boulevard Sainte-Hélène, dans un quartier ouest de Toulon, Le Mourillon, le 1er octobre 1926.

39. L'aviation américaine bombarda le port de Toulon, et son arsenal, à partir de 1944 ; le bombardement du

5 avril de cette année fut particulièrement destructeur. Raymond Maufrais participa avec les éclaireurs au secours aux victimes.

40. Raymond Maufrais fut un jeune résistant actif. Il participa à la libération de sa ville, en août 1944, et fut décoré, à dix-sept ans et demi, de la croix de guerre avec étoile de bronze et de la médaille de la reconnaissance française pour ses faits d'armes.

41. Nous sommes, en 1949, en pleine guerre froide et la Guerre de Corée commencera quelques mois plus tard.

42. Dans les éditions Julliard, « clé », comme le texte dactylographié.

43. « Que je m'imposerais de causer », dans les éditions Julliard.

44. La mission Hurault se trouvait à cet endroit au mois d'août, soit quatre mois plus tôt.

45. « Novaquine » dans les éditions Julliard.

46. Le guide Cottin avait mené la mission Granger en provenance de Camopi, cinq mois plus tôt. Dans les éditions Julliard, il est indiqué par erreur « Cotten ».

47. « Biscantées » dans le texte dactylographié et dans les éditions Julliard.

48. L'ortalide paracoua (*Ortalis motmot*) est un gros oiseau brun à longue queue, appartenant à la famille des pénélopes (voir note suivante). Il vit en bandes, qui se manifestent bruyamment à l'aube et au coucher du soleil, restant indétectables le reste de la journée.

49. Sorte de faisan de Guyane, appelé aussi « pénélope ». Dans les éditions Julliard, il est indiqué « masaille ».

50. Il s'agit en réalité du 3 décembre : erreur de Raymond Maufrais, de retranscription ou de dactylographie ?

51. La piste empruntée par le guide Cottin est en réalité le Chemin des Émérillons. Long de quarante-deux

kilomètres, ce chemin peut être réalisé, dans de bonnes conditions, en deux ou trois jours. La Légion étrangère a effectué le trajet, en avril 1974, en onze heures de marche, avec un guide indien.

52. La mission Cottin-Granger avait emprunté cette piste (le Chemin des Émérillons) pour rejoindre la mission Hurault-Vignon, à Saut Verdun, cinq mois plus tôt. Raymond Maufrais va pouvoir bénéficier, non seulement d'abris déjà construits, mais d'un itinéraire déjà balisé qu'il n'aura pas à débroussailler.

53. Dans les éditions Julliard, il est indiqué « la nuit ».

54. Cabane est le nom de l'un des membres de la mission préfectorale (voir note 67, p. 289). Il avait laissé ces deux messages pour signaler aux membres de la mission Granger que la mission Hurault ne pouvait attendre davantage – elle était restée six jours à Saut Verdun – et quittait les lieux avec le préfet.

55. Dans les éditions Julliard, « nous ».

56. Médicament contre la dysenterie amibienne.

57. Ou « Anouhé », nom de son canot (voir journée du 17 novembre).

58. Ce mot était ainsi dactylographié et a été ainsi édité.

59. Le carapa (*Carapa guyanensis*) est une plante oléagineuse, de la graine de laquelle on extrait de l'huile que les Indiens mélangent à la graine de roucou pour s'en enduire le corps.

60. Dans le texte dactylographié, ainsi que dans les éditions Julliard. Il s'agit en réalité du lundi 12 décembre.

61. Appelé Dégrad Hubert.

62. En réalité « fourca ».

63. Palmier des marécages (*Euterpe oleracea*) dont l'extrémité, le « cœur de palmier », est comestible, mais dont le goût est fade.

64. Antiseptique local, utilisé, notamment sous forme de comprimés, pour la désinfection de l'eau.

65. Probablement le paracoua, gros oiseau ressemblant à un faisan.

66. L'oiseau-mon-père (*Perissocephalus tricolor*) émet une sorte de meuglement nasal très caractéristique. Son plumage est roux cannelle et son crâne chauve découvre une peau nue bleutée. La déformation de mot oiseau en créole a donné le mot « zozo ».

67. Appelé aussi « oiseau-trompette », cette pintade noire haute sur pattes, au bec aquilin et au plumage noir et irisé, s'apprivoise très facilement.

68. Dans les éditions Julliard, il est indiqué « j'en serais heureux et pourrais dormir tranquille ».

69. L'existence d'Indiens nomades n'avait pas été prouvée par des témoignages fiables.

70. Elle avait pourtant été utilisée et tracée trois mois plus tôt par la mission Granger, dans les deux sens. Si cela n'avait pas été le cas, il aurait été très difficile à Raymond Maufrais de trouver la piste sans un guide indien.

71. Le fait de faire chaque fois deux allers et un retour diminue d'autant le trajet réellement parcouru : cinq kilomètres de piste sont en réalité quinze kilomètres parcourus.

72. Référence au titre de l'article qu'il avait écrit à la veille de son départ en 1949 pour la revue *Élites françaises*.

73. Dans le texte dactylographié, il est indiqué « mollant », probablement une mauvaise transcription de « mouvant ».

74. Dans les éditions Julliard, « vous envahissent, contre lesquels »...

75. Le cassique (*Cassicus*) est surnommé ainsi du fait qu'il a le dessous de sa queue d'un jaune vif. Le mâle est très tapageur et se signale de loin. Vivant en groupe, il niche

dans de très hauts arbres, comme le fromager, et construit des nids très allongés, qui pendent le long des branches.

76. Ou « awara ».

77. Le pripri, ou pinotière, désigne une savane inondée pendant la saison des pluies. Quand il se dessèche, le fond est presque totalement dépourvu de végétation et les abords laissent apparaître des palmiers pinots.

78. Dans les éditions Julliard, la journée du 20 décembre débute au paragraphe précédent « Si ce soir... »

79. Le texte dactylographié indique « informes », ce qui est probablement la mauvaise transcription d'infimes, comme les éditions Julliard l'ont retranscrit.

80. Le roucou, extrait des graines du fruit du roucouyer, de couleur rouge, est un onguent utilisé par les Indiens pour se décorer le corps et se protéger des insectes.

81. On extrait de la graine de génipa un liquide destiné à enduire le bois des arcs pour les protéger. Cette huile est aussi utilisée pour la décoration du corps par les Indiens.

82. La perdrix grand bois (*Tetrao montanus*) fait partie, avec la maraille et le hocco, des gallinacés les plus répandus dans les savanes et la forêt de Guyane.

83. Dans les éditions Julliard, « Boby, accouru aussitôt partager le festin ».

84. Dans les éditions Julliard, « écumant ».

85. Le pic ouentou (*Dryocopus lienatus*) martèle les troncs d'arbre.

86. Dans le texte dactylographié, « trou ».

87. C'est en fait la dernière fois qu'il effectuera ces fatigants allers-retours, après quatorze jours de ce procédé. Il abandonne le lendemain sa musette, contenant un couteau, des hameçons, du fil nylon et des cartouches, et qui sera retrouvée plus tard par l'Indien Monpéra, sur le Chemin des Émérillons. Elle ne fut cependant pas récupé-

rée par la gendarmerie, le contenu ayant probablement été gardé par cet Indien.

88. Dans les éditions Julliard, « gruge ». Le grage à carreaux (*Lachesis muta*), aux écailles rugueuses, est l'un des serpents crotales les plus venimeux de Guyane.

89. Raymond Maufrais, après la libération de Toulon, devint correspondant de guerre, notamment dans la poche de Royan, avant de pouvoir s'engager dans les parachutistes de l'infanterie de l'air.

90. Il s'agit en fait du Petit Tamouri, qu'il retrouvera à Dégrad Claude, quatre jours plus tard.

91. Le camp de base de la mission Cottin-Granger.

92. Il s'agit d'un affluent du Petit Tamouri, la crique Grosse Tête, qui coupe la piste à quatre kilomètres de Dégrad Claude.

93. Raymond Maufrais s'installe dans celui qui fut destiné au préfet Vignon.

Chapitre IV

1. Gros sureau, réputé pour sa faible densité.

2. Dans les éditions Julliard, « J'ai dégagé au sabre le tronc tombé dans les broussailles ».

3. Dans les éditions Julliard, « est ».

4. Le bois canon (*Cecopria lyratiloba*) est connu pour être le seul arbre dont les feuilles et les fruits alimentent le paresseux (l'aï).

5. En réalité « parépou », fruit ovale, marron ou orange, assez fibreux, de la taille d'un gland, dont la pellicule est comestible. Ils poussent en grappes sur des palmiers très épineux, et leur goût rappelle celui de l'artichaut.

6. En 1946, l'expédition qu'il accompagna chez les Indiens Chavantes, fut attaquée. Voir l'article qu'il rédigea et intitulé « Attaqués par les Indiens Chavantes au cœur

du Matto Grosso », dans *Sciences et voyages* n° 42 de juin 1949.

7. Les éditions Julliard ont imprimé la date erronée du mardi 9 janvier, conformément au texte dactylographié et telle qu'elle devait figurer dans les carnets. Il s'agit en fait du mardi 10 janvier, puisqu'il n'a pu rédiger le compte rendu de sa journée du 9, n'ayant pas couché au carbet de Dégrad Claude. Certaines éditions étrangères ont rectifié cette erreur et indiqué « mardi 10 janvier ».

8. Probablement le vestige d'un vieil abattis créé par un balatiste ou des Indiens.

9. Raymond Maufrais ignorait que les Indiens, utilisant le Chemin des Émérillons, entretenaient un petit abattis, appelé « Dégrad des Émérillons » et situé à quelques centaines de mètres au nord de Dégrad Claude.

10. Probablement une harpie (*Harpia harpyia*), grand rapace de la taille d'un aigle royal.

11. Probablement un légard « iguane ».

12. Dans les éditions Julliard, « se ».

13. En réalité « pois sucré », dont les cosses sont longues de 20 cm, larges de 3 cm, et comptent quatre à cinq pois par cosse. Sa pulpe est blanche et il se mange cru.

14. Il s'agit de la rivière Camopi et non pas du village du même nom.

Bibliographie sélective

*(extraite de la base de données de l'Association des Amis
de l'Explorateur Raymond Maufrais,
540 références consultables en intégralité
sur le site internet : www.maufrais.info)*

ASSOCIATION DES AMIS DE L'EXPLORATEUR RAYMOND MAUFRAIS, *Sur la trace des Maufrais*, 2009, 62 p., Éditions Scripta.

ASSOCIATION DES AMIS DE L'EXPLORATEUR RAYMOND MAUFRAIS, *Raymond et Edgar Maufrais à travers 20 ans de bandes dessinées (1956-1977)*, 2010, 84 p., Éditions Scripta.

BARROS PRADO (Eduardo), « Raymond Maufrais a-t-il découvert le secret de l'Amazone ? », *Atlas Magazine* n° 2, octobre 1960, p. 21-30.

CHAPELLE (Richard), *J'ai vécu l'enfer de Raymond Maufrais*, 1969, 249 p., Éditions Flammarion.

CRUNELLE (Geoffroi), *Raymond Maufrais, aventures au Brésil et en Guyane*, nouvelle édition, 2013, 327 p., Éditions Scripta.

CRUNELLE (Geoffroi), « Voyage sans retour dans la jungle guyanaise », *Historia*, n° 541, janvier 1992, p. 55-64.

CRUNELLE (Geoffroi), « Deux explorateurs toulonnais : les Maufrais », *Bulletin de la Société des Amis du Vieux Toulon* n° 125, 2003, p. 225-268

CRUNELLE (Geoffroi), *Raymond Maufrais*, 2013, 93 p., Éditions Scripta.

DE CAUNES (Georges), « Maufrais, mort ou mystificateur ? », *Paris-Match*, n° 195, 6 décembre 1952, p. 39-41.

DE CAUNES (Georges), « Raymond Maufrais a disparu », *Le Pèlerin Magazine*, n° 5646, 15 février 1991, p. 55-59.

GIGNOUX (Edith), « Raymond et Edgar Maufrais, l'aventure d'un fils, la quête d'un père », *Mystères, mythes et légendes*, n° 12, janvier 2013, p. 62-75.

HURAULT (Jean), « Le sort de Raymond Maufrais : un témoignage sur sa disparition », *Sciences et Voyages*, août 1950, p. 253-256.

JOFFROY (Pierre), *Dévorante Amazonie (La grande aventure des Maufrais)*, 1956, 249 p., Éditions Fayard.

JOFFROY (Pierre), *Dévorante Amazonie (La Saga des deux Maufrais)*, 1977, 187 p., Éditions Famot.

MAUFRAIS (Edgar), *A la recherche de mon fils*, 1956, 324 p., Éditions Julliard, et 2001, 334 p., Éditions Scripta.

MAUFRAIS (Raymond), « Je retournerai au Matto-Grosso », *Constellation*, n° 38, juin 1951, p. 87-93.

MAUFRAIS (Raymond), *Aventures au Matto Grosso*, 1951, 244 p., Éditions Julliard.

MAUFRAIS (Raymond), *Aventures en Guyane*, 1952, 255 p., Éditions Julliard, et 1997, 328 p., Éditions Ramsay.

MAUFRAIS (Raymond), *Aventures en Guyane et au Matto Grosso*, 1970, 472 p., Éditions Julliard.

MAZIÈRE (Francis), *Expédition Tumuc-Humac*, 1953, 233 p., Éditions Laffont.

MENANT (Georges), « Cette lampe allumée, c'est son fils ! », *Paris-Match*, n° 632, 20 mai 1962, p. 12-25.

ONCLE PAUL, « Raymond Maufrais », *Spirou*, n° 949, 21 juin 1956 (vol. 57), p. 19-23.

ONCLE PAUL, « Otarie téméraire », *Spirou*, n° 974, 13 décembre 1956 (vol. 59), p. 19-23.

ONCLE PAUL, « Un père à la recherche de son fils », *Spirou*, n° 1031, 16 janvier 1958 (vol. 65), p. 20-24.

QURIS (Bernard), « Le destin tragique de Raymond Maufrais », *Miroir de l'Histoire*, n° 115, juillet 1959, p. 910-919.

QURIS (Bernard), *Maufrais et l'aventure humaine*, « Fascinante Guyane », 1970, p. 259-273, Éditions France-Empire.

QURIS (Bernard), *Raymond Maufrais et l'aventure humaine*, discours d'ouverture de l'audience de rentrée de la Cour d'Appel de Toulouse du 16 septembre 1966, p. 6-16.

RENOUX (Jean-André) et RICATTE (René), *La Vérité sur la mort de Raymond Maufrais*, 1965, 269 p., Éditions France-Empire.

RESSE (Alix), *Le Cas Maufrais*, « Guyane française, terre de l'espace », 1964, p. 33-42, Éditions Berger-Levrault.

RICATTE (René), *L'Affaire Maufrais*, « De l'île du Diable aux Tumuc-Humac », 1978, p. 204-221, Éditions Pensée universelle.

THOMAS (Paul), *Sur la piste de Maufrais*, coll. Marabout Junior, n° 92, 1957, 119 p., Éditions Marabout.

THOMAS (Paul), *À la poursuite de l'impossible*, 1999 et 2012, 227 p., Éditions Scripta.

THOUVENOT (Daniel), *Guyane, la* Passion *des Maufrais*, 2004, 228 p., Éditions Scripta.

UZTARROZ (Ricardo), *Roi blanc d'une tribu indienne : le mythe inachevé (Raymond Maufrais)*, « Amazonie mangeuse d'hommes », 2008, p. 61-94, Éditions Artaud.

UZTARROZ (Ricardo), *Le Vieil Homme et l'Amazonie (Edgar Maufrais)*, « Amazonie mangeuse d'hommes », 2008, p. 95-132, Éditions Artaud.

VIEVILLE (Lucien), *Maufrais, un scout en enfer*, « Découvertes et Pionniers », 1976, p. 121-184, Éditions Famot.

VIGNON (Robert), « Une expérience de survie manquée : la disparition de Raymond Maufrais en Guyane française », *Mondes et Cultures* Tome XLII - 3, 1982, p. 577-590.

VIGNON (Robert), *Raymond Maufrais*, « Grand Man Baka », 1985, p. 115-133, Éditions Davol.

Radio et vidéographie

DUBOIS (Pierre), *Amazonie interdite : le chemin des Émérillons*, (sur les traces de Raymond Maufrais), documentaire vidéo de 74 minutes, 1993.

JAMAIN (Philippe), *Voyage au bout de la vie*, documentaire vidéo de 26 minutes, 1994.

JAMAIN (Philippe), *Au nom du fils*, documentaire vidéo de 52 minutes, 2003.

LATOUR (Bernard), *La tragique odyssée de Raymond Maufrais*, émission radio de 30 minutes, 1958.

PHILIBERT (Christian), *Raymond l'Intrépide*, documentaire vidéo de 52 minutes, 1997.

PILHES (René-Victor), *Raymond Maufrais*, émission radio de 30 minutes de la série « Toute la vérité », 2 juin 1976, Radio Monte-Carlo.

QURIS (Bernard), *A la recherche de Raymond Maufrais*, reportage video n&b de 62 minutes, 1950.

TIXIER-BARBE (Alain), *Sur la trace des Émérillons*, documentaire video de 26 minutes, 1987.

Vifs remerciements

à Angèle Vacca, qui a accepté de nous confier, pour cette édition, les pages dactylographiées des carnets de Raymond Maufrais en Guyane

à Maya Klingelhofer, pour sa précieuse aide dans la définition des termes indiens et guyanais

à Éric Le Verche, pour le dessin de la carte de Guyane

à tous ceux et toutes celles qui nous ont encouragés à persévérer pour que ce témoignage resurgisse de l'oubli.

Table

Préface à l'édition de 1997,
par Patrice Franceschi 7

Itinéraire de Raymond Maufrais en Guyane...... 13

Avant-propos, *par Geoffroi Crunelle* 17

Préface à l'édition de 1970, *par l'éditeur* 29

Chapitre Ier................................... 33

Chapitre II 49

Chapitre III 139

Chapitre III (suite) : Aventures aux Tumuc-Humac 143

Chapitre IV : Le camp Robinson 243

Notes 281

Bibliographie sélective 303

DU MÊME AUTEUR

Aventures au Matto Grosso
Julliard, 1951

Aventures en Guyane
et au Matto Grosso
Julliard, 1970

L'Appel de l'aventure
Édition de Geoffroi Crunelle
Éditions caribéennes, 1991
nouvelle édition sous le titre
Aventures au Brésil
et en Guyane
Éditions Scripta, 2013

RÉALISATION : IGS-CP À L'ISLE-D'ESPAGNAC
IMPRESSION : MAURY IMPRIMEUR À MALESHERBES (45)
DÉPÔT LÉGAL : AVRIL 2014 - N° 115483-4 (200843)
IMPRIMÉ EN FRANCE

Éditions Points

Le catalogue complet de nos collections est sur Le Cercle Points, ainsi que des interviews de vos auteurs préférés, des jeux-concours, des conseils de lecture, des extraits en avant-première…

www.lecerclepoints.com

Collection Points Aventure

P456. Traité du zen et de l'entretien des motocyclettes
Robert M. Pirsig
P607. Besoin de mer, *Hervé Hamon*
P683. Balkans-Transit *(photographies de Klavdij Sluban)*
François Maspero
P1322. Mésaventures du paradis. Mélodie cubaine *(photographies de Bernard Matussière), Érik Orsenna*
P1524. Retour dans la neige, *Robert Walser*
P2110. Tabarly, *Yann Queffélec*
P3024. Avant la dernière ligne droite, *Patrice Franceschi*
P3025. Boréal, *Paul-Émile Victor*
P3026. Dernières nouvelles du Sud *(photographies de Daniel Mordzinski), Luis Sepúlveda*
P3027. L'Aventure, pour quoi faire?, *collectif*
P3069. La Pointe du couteau, *Gérard Chaliand*
P3126. Le Regard du singe
Gérard Chaliand, Patrice Franceschi, Sophie Mousset
P3192. La Mort suspendue, *Joe Simpson*
P3193. Portrait de l'aventurier, *Roger Stéphane*
P3233. Aventures en Guyane. Journal d'un explorateur disparu
Raymond Maufrais
P3290. Mes vies d'aventures. L'homme de la mer Rouge
Henry de Monfreid
P3291. Cruelle est la terre des frontières.
Rencontre insolite en Extrême-Orient
Michel Jan
P3314. Le monde comme il me parle, *Olivier de Kersauson*
P4041. Clipperton. L'Atoll du bout du monde
Jean-Louis Étienne
P4042. Banquise, *Paul-Émile Victor*
P4090. Pianotrip. Tribulations d'un piano à travers l'Europe
Lou Nils et Christophe Clavet

P4091. Don Fernando. Le seigneur de l'Amazone
Fernand Fournier-Aubry
P4132. À la recherche de mon fils. Toute une vie sur les traces d'un explorateur disparu, *Edgar Maufrais*
P4133. Un long printemps d'exil. De Petrograd à Saigon. 1917-1946, *Olga Ilyina-Laylle, Michel Jan*
P4193. À la recherche de Livingstone, *Henry Morton Stanley*
P4194. Eiger, la dernière course, *Joe Simpson*

POINTS AVENTURE
Un esprit de liberté

Avant la dernière ligne droite
Patrice Franceschi

Du Congo à l'Amazonie et de la mer de Chine à la Nouvelle-Guinée, Patrice Franceschi nous fait le récit de ses innombrables aventures. Il a partagé la vie des Pygmées, des Indiens, des Papous, a été le premier aviateur à accomplir le tour du monde en U.L.M., et a suivi le Nil de sa source à la mer. Il nous raconte aussi la part de sa vie consacrée aux missions humanitaires, de la Somalie au Kurdistan, et dévoile l'intensité de ses années passées au côté de la résistance afghane combattant l'armée soviétique.

« Pour ceux qui veulent réaliser leurs rêves. »
Marianne

POINTS AVENTURE
Un esprit de liberté

La Mort suspendue
Joe Simpson

En 1985, accompagné de son ami Simon Yates, Joe Simpson entreprend l'ascension du Siula Grande (6 334 mètres) dans les Andes. Lors de la descente, Joe chute et se retrouve suspendu dans le vide : sa vie ne tient plus qu'à la corde qui le relie à son équipier. Simon sait que s'il ne coupe pas cette corde, il sera lui aussi condamné. Il finit par s'y résoudre et son compagnon disparaît. Contre toute attente il survivra... Cette aventure effrayante et extraordinaire, Joe Simpson nous la livre dans ce texte bouleversant sur la souffrance et le courage.

« Chutes répétées, mort vingt fois frôlée : de sa poisse en montagne, Joe Simpson a tiré ce passionnant récit d'aventure. Et un regard unique sur le jeu de l'alpiniste et de la mort. Simple, direct, captivant. »
Libération